A CAÇADORA DE BRUXOS

A CAÇADORA DE BRUXOS

VIRGINIA BOECKER

Tradução:
Alves Calado

1ª edição

EDITORA RECORD
RIO DE JANEIRO • SÃO PAULO
2016

CIP-BRASIL. CATALOGAÇÃO NA PUBLICAÇÃO
SINDICATO NACIONAL DOS EDITORES DE LIVROS, RJ

Boecker, Virginia
B655c A caçadora de bruxos / Virginia Boecker; tradução Ivanir Calado. – 1. ed. – Rio de Janeiro: Galera Record, 2016.

Tradução de: The witch hunter
ISBN 978-85-01-07300-6

1. Ficção americana. I. Calado, Ivanir. II. Título.

16-32528 CDD: 813
CDU: 821.111(73)-3

Título original:
The Witch Hunter

Copyright © 2015 by Virginia Boecker

Texto revisado segundo o novo Acordo Ortográfico da Língua Portuguesa.

Todos os direitos reservados. Proibida a reprodução, no todo ou em parte, através de quaisquer meios. Os direitos morais do autor foram assegurados.

Editoração eletrônica: Abreu's System

Texto revisado segundo o novo Acordo Ortográfico da Língua Portuguesa.

Direitos exclusivos de edição reservados pela
EDITORA RECORD LTDA.
Rua Argentina, 171 – Rio de Janeiro, RJ – 20921-380 – Tel.: (21) 2585-2000, que se reserva a propriedade literária desta tradução.

Impresso no Brasil

ISBN: 978-85-01-07300-6

Seja um leitor preferencial Record.
Cadastre-se no site www.record.com.br e receba informações sobre nossos lançamentos e nossas promoções.

Atendimento e venda direta ao leitor:
mdireto@record.com.br ou (21) 2585-2002.

*Para Scott
e para
a Inglaterra*

ESTOU NA BEIRA DA PRAÇA apinhada de gente, observando os carrascos acendendo as fogueiras. Os dois homens, vestidos para o trabalho com capas vermelho-escuras e luvas de couro chamuscado, circulam ao redor das plataformas estreitas de madeira, erguendo as tochas acesas bem alto. No topo das piras, quatro feiticeiras e três magos acorrentados em estacas, com feixes de lenha em volta dos pés. Eles olham para a multidão com expressões decididas.

Não sei o que fizeram; não foram capturados por mim. Mas sei que não haverá pedidos de desculpas da parte deles. Nem pedidos de misericórdia no último minuto, nem promessas de arrependimento aos degraus do cadafalso. Mesmo quando os carrascos encostam as tochas na lenha e as primeiras chamas saltam para o céu cor de chumbo, eles permanecem em silêncio. Vão continuar assim, teimosos até o final. Nem sempre foi desse jeito. Mas quanto pior a rebelião dos Reformistas, mais desafiadores os próprios Reformistas se tornam.

De qualquer modo não importa o que eles fizeram. Qual magia utilizaram. Feitiços, espíritos ajudantes, poções, ervas: agora tudo é ilegal. Houve um tempo em que tais coisas eram toleradas, até mesmo incentivadas. A magia era considerada útil — antigamente. Então veio a peste. Provocada pela magia, espalhada pela magia — quase fomos destruídos pela magia. Alertamos para que eles parassem, mas não pararam. Agora cá estamos, de pé numa praça suja sob um céu manchado, obrigando-os a parar.

À minha direita, a uns 6 metros, vejo Caleb. Ele observa a fogueira, os olhos azuis semicerrados, a testa ligeiramente enrugada. Pela expressão, poderia estar triste, poderia estar entediado, poderia estar disputando uma partida solitária de jogo da velha. É difícil dizer. Nem eu sei o que ele pensa, e eu o conheço há mais tempo do que qualquer pessoa.

Ele vai agir logo, antes que os protestos comecem. Já posso ouvir os murmúrios, os pés se arrastando, um ou dois gritos de algum parente. Pessoas erguem pedaços de pau, seguram pedras. Contêm as mãos em respeito aos homens e mulheres na pira. Mas, assim que eles tiverem partido, a violência vai começar. Contra os carrascos, contra os guardas enfileirados na rua, contra qualquer um que apoie a justiça exercida à nossa frente. As pessoas têm medo da magia, sim. Mas as consequências da magia as amedrontam mais ainda.

Finalmente vejo: um leve puxão num cacho de cabelo louro-escuro, uma das mãos sendo enfiada no bolso lentamente.

Chegou a hora.

Estou na metade da praça quando os gritos irrompem. Sinto um safanão por trás, depois outro. Sou empurrada e colido contra as costas do sujeito à minha frente.

— Cuidado aí, você. — Ele gira bruscamente, com um olhar feroz que desaparece assim que me vê. — Desculpe, moça. Não vi a senhorita e... — Ele para, me observando atentamente. — Ora, você não passa de uma criança. Não devia estar aqui. Vá para casa. Não há nada para você ver aqui.

Confirmo com a cabeça e recuo. Ele está certo em relação a uma coisa: não há nada para eu ver aqui. E há outro lugar onde precisam de mim.

Acompanho Caleb por uma rua larga e calçada de pedras, depois pelo Matadouro, um labirinto de becos estreitos e cheios de lixo ladeados por casas atarracadas, de madeira escura, seus tetos íngremes lançando uma sombra quase permanente sobre a rua. Vamos serpenteando entre elas rapidamente: Rua da Vaca, Pátio do Faisão, Beco do Ganso. Todas as ruas nesta região têm nomes assim, estranhos, da época em que a praça em Tyburn era usada como curral.

Agora é usada para outro tipo de matança.

As ruas estão desertas, como sempre acontece num dia de execução na fogueira. Os que não assistem às queimas estão no palácio de Ravenscourt, protestando contra elas, ou numa das tavernas de Upminster, tentando se esquecer delas. É um risco fazer uma prisão hoje. Nós nos arriscamos com a multidão; nos arriscamos a ser vistos. Provavelmente não haveria risco caso estivéssemos prendendo um feiticeiro comum.

Mas esta não é uma prisão comum.

Caleb me puxa para um portal vazio.

— Preparada?

— Claro. — Sorrio.

Ele retribui o sorriso.

— Coisas pontudas a postos, então.

Enfio a mão embaixo da capa e puxo minha espada.

Caleb assente.

— Os guardas estão esperando por nós no Faisão, e, só para garantir, coloquei Marcus na rua do Ganso e Linus cobrindo a da Vaca. — Uma pausa. — Meu Deus, como são idiotas os nomes destas ruas.

Sufoco uma risada.

— Eu sei. Mas não vou precisar da ajuda deles. Vou ficar bem.

— Se você diz... — Caleb enfia a mão no bolso e tira uma coroa. Aperta a moeda entre os dedos e a segura bem na frente do meu rosto. — Vamos combinar o de sempre, então?

Recorro à ironia.

— Nem pensar. Meu trabalho é cinco vezes maior, então a recompensa deve ser cinco vezes maior. Além do mais, estamos falando de necromantes. O que significa que há pelo menos um cadáver, um bocado de sangue, uma pilha de ossos... isso quer dizer pelo menos um soberano, seu pão-duro.

Caleb gargalha.

— Você é dura de barganhar, Grey. Ótimo. Vamos combinar dois soberanos e bebidas depois. Fechado?

— Fechado. — Estendo a mão, mas, em vez de apertá-la, ele a beija. Meu estômago dá uma cambalhota engraçada, e sinto calor nas bochechas. Aparentemente ele não nota. Só enfia a moeda de volta no bolso, depois tira uma adaga do cinto e a joga para o alto, recuperando-a com habilidade.

— Bom. Agora vamos. Esses necromantes não vão se prender sozinhos, você sabe.

Vamos nos esgueirando pela frente das casas, os passos chapinhando com leveza na lama. Por fim chegamos à choupana que estamos procurando. É igual às outras: um lugar sujo, de reboco branco, com porta de madeira coberta por tinta vermelha descascando. Mas é diferente de todas as outras, considerando o que há do outro lado. Os magos que costumo capturar ainda estão vivos, ainda são corpóreos. Hoje, não. Sinto um aperto no estômago, como sempre acontece antes de uma prisão: em parte empolgação, em parte nervosismo, em parte medo.

— Vou abrir com um chute, mas você entra primeiro — diz Caleb. — Assuma o controle. A captura é sua. Espada para cima e para a frente. Não a deixe abaixada nem por um segundo. E leia o mandado de prisão logo de cara.

— Eu sei. — Não imagino por que ele esteja me dizendo essas coisas. — Não é minha primeira vez, lembra-se?

— Lembro. Mas esta não vai ser como as outras. *Eles* não vão ser como os outros. Entre e saia. Nada elaborado. E chega de erros, certo? Não posso ficar encobrindo-os para você.

Penso em todas as coisas que fiz de errado no último mês. A feiticeira que persegui por um beco e que quase me escapou. A chaminé onde fiquei entalada, tentando encontrar livros de feitiços escondidos. A cabana que invadi e que não continha feiticeiros preparando poções, e sim dois frades velhos fabricando cerveja. São apenas uns poucos errinhos de nada, tudo bem. Mas eu não cometo erros.

Pelo menos não cometia.

— Certo. — Levanto a espada, as mãos suarentas escorregando no cabo. Enxugo-as rapidamente na capa. Caleb recua a perna e manda o pé contra a porta. Ela se abre com um estrondo, e eu entro na casa.

Dentro encontro os cinco necromantes que estou procurando, amontoados em volta de uma fogueira no centro do cômodo. Há um grande caldeirão empoleirado sobre as chamas, do qual brota uma fumaça cor-de-rosa e fedorenta. Todos usam um manto marrom, comprido e esgarçado, além de capuzes enormes cobrindo os rostos. Estão parados, gemendo, entoando e segurando ossos — ossos de braços ou da perna de uma pessoa muito pequena —, sacudindo-os como se fossem um punhado de xamãs da Mongólia. Eu seria capaz de rir se não estivesse tão enojada.

Circulo ao redor, a espada apontada para eles.

— Hermes Trismegistus. Ostanes, o Persa. Olympiodorous de Tebas...

Paro, sentindo-me idiota. Esses necromantes e os nomes ridículos que dão a si mesmos! Vivem tentando superar uns aos outros.

— Vocês cinco — digo em vez disso. — Pela autoridade do rei Malcolm da Ânglia recebi a ordem de prendê-los pelo crime de feitiçaria.

Eles continuam o cântico; nem mesmo levantam os olhos. Espio Caleb. Ele está parado junto à porta, ainda sacudindo a adaga. Quase parece achar divertido.

— Por meio desta vocês são ordenados a retornar conosco à prisão Fleet e aguardar o julgamento presidido pelo Inquisidor, lorde Blackwell, duque de Norwich. Se forem considerados culpados, serão executados por enforcamento ou na fogueira, segundo a vontade do rei; suas terras e seus bens serão passados à coroa. — Paro para recuperar o fôlego. — Que Deus os ajude.

Em geral essa é a parte em que eles protestam, em que afirmam que são inocentes, em que pedem uma prova. Sempre dizem isso. Ainda não prendi uma feiticeira ou um mago que diga: "Ah, sim, realizei feitiços ilegais, li livros ilegais, comprei ervas ilegais e graças a Deus vocês vieram me impedir!" Em vez disso, é sempre: "Por que você está aqui?"; "Você pegou a pessoa errada"; e "Deve haver algum engano!"; mas nunca é um engano. Se eu aparecer à sua porta é porque você fez alguma coisa para me atrair.

Assim como estes necromantes.

Continuo:

— Terça-feira, 25 de outubro de 1558: Ostanes, o Persa, compra acônito, um veneno conhecido, no mercado negro em Hatch End. Domingo, 13 de novembro de 1558: Hermes Trismegistus desenha o Selo de Salomão, um talismã usado para invocar espíritos, na Muralha de Adriano, nos limites da cidade. Sexta-feira, 18 de novembro de 1558: todos os cinco foram vistos no Cemitério de Todos os Santos na Fortune Green, exumando o cadáver de Pseudo-Demócrito, nascido Daniel Smith, outro necromante conhecido.

Nada ainda. Eles simplesmente continuam zunindo como uma colmeia de abelhas velhas. Pigarreio e continuo, desta vez mais alto:

— Os procurados possuem os seguintes textos, todos na lista de *Librorum Prohibitorum*, a lista de livros oficialmente banidos pelo rei: *Magister Sententiarum*, de Alberto Magno. *O Novo Livro de Feitiços Comuns*, de Thomas Cranmer. *Manual de um Cavaleiro Reformista*, de Desidério.

Certamente eles vão reagir a isto. Acima de tudo, feiticeiros odeiam descobrir que você já esteve na casa deles, fuçando em lugares que eles pensavam que ninguém jamais olharia. Pequenos nichos escavados sob as tábuas do piso. Embaixo do galinheiro. Nos enchimentos de colchões de palha. Não há nada que um feiticeiro possa esconder que eu não possa encontrar.

Ocorre-me que é inútil recitar os crimes deles, considerando que os flagrei no meio de um maior ainda. Não sei direito o que fazer. Não tenho o dia inteiro para ficar parada escutando os velhos idiotas cantarem, e não posso deixar que concluam o feitiço. Mas não posso exatamente pular no meio e nocauteá-los com minha espada. Nós devemos capturar, nunca matar. Regra de Blackwell. E nenhum de nós ousaria violá-la. Mesmo assim, aperto o cabo da espada e estou me coçando para começar a usá-la, mas então vejo: uma forma começando a surgir na névoa rosada do caldeirão.

Ela sobe, oscilando e ondulando numa brisa inexistente. O que quer que seja essa coisa que estão conjurando — minha suposição é de que seja Pseudo-Demócrito, nascido Daniel Smith, a quem os vi desenterrar —, ela é hedionda. Algo entre um cadáver e um fantasma translúcido, porém apodrecendo, pele musgosa, membros desconjuntados e órgãos expostos. Há um zumbido estranho vindo daquilo, e percebo que a coisa está coberta de moscas.

— Elizabeth.

A voz de Caleb me assusta. Agora ele está ao meu lado, a adaga à frente do corpo, encarando a coisa diante de nós.

— O que você acha? — sussurro. — É um fantasma?

Ele balança a cabeça.

— Acho que não. É muito... sei lá...

— Suculento?

Caleb faz uma careta.

— Eca. Sabe, teria sido melhor se você tivesse falado viscoso. Mas... é. E não seriam necessários cinco homens para invocar um fantasma, então acho que é um morto-vivo. Ou talvez um espectro. É difícil dizer. Ainda não está suficientemente formado.

Faço que sim com a cabeça.

— Precisamos impedi-los antes que eles finalizem — continua ele. — Você pega os dois da esquerda, eu pego os três da direita.

— De jeito nenhum. — Viro-me para encará-lo. — Esta prisão é minha. Eu pego os cinco. Esse foi o trato. Você pode ficar com a coisa viscosa da panela.

— Não. Você não pode pegar os cinco sozinha.

— Por três soberanos a mais eu posso.

— Elizabeth...

— Não venha com *Elizabeth* para cima de mim...

— Elizabeth! — Caleb segura meus ombros e me vira. Os necromantes pararam de cantar, e a sala ficou em silêncio. Estão nos encarando diretamente. Em vez de ossos, seguram adagas, todas apontadas em nossa direção.

Desvencilho-me de Caleb e dou um passo na direção deles, a espada erguida.

— O que está fazendo aqui, garota? — pergunta um deles.

— Vim prendê-los.

— Sob que acusação?

Faço "tsc-tsc", irritada. Se ele acha que vou recitar a litania daquela prisão de novo, vai ganhar é outra coisa.

— Esta coisa aí. — Viro a espada indicando a aparição espasmódica. — A acusação é essa.

— *Coisa?* — diz um deles, parecendo afrontado. — Isto não é uma *coisa*. É um morto-vivo.

— Eu avisei — sussurra Caleb atrás de mim. Eu o ignoro.

— E é a última *coisa* que vocês vão ver — acrescenta o necromante.

— Até parece — digo, levando a mão para as algemas. Baixo os olhos só por um segundo, para soltá-las do cinto. Mas é o suficiente. Um dos necromantes atira a adaga.

— Cuidado! — grita Caleb.

Mas é tarde demais. A faca se crava com uma pancada chocante no meu peito, logo acima do coração.

— MAS QUE DROGA.

Largo a espada e arranco a faca do peito, jogando-a no chão. Um clarão de calor se forma no meu abdômen, seguido por uma sensação intensa de formigamento. E num instante o ferimento se cura. Praticamente não há sangue; nem dói — pelo menos não muito. Vendo isto todos os cinco necromantes param. Eles sabem — no momento em que passei pela porta eles souberam —, mas é totalmente diferente quando veem a coisa acontecer: o sinal gravado na minha pele, acima do umbigo, um rabisco preto. XIII. O estigma que me protege e mostra o que sou. Uma agente da Décima Terceira Tabuleta. Uma caçadora de bruxas.

Eles recuam, como se eu fosse a criatura a ser temida.

Eu sou mesmo a criatura a ser temida.

Salto à frente e dou um soco na barriga do necromante mais próximo. Ele se dobra, ao mesmo tempo que o acerto com uma cotovelada na nuca e o vejo tombar no chão. Viro-me para um dos outros. Piso em seu pé, prendendo-o no chão, e uso o outro pé para chutá-lo na patela. Ele tomba de joelhos, uivando. Num átimo, agarro suas mãos e prendo-as com as algemas de latão. O latão é impenetrável para a magia; agora ele não conseguirá escapar.

Viro-me para os outros três. Eles mantêm as mãos diante do corpo, recuando lentamente. De soslaio, vejo Caleb me observando. E ele está sorrindo.

Pego outro par de algemas no cinto e vou na direção deles. De perto, percebo como são realmente velhos. Cabelos grisalhos, pele enrugada, olhos aquosos. Cada um tem pelo menos 70 anos. Sinto vontade de dizer que seria melhor irem à igreja rezar a exumar corpos e conjurar espíritos, mas de que adianta? Eles não dariam ouvidos mesmo.

Jamais dão.

Agarro os pulsos do necromante e prendo as algemas. Antes que possa cuidar dos outros dois, eles se jogam para o lado oposto, um deles murmurando um feitiço:

— *Mutzak tamshich kadima.*

A sala se imobiliza. O fogo para de arder, e a fumaça rosa desaparece, recuando para o caldeirão, como se jamais tivesse existido. O necromante continua murmurando; está tentando completar o ritual. Agarro uma adaga no cinto e atiro para tentar impedi-lo. Mas é tarde demais. O espírito que paira acima de nós, o qual antes era horrendo, porém inofensivo, fica sólido. Cai na minha frente com um baque forte.

Caleb xinga baixinho.

Antes que qualquer um de nós possa se mexer, o morto-vivo me derruba, coloca as mãos frias e podres em volta do meu pescoço e começa a apertar.

— Elizabeth! — Caleb salta adiante. Mas, antes que possa me alcançar, os outros dois necromantes se viram para ele com as facas em riste.

Agarro as mãos do morto-vivo. Dou trancos nos pulsos dele, arranho e bato nos seus braços. Isto não o faz parar. Ouço Caleb gritando meu nome e tento gritar de volta, mas minha voz sai num sussurro estrangulado. Continuo lutando, retorcendo-me para um lado e outro na tentativa de me soltar. Mas ele é forte demais.

Minha visão começa a se esvair, desaparecendo em retalhos de preto. Bato a mão no piso de pedra, tentando alcançar a espada. Mas ela está longe demais. E Caleb não pode me ajudar. Apesar de ter conseguido colocar um necromante no chão, algemado, ainda está lutando contra o outro, que atira objetos contra ele: móveis, lenha queimando e ossos. Estou por conta própria. Há um jeito de sair desta, sei que há. Mas, se eu não deduzir logo, o morto-vivo vai me estrangular até a morte. Nem meu estigma pode me proteger contra isso.

Então tenho uma ideia.

Junto o restinho de ar que ainda me resta, exalo no que espero que ser um suspiro final convincente e fico imóvel. Deixo o queixo se afrouxar, permito que uma expressão vazia deslize para os olhos. Não sei se vai dar certo, porque a tal criatura está morta e talvez os mortos não possam ser enganados. Quando ele não para de me esganar, sinto que cometi um erro, e aí é necessário todo meu autocontrole para continuar imóvel.

Por fim ele para. No segundo que leva para afrouxar minha garganta eu mergulho a mão no saquinho de sal que trago no cinto, pego um punhado e jogo no rosto dele.

Um berro infernal preenche a sala quando o sal derrete o que resta da pele do morto-vivo e penetra no crânio, nos olhos, no cérebro, dissolvendo-o numa massa cinzenta e pegajosa. Pedaços quentes e pútridos de carne caem no meu rosto e no meu cabelo; um globo ocular se solta da órbita e fica pendurado na minha frente, como uma bola de barbante viscosa. Contenho a ânsia de vômito e rolo de lado, pegando a espada no chão, em seguida dou o golpe. A lâmina decepa o pescoço do morto-vivo, e, com um redemoinho de ar quente e mais um berro ensurdecedor, ele desaparece.

O último necromante se imobiliza ao ouvir o som, e os objetos que ele fez girar pela sala caem no chão sem a menor cerimônia. Caleb não hesita. Agarra-o pela nuca e bate a cabeça dele contra o joelho, depois o soca na cara com tanta força que o necromante cambaleia para trás e cai no fogo. Antes que ele possa se mexer, Caleb se abaixa e o algema.

Depois para por um instante, cabeça abaixada, ofegando. Seu cabelo louro e suado está grudado na testa, o rosto, sujo de sangue.

Continuo esparramada no chão, mãos e roupas cobertas de sujeira, podridão e Deus sabe mais o quê. Por fim, ele levanta a cabeça e me olha.

E os dois começamos a gargalhar.

Caleb sai e assobia para os guardas. Eles entram na casa intempestivamente, vestidos com os uniformes pretos e vermelhos, o brasão do rei na frente e uma rosa vermelha, a flor de sua casa, bordada na manga. Um a um arrastam os necromantes para fora, jogam-nos sobre a jaula que os aguarda e os acorrentam. Quando chegam ao último, um olhar de consternação cruza seus rostos.

— Ele está morto — diz um deles a Caleb.

Morto? Não pode ser. Mas, quando olho o necromante em quem joguei a adaga, vejo-o caído de rosto para cima, olhos abertos para o céu, a faca que eu pretendia cravar em sua perna empalada na barriga.

Mas que droga.

Lanço um olhar aterrorizado para Caleb, mas ele me ignora e começa a falar.

— É, ele está morto — responde calmamente. — É um infortúnio, claro, mas tivemos sorte.

— *Sorte?* — pergunta o guarda. — Como assim?

— Sorte que só um deles morreu — continua Caleb tranquilamente. — Eles tentaram matar uns aos outros no instante em que chegamos. Acho que tinham uma espécie de pacto. Você sabe como são os necromantes. Obcecados pela morte. — Ele dá de ombros. — Passamos metade do tempo tentando mantê-los longe uns dos outros. Quero dizer, veja só este lugar. E veja a coitada da Elizabeth. Está um desastre.

Os guardas desviam o olhar de Caleb e se voltam para mim, como se tivessem se esquecido de que eu estava ali.

— Vou ter de informar isso a lorde Blackwell — diz um guarda. — Não posso entregar um prisioneiro morto.

— Certamente — concorda Caleb. — Na verdade eu mesmo estou indo para Ravenscourt. Acho que vou acompanhá-los. É menos papelada para nós dois se fizermos juntos, não acha?

— Papelada? — O guarda se remexe, desconfortável. — Num sábado?

— Claro. Depois de fazermos o relatório pessoalmente, precisaremos escrever tudo. Não deve demorar muito, no máximo umas duas horas. Vamos? — Caleb se dirige até a porta e a segura aberta.

Os guardas se entreolham e começam a cochichar.

— Talvez isso possa esperar. Afinal de contas ele não vai a lugar nenhum...

— Mas e o corpo? Alguém vai acabar notando que ele não está se mexendo...

Caleb sorri.

— Eu não me preocuparia com isso. Ninguém presta muita atenção aos prisioneiros depois que eles entram. E você está certo, ele não vai a lugar nenhum. Afinal de contas, ninguém sai da Fleet. A não ser quando vai para as fogueiras.

Os guardas gargalham, e Caleb ri com eles. Mas sinto um calafrio súbito. Enfio a mão no bolso da capa e fecho o punho com força.

Caleb os acompanha até lá fora, os observa montando nos cavalos. Depois de um minuto eles se cumprimentam, apertando as mãos, e os guardas vão embora, com as pesadas traves da base da jaula abrindo sulcos na lama, os cascos dos cavalos fazendo o único som no beco ainda vazio.

Caleb volta para a casa, a expressão outra vez ilegível. Observo enquanto ele começa a ajeitar a mobília, recuperando nossas armas. Sei que está furioso porque matei aquele necromante — tem de estar. Foi uma coisa idiota e descuidada; um erro depois de ele ter me alertado para não cometer mais nenhum. Pior ainda, não tenho pretextos. Pelo menos nenhum que eu possa lhe dar. A qualquer minuto ele vai começar a berrar. Não posso impedi-lo, mas talvez eu consiga suavizar o golpe.

— Certo, vou admitir. Não foi meu melhor trabalho — digo. — Mas veja pelo seguinte ângulo: pelo menos agora você não precisa me pagar os dois soberanos. Vou aceitar um.

Ele bate no chão a cadeira que segurava e se vira para mim.

— Que diabo aconteceu?

— Não sei. Acho que cometi um erro.

Caleb franze a testa.

— Eu avisei sobre isso.

— Eu sei. E sinto muito. Não sei o que aconteceu.

Ele me examina atentamente, os olhos analisando os meus, como se pudesse encontrar uma explicação melhor ali. Depois balança a cabeça.

— Você sabe que isso não basta. Se alguém perguntar o que aconteceu hoje, você vai ter de contar a mesma história que contei aos guardas.

— Eu sei — repito.

— É importante — continua ele. — Se alguém descobrir, a coisa vai chegar até Blackwell. Você sabe o que acontece se chegar.

Eu sei. Ele vai me chamar aos seus aposentos, me encarar com olhos negros atentos e espertos, como os de um corvo, e vai querer saber o que aconteceu. Não somente o que aconteceu aqui, hoje. Vai querer saber de tudo. Das coisas que fiz, das pessoas que vi, dos lugares onde estive. Vai querer saber como perdi o foco. Vai me desgastar com o interrogatório até eu confessar tudo e até ele souber de tudo.

E ele não pode saber de tudo. Ninguém pode. Nem mesmo Caleb.

— Vamos sair daqui — diz Caleb. — A fogueira já deve ter se apagado, e não podemos ser vistos.

Ele pega meu braço e me leva até a rua. Vamos serpenteando até chegarmos a Westcheap, a estrada larga e pavimentada que vai de Tyburn até o palácio de Ravenscourt.

Estamos a quarteirões de lá, mas ainda dá para ver a turba se estendendo dos portões para as ruas ao redor. Bandos de homens — e mulheres também —, todos gritando e cantando, denunciando o rei, seus conselheiros, até mesmo a rainha, por causa da política implacável contra a magia.

— Está piorando — comenta Caleb.

Confirmo com a cabeça. As mortes pela fogueira nunca foram populares, mas ninguém jamais protestara antes. Pelo menos não daquele jeito ali. Se você discordasse da política do rei, fazia isso discretamente: distribuía panfletos na rua, cochichava reclamações bebendo na taverna. Parece impossível que agora toda a cidade iria se reunir na frente dos portões do palácio, armada com porretes, pedras e...

Marretas?

— O que eles estão fazendo? — Consigo vislumbrar um grupo de homens, marretas erguidas, espalhados ao longo de um trecho dos portões onde há doze placas de pedra penduradas: as Doze Tabuletas da Ânglia.

As Doze Tabuletas são as leis do reino, gravadas em pedra e postadas ao longo dos portões de Ravenscourt. Cada tabuleta detalha uma lei diferente: propriedade, crime, herança, e assim por diante. Depois que Blackwell se tornou Inquisidor ele acrescentou a Décima Terceira Tabuleta. Ela listava as leis contra feitiçaria e as penalidades contra sua prática. Isso deu origem aos caçadores de bruxos, às piras, às mortes pela fogueira contra as quais estavam protestando hoje. A tabuleta desapareceu há dois anos — vândalos, provavelmente. Mas mesmo ela tendo sumido, as leis, claro, permanecem.

Destruir as outras doze tabuletas não vai provocar mudança. Elas não têm nada a ver com feitiçaria; e, mesmo que tivessem, não faria diferença. Mas os homens continuam golpeando, apesar de não arrancarem sequer uma lasca. Não é de se espantar. As tabuletas são enormes: 1,80 metro de altura e pelo menos 30 centímetros de espessura, pedra bruta.

Caleb balança a cabeça.

— Ele perdeu o controle completamente — murmura.

— Quem?

— Quem você acha? O rei Malcolm, claro.

Arregalo os olhos. Esta é a terceira vez em três meses que Caleb fala contra o rei. Ele nunca agira assim.

— Ele está fazendo o melhor que pode, tenho certeza.

Caleb faz um muxoxo.

— É difícil acabar com protestos ou sufocar rebeliões quando você está ocupado demais caçando, jogando ou passando tempo com mulheres que não são a sua esposa.

Engasgo, e minhas bochechas ficam vermelhas.

— Isso é traição.

Ele dá de ombros.

— Talvez. Mas você sabe que é verdade.

Não respondo.

— Malcolm precisa se livrar dele — continua Caleb. — Ou nós fazemos isso. É a única coisa que vai acabar com essas rebeliões.

Ele é Nicholas Perevil, mago e líder dos Reformistas. É assim que aqueles que apoiam a magia se intitulam. Nem todos os Reformistas são magos, mas todos buscam o mesmo objetivo: reformar as leis antimagia, abolir a Décima Terceira Tabuleta, acabar com as mortes na fogueira.

Nicholas Perevil deveria ter sido só mais um dos magos caçados, capturados e amarramos numa estaca por nós. Mas, antes de Malcolm se tornar rei, seu pai procurou a ajuda de Nicholas. Convidou-o à corte, pediu seu conselho, tentou descobrir um modo de os Reformistas e os Perseguidores — como os reformistas chamam quem se opõe à magia — coexistissem pacificamente.

Logo ele se tornou o mago mais poderoso da Ânglia. Não somente na capacidade mágica, mas também na influência. Era ouvido pelo rei; estava modificando a política da Ânglia. Foi nomeado para o conselho do rei e até mesmo trouxe os próprios homens. Era impensável, diziam seus opositores. Impossível.

Estavam certos.

E cinco anos depois estavam mortos, assim como metade da Ânglia. Mortos por uma peste provocada por Nicholas, uma trama urdida para matar seus inimigos, enfraquecer o país e colocá-lo no trono, tudo isso numa maldição conveniente. Mas Nicholas não tinha planejado a sobrevivência de Malcolm, nem a de Blackwell.

E não tinha planejado nossa existência.

— Talvez — digo. — Mas é difícil capturar alguém que você não consegue encontrar.

— Então talvez devêssemos nos esforçar um pouco mais. — Caleb olha para sua túnica de lã áspera e faz uma careta. — Eu não passei por um ano de treinamento para me vestir como um latifundiário falido. Você também não pode estar feliz usando uma coisa assim. — Ele aponta para meu horroroso vestido de criada.

Depois que as rebeliões começaram, os caçadores de bruxos se tornaram alvos dos Reformistas. Por isso Blackwell ordenou que parássemos de usar nossos uniformes, mentíssemos sobre nossa identidade e fôssemos morar em Ravenscourt, nos misturando a outros serviçais do rei. E é por este motivo que perdi o foco hoje, que cometi um erro. Porque se eu nunca tivesse retornado a Ravenscourt...

Aperto a mão dentro do bolso outra vez.

Saímos de Westcheap e entramos no beco da Cabeça do Rei, uma rua escura e suja, repleta de lojas minúsculas, com janelas fechadas e portas muito bem trancadas. Ao final há uma velha porta com uma placa de madeira verde onde está escrito O FIM DO MUNDO em letras grandes e douradas. Caleb a empurra. O local está apinhado de gente: piratas e ladrões, bêbados e vagabundos. A maioria já está bêbada, mesmo que mal tenha passado do meio-dia. Há um jogo de cartas ruidoso num canto, uma briga iniciando-se em outro. Um trio de músicos se espreme entre eles, tentando em vão tocar mais alto do que o estardalhaço, e a multidão aplaude sempre que alguém leva um soco.

Espiamos Joe, o velho proprietário de cabelos brancos, servindo bebidas atrás do balcão, e vamos diretamente até ele. Assim que chegamos, ele empurra uma caneca espumante de cerveja para cada um de nós e observa enquanto bebemos um gole cauteloso.

— E então? — Ele cruza os braços.

Caleb engasga, cuspindo a cerveja no balcão.

— Não se incomode com ele. — Dou uma cotovelada na cintura de Caleb. — Está muito boa.

Joe se considera um conhecedor de cervejas e toda semana prepara uma receita diferente para a clientela experimentar, com resultados variados. A receita da semana passada, uma infusão com essência de porco assado, foi a pior até hoje.

— Por que comer o jantar quando você pode bebê-lo? — questionara ele. A de hoje tem um leve toque de alecrim. E de alguma outra coisa que não consigo distinguir.

— O que é? — pergunto. — Alcaçuz?

Joe dá uma bufada.

— Não exatamente. Espero que vocês dois não tenham muito o que fazer hoje.

Flagramos Marcus e Linus sentados à nossa mesa de sempre, nos fundos, e vamos até eles. Caleb estende a mão pelas minhas costas para puxar uma cadeira, e eu fico ruborizada de deleite, achando que é para mim, até que ele passa direto e senta-se nela. Fico parada um momento, sentindo-me idiota. Então puxo uma cadeira e me acomodo.

— O que aconteceu com você? — Marcus gesticula o copo em minha direção.

— Do que você está falando?

— Você parece um defunto. — Ele franze o nariz. — E cheira igual a um defunto também. Prenderam os necromantes antes ou depois de eles matarem vocês e desenterrarem de novo? — Marcus ri da própria piada ruim, e Linus o acompanha.

— Talvez se vocês se importassem menos com minha aparência e mais em capturar feiticeiros, poderiam ter metade da minha capacidade — reajo bruscamente.

Caleb ri, porém Marcus me olha, irritado, e murmura um insulto imundo. Ignoro-o. Mas, quando ele se vira para o outro lado, ajeito os cabelos rapidamente atrás das orelhas. Estremeço quando um pedaço de carne sangrenta cai dos fios, bem no meu colo.

— Ela foi incrível. A melhor prisão que fez até hoje. — Caleb levanta a caneca, brindando a mim. Linus não fala comigo desde o verão, depois que me encurralou no jardim do palácio, tentou me beijar e ganhou um soco na cara. E Marcus... bom, Marcus jamais gostou de mim. É alto, abrutalhado, tem cabelos pretos e nunca esperou encontrar concorrência em alguém como eu: baixinha, feminina e loura.

Mesmo assim, Caleb não parece perceber que quanto mais alardeia meu sucesso, mais os outros me odeiam. Além disso, a prisão de hoje não foi algo digno de ser alardeado. Penso em retornar ao balcão para ficar com Joe, quando Linus diz algo que me faz parar.

— Estávamos falando agora mesmo sobre o baile de máscaras do fim do ano — diz ele a Caleb. — Já decidiu quem você vai levar?

Caleb sorri e toma um gole de cerveja.

— Talvez.

Talvez? Meu estômago se retorce num pequeno nó de esperança. Marcus uiva.

— Quem é?

— Conto a vocês depois de pedir a ela.

— É Cecily Mowbray, não é? — pergunta Marcus.

— Não, é Katherine Willoughby — diz Linus. — Eu vi os dois juntos no último fim de semana.

Caleb gargalha.

— Nós somos só amigos.

Amigos?, penso. *Desde quando?* Cecily é filha de um conde, e Katherine é filha de um visconde. As duas são damas de companhia da rainha Margaret, ambas terrivelmente esnobes, ambas terrivelmente lindas. Especialmente Katherine. Alta, de cabelos escuros e sofisticada, é o tipo de garota que usa vestido em vez de calça, joias em vez de armas, que cheira a rosas e não a podridão.

— Vocês me pareceram mais do que amigos — responde Linus.

— A não ser que você beije todas as suas amigas — acrescenta ele com uma risadinha sarcástica.

Sei que essa maldade é destinada a mim. Logo depois de dar o soco em Linus, ele me acusou de gostar de Caleb. Eu neguei, mas acho que ele não acreditou.

— Ah. — Caleb coça a nuca, e fico chocada ao ver as orelhas dele avermelhando-se. Eu nunca tinha visto Caleb ruborizar. — Acho que meu segredo vazou então.

Algo dentro de mim fica arrasado.

Marcus e Linus começam a rir e a provocar Caleb, mas não presto atenção. *Caleb e Katherine Willoughby? Como é possível?* Sei que Caleb é ambicioso, mas ele sempre odiou gente como Katherine. Pessoas que ganhavam tudo de mão beijada, que nunca precisavam lutar pelo que desejavam, como ele.

Acho que mudou de ideia.

Estou tão perdida nos meus pensamentos que não noto os outros rapazes se levantando, até que Caleb está de pé ao meu lado.

— Vamos voltar ao palácio — diz ele. — Para visitar os aposentos da rainha. Parece que vai haver um baile mais tarde.

Dou de ombros. Preferiria não pensar em Caleb dançando com Katherine Willoughby. Caleb nem mesmo gosta de dançar.

— O que você vai fazer?

— Ficar aqui — respondo. — Ouvir música. Beber cerveja.

Caleb arqueia as sobrancelhas.

— Por quê? A cerveja está horrível.

— Eu gosto. — Mas ele tem razão. — A cerveja está horrorosa. Pesada, chapada e tem um gosto metálico e estranho que queima a garganta. Mas não é nada em comparação ao revirar no meu estômago e à ardência terrível nos olhos, do tipo que tenho quando estou quase chorando.

— Certo. — Ele franze a testa. — Mas tenha cuidado. Ela parece meio forte e...

— Vou ficar bem. — Descarto-o com um aceno. — Não se preocupe comigo.

— Eu sempre me preocupo com você.

Mas então ele vai embora. Observo-o saindo, desejando mais do que tudo ser o tipo de garota capaz de fazê-lo ficar.

VOU DA MESA PARA UMA poltrona perto da lareira e peço o almoço — um pouco de pão, queijo e mais um pouco da esquisita cerveja verde do Joe. A sensação de ardência passou, e o sabor está começando a ficar bem gostoso. Os outros fregueses parecem achar o mesmo; estão bebendo-a aos baldes e ficam mais ruidosos e arruaceiros do que o normal.

Não faço ideia de quanto tempo passei aqui até que um homem junto ao balcão levanta-se cambaleando, derruba o banco e começa a ter ânsias de vômito. Corre para a porta e, quando consegue abri-la, revela que lá fora está um breu.

Será que fiquei mesmo o dia inteiro na taberna? Parece ter sido só umas duas horinhas. Acho que eu devia voltar ao palácio, mas não há nada me aguardando lá. Pelo menos nada de bom. Mais uma cerveja parece uma ideia muito melhor. Fico de pé num pulo.

Grande erro. O mundo começa a girar — depressa. Estendo a mão para me firmar, porém, quando a encosto na parede, ela desaparece. Não a parede, minha mão. Entra na pedra, até o pulso.

Fascinante.

Tiro a mão da parede, depois enfio de novo. Repetidamente, até que alguém fala:

— Algum problema com sua mão, querida?

Dou meia-volta. A voz pertence ao sujeito que está sentado à minha frente, o rosto escondido num véu de fumaça.

— Sim. Não. Não sei. Só... geralmente mãos não desaparecem nas paredes, não é? — Em meio à névoa na minha mente, sei que o que digo não faz sentido algum. Começo a rir.

A fumaça sobe, revelando o rosto do homem: cabelo preto encaracolado, barba preta e curta. Um cachimbo comprido e curvo pende da boca. Tem cabo de madeira e fornilho branco esculpido no formato da cabeça de um cachorro. Ele fala sem tirá-lo da boca.

— Você é meio jovem para beber esta coisa, não é?

Rio mais ainda. Vivo por conta própria há tanto tempo que parece absurdo alguém questionar meu comportamento. Em especial quando este alguém é um pirata. Sei por causa do cachimbo. Só homens muito viajados, como piratas ou sujeitos abonados, têm cachimbos como aquele. O restante se vira com os modelos comuns. Além disso, os ricos não costumam frequentar tabernas como esta. Portanto a opção que resta é que ele é um pirata.

Observo o cachimbo subindo e descendo, depois levo um susto quando ele se transforma numa cobra preta gigantesca. Ela desliza para fora da boca do sujeito e se enrola no pescoço dele. O pirata continua a falar, aparentemente sem notar a cobra imensa que se enrola em sua cabeça:

— Eu não deixaria meu filho beber isto, e ele é mais velho do que você. Você não deve ter mais do que... o quê? Quatorze anos?

— Dezesseis. Cuidado!

Estendo a mão e dou um tapa na boca do pirata, derrubando a cobra no chão. Ela fica ali, contorcendo-se e estremecendo, depois explode num arco-íris.

— Bonito. — Sacudo as mãos, tentando pegar as fitas de luz que fazem espirais à minha frente. Um coro de vozes enche o salão; vêm do arco-íris. — Escute. Está ouvindo? O arco-íris está cantando! — Abro a boca e canto junto. — *Greensleeves, la-la-la, quem mais, senão minha senhora Greeeensleeeeves...*

— Por Deus, você está péssima — murmura o pirata.

Ele pega o cachimbo do chão e o enfia dentro da capa, depois me segura pelo braço e me leva até a porta. Fico ofendida. Ele não deveria me tocar, já que é um pirata e eu sou uma garota, e coisa e tal. E definitivamente eu não deveria estar permitindo que um estranho me levasse para fora, para Deus sabe onde. Mas não consigo parar de cantar por tempo suficiente para informá-lo disso.

— Por que não toma um pouco de ar? — diz ele.

— Tem ar aqui dentro. Eu consigo ver! É cor-de-rosa. Você sabia que o ar era cor-de-rosa? — Falo sem parar, encarando o pirata enquanto ele me leva para o beco que agora está apinhado. Ele é realmente alto. — Qual é o seu nome?

— Sou Peter. — Ele me dá as costas. — George, aí está você. Obrigado por vir tão depressa. Então? O que acha?

— Prazer em conhecê-lo, Peter George. Sou Elizabeth Grey. Está vendo as estrelas, Peter George? Elas estão escrevendo seu nome no céu. P-E-T... — Aponto para as luzes que piscam dançantes diante dos meus olhos. Tão perto que quase consigo tocá-las.

— É, é ela — diz uma voz junto ao meu ouvido.

Dou um pulo e um gritinho. Há um rapaz parado perto de mim. De onde ele veio? Está me examinando de cima a baixo, e eu devolvo o olhar. Cabelo castanho escuro, olhos azul-claros. Está bem vestido, com uma capa verde, calça azul, botas pretas. Algo nele me parece familiar, mas não identifico o que é. Abro a boca para perguntar, mas em vez disso começo a soltar risadinhas.

— Ela está bêbada? — pergunta o rapaz.

— Caindo de bêbada e um pouco mais — diz Peter George. — Absinto. Maldito Joe, colocou absinto na cerveja e não se deu ao trabalho de contar a ela. A garota é jovem demais para mexer com essas coisas. Mas... tem certeza?

Absinto! Então por isso a cerveja estava verde. Já vi cortesãos beberem absinto e ficarem meio malucos depois. Que bom que ele não causa tal efeito em mim.

— A garota está meio alterada agora, mas sem dúvida é ela — confirma o rapaz. — Acha que ela está em condições de conversar?

— Eu consigo conversar — digo atabalhoadamente. — Veja, olhe. Estou conversando agora mesmo. Gosto de conversar. — Isso não é verdade, de fato, a não ser que eu esteja com Caleb ou que tenha bebido demais. Aí Joe diz que falo pelos cotovelos, o que nas palavras dele significa que falo um bocado.

Peter George e o rapaz se entreolham.

— Ótimo. Vamos levá-la a algum lugar menos apinhado, ver o que conseguimos descobrir.

O rapaz engancha o braço pelo meu e me leva pelo beco da Cabeça do Rei e por uma série de ruas que se dirigem ao rio. Noto que tomam o caminho mais longo, evitando Tyburn.

— Vamos ajudá-la a voltar ao palácio e vamos bater um papo no caminho — diz o rapaz. — Se você não se importar.

— Cata-ventos — respondo, tropeçando numa pedra.

— É? — Ele me segura. — Não estou vendo nenhum, mas vou aceitar sua palavra.

— Não, são seus olhos. Giram que nem cata-ventos. Qual é o seu nome, mesmo?

— George.

— Engraçado. O outro homem também é George. Peter George... epa! — Tropeço na barra da capa e caio no chão.

— Não, ele é Peter, apenas. Eu sou George. Aqui, deixe-me ajudá-la. — Ele me levanta, e noto que temos a mesma altura.

— Você é tremendamente baixo — digo.

— Baixo? Eu, não! Talvez *você* seja baixa. Já pensou nisso?

Penso.

— Meu Deus, está certo. Você deve ser muito inteligente.

George gargalha.

— Se todo mundo fosse tão fácil de ser convencido assim...

Peter Apenas se aproxima, segura meus ombros e me encara, obrigando-me a olhar para ele.

— George disse que você mora no palácio. É verdade? — pergunta.

Confirmo com a cabeça.

— O que você faz lá exatamente?

— Sou uma criada. — A mentira rola da língua com facilidade. Eu já fui uma criada, ainda durmo com as criadas, às vezes gostaria de ainda ser criada.

— Criada? — Ele pisca, surpreso. — De que tipo? Arrumadeira? De Companhia?

— Da copa.

Não deixo de notar que ele parece decepcionado.

— Há quanto tempo?

— Desde que eu tinha 9 anos.

— Nove? — Ele franze a testa. — Onde estão seus pais?

— Morreram.

— Sei. — A careta de Peter Apenas fica mais branda. — Você sempre trabalhou na cozinha?

Faço que sim com a cabeça outra vez.

— Sei matar galinhas, também sei cozinhá-las, além de patos, pavões, pode escolher. Sei fazer um bom ensopado e um pão bem aceitável; sei até bater manteiga. E meus pisos são tão limpos que você pode até comer neles. — Faço uma careta, sabendo o quanto isto soa estúpido. Mas tenho ordens a cumprir.

Peter Apenas acena descompromissadamente.

— Muito bem. Mas, afora isso, há alguma coisa em você que seja, digamos, diferente das outras criadas? Incomum?

Só umas cem coisas. Bom, talvez não cem. Talvez só uma.

— Não, senhor. Sou realmente muito comum.

Ele se vira para George.

— Veda devia estar falando de outra pessoa. Esta não pode ser a garota que ela queria que encontrássemos. Por um momento pensei que, talvez, se ela fosse criada da rainha... Mas esta garota não pode nos ajudar. Ela é só uma menina. George?

George não está prestando atenção. Está me encarando com uma expressão tremendamente curiosa.

— Talvez você esteja certo — diz George, dando-me as costas. — Vamos levá-la de volta ao palácio. É tarde, e vão sentir a falta dela.

Começamos a retornar, pegando o caminho de cascalho perto do rio Severn a fim de evitar as ruas movimentadas. Seguimos aos tropeços, eu caindo pelas tabelas, e George e Peter Apenas se revezando para me manter de pé e espanando minha capa, até que o caminho acaba num lance de escadas que leva aos portões do palácio.

— Cá estamos — anuncia Peter Apenas. — Está preparado, George?

— Sem dúvida.

George sorri para mim. Estou prestes a retribuir o sorriso quando vejo seus dentes crescerem até se tornarem presas negras compridas. Fecho os olhos com força.

— Elizabeth! — Abro-os e encontro o rosto de Peter Apenas a centímetros do meu. — George vai cuidar de você, certifique-se de entrar direitinho. Mas no futuro tente ficar longe do absinto, está bem?

Confirmo com a cabeça. Para um pirata, ele é bem legal. Só gostaria que seu rosto parasse de derreter.

— Certo, Peter Apenas. — Fecho os olhos de novo. — Vou fazer isso.

Ele dá uma risada baixinha.

— Não é Peter Apenas, querida. Apenas... ah, tudo bem. George, até logo. — Ele dá meia-volta e desaparece na escuridão.

George me ajuda a subir a escada até o pesado portão de ferro, no topo, que se abre para os jardins do palácio. O guarda o destranca para nós e George me leva para dentro.

— Estamos em casa — diz ele.

— Estamos? — reajo com surpresa.

George gargalha.

— É. Eu também moro aqui. Você ainda não me reconheceu, não é? Sou o novo bobo da corte do rei Malcolm.

BEM QUE ACHEI QUE ELE parecia familiar.

— Você não me parece um bobo.

— Espero que não. Sou bobo por profissão, não por apresentação. E às vezes por reputação. — Ele ri.

— Você é jovem demais para ser um bobo — insisto, oscilando um pouco.

— De jeito nenhum. — George me segura pelos ombros. — Tenho 18 anos, a idade mais boba de todas. Tenho todos os problemas de um homem e nenhum dos pretextos de um garoto. — Ele me guia pelo caminho de terra que serpenteia os limites do jardim. — Precisamos que você chegue ao seu quarto antes que alguém a veja nessa situação. — Ele olha ao redor. — Mas não sei como...

— Ah, eu sei. — Seguro sua manga. — Venha atrás de mim.

Arrasto-o para fora do caminho e atravesso o gramado até uma parede coberta de trepadeiras. Caminho junto a ela, passando a mão pelas folhas.

— Sabe o que é engraçado neste palácio? — pergunto. — Todas as gárgulas. Há um monte delas escondidas, mas, quando você encontra uma, ela está sempre perto de alguma coisa interessante. Está vendo?

Paro e aponto para o pequeno focinho quase completamente enterrado pela hera. Enfio a mão no meio das folhas e tateio, procurando a maçaneta de porta que sei que está ali. Encontro-a. Levanto-a e ouço um estalo minúsculo, depois abro a cortina de trepadeiras, revelando uma pequena passagem.

Ele está fazendo aquilo de novo: me olhando com aquela expressão engraçada, as sobrancelhas escuras erguidas, um sorrisinho minúsculo no rosto.

— O que foi? — pergunto.

— Nada. Mas... você é uma garota engraçada.

— Na verdade, não.

— É sério. Quero dizer, o que uma cozinheira sabe sobre portas secretas?

Estalo a língua.

— Isso não é nada.

— Não diga. — Ele balança a cabeça, depois indica a porta. — Primeiro as damas.

Passo pela abertura minúscula, e George me segue. Inclino-me para rearrumar as trepadeiras antes de fechar a porta. Está um breu ali dentro.

— Tem uma escada aqui — digo. — Se você for até em cima, vai chegar a uma porta. Ela dá num salão grande, atrás daquela tapeçaria enorme, você sabe, a que tem corujas e morcegos atacando o mago na mesa? — O rei Malcolm adora tapeçarias e pinturas com imagens violentas, e eu odeio todas elas.

— É, eu sei. Mas e você?

— Eu vou por aqui. — Aponto o polegar para minha traseira, mas está tão escuro que ele provavelmente não enxerga. — Atrás de mim. O corredor leva à cozinha. Os alojamentos das criadas ficam logo depois.

Fico parada um minuto, esperando que ele vá embora. Mas ele não vai. E, mesmo que eu não consiga enxergar, posso sentir o olhar de George em mim. Não consigo deduzir o que ele quer.

— Acho que você pode ir agora — falo.

Mas ele não se mexe.

— Eu me sentiria melhor se levasse você em segurança até o seu quarto.

Cruzo os braços.

— Não preciso da sua ajuda.

— Eu não disse que precisava — retruca George afavelmente. — Só estava sendo amigável. Parece que seria bom você ter um amigo.

— Por que você diz isso?

— Não sei. Estava sozinha numa taberna vagabunda, bebendo absinto sozinha, cambaleando para casa com um pirata e um bobo, sozinha...

— Que negócio é esse, Sr. Enxerido?

— Na verdade meu sobrenome é Cavendish. Mas pare com isso. Vamos ser amigos. Sou novo aqui. Seria bom ter alguém para me mostrar como as coisas são feitas.

— Você é um bobo se quer aprender como as coisas são feitas com uma criada da cozinha — resmungo.

Gostaria que ele fosse embora. Só quero ir para o meu quarto e dormir. Esquecer que esse dia aconteceu. No escuro, assim, o efeito do absinto está começando a passar e estou começando a me lembrar de tudo. De como assassinei acidentalmente aquele necromante. De Caleb beijando Katherine Willoughby. Indo ao baile de máscaras com ela enquanto fico em casa sozinha.

Então tenho uma ideia.

— Se você é o bobo do rei Malcolm, acho que sabe sobre o baile de máscaras que ele vai dar no fim do ano.

— É. Ouvi dizer.

— Se quer mesmo saber como as coisas são feitas aqui, esse é um bom local para se começar. Já que agora somos amigos, por que você não vai ao baile comigo?

George pigarreia.

— Ir com você?

— É.

— Ao baile de máscaras?

— É.

Silêncio. Pela terceira vez, hoje, posso sentir as bochechas ficando quentes.

— O quê? — digo, irritada. — Acha que um bobo é bom demais para ir a um baile com uma criada?

— Não. É só... Eu não sabia que as criadas podiam ir aos bailes de máscara.

Mas que droga. Ele está certo, claro. As criadas não podem ir, mas eu não iria como criada; iria como caçadora de bruxas. Não que isso importe, já que estarei usando máscara e ninguém vai ver meu rosto mesmo.

— Não podemos — corrijo-me. — Mas você pode. E como eu disse, achei que você poderia me levar.

Ele pigarreia de novo.

— Sabe, você é muito bonitinha. E, se eu estivesse inclinado nessa direção, você certamente seria alguém a ser cogitada.

Demoro um segundo para ver que ele está me dando um fora.

— Um simples "não" bastaria — murmuro.

— Basta dizer que meu "não" não é simples.

— Não estou com clima para charadas — retruco rispidamente. Começo a desejar que não tivesse tomado aquela cerveja. Ou que tivesse bebido mais, de modo que estivesse apagada em algum lugar em vez de conversando com um bobo, feito uma idiota.

— Vou indo agora — digo. — Então como eu disse, suba a escadaria, passe pela porta, por baixo da tapeçaria, e é só. — Viro-me e vou andando pelo corredor. Estou quase no fim quando ouço a voz dele.

— Quem sabe a gente se vê por aí uma hora dessas?

Não respondo. Simplesmente continuo andando.

Logo o corredor fica mais estreito e mais quente, e sei que estou me aproximando da cozinha. O jantar já aconteceu há horas, mas ainda sinto o cheiro da comida através da parede, ouço a agitação do outro lado enquanto elas fazem a limpeza: panelas batendo, criadas berrando, os passos dos serviçais ainda carregando bandejas do salão de refeições.

Meu estômago começa a roncar e me pergunto se posso me esgueirar até lá dentro e pegar alguma coisa para comer sem que alguém me veja. Fico de joelhos e passo a mão pela parede até sentir uma pequena fenda, o suficiente para enfiar o dedo: a maçaneta da porta minúscula que dá na cozinha, entre a parede e o forno de pão.

Descobri esta porta na minha primeira semana na cozinha. Eu tinha somente 9 anos e não tive coragem de abri-la. Não sabia o que havia do outro lado, mas imaginei um monte de coisas: cobras, fantasmas, monstros malignos comedores de criança. O tempo passou e me esqueci dela, até que um dia Caleb veio me fazer companhia enquanto eu realizava minhas tarefas.

Lembro-me de que ele estava sentado no chão, desafiando a si mesmo num jogo de dados, a mão esquerda contra a direita. Ele não deveria estar na cozinha comigo; as outras criadas achavam que ele as distraía. Caleb tinha apenas 14 anos, mas media quase 1,80 metro e era dono de um cabelo louro-escuro que caía em ondas sobre os olhos. Era bonito e sabia disso. Eu tinha somente 12 anos e também sabia disso.

Também sabia que ele era teimoso. Não adiantava implorar nem resmungar, não havia nada capaz de obrigar Caleb a fazer algo que ele não quisesse — nem de impedi-lo quando ele decidisse fazer. Se ele quisesse ficar na cozinha e me distrair, faria isto. A porta foi o que finalmente o incitou a sair naquele dia. Ele recolheu os dados no chão, atravessou o cômodo e a empurrou. Havia um corredor do outro lado, escuro e úmido, levando ao desconhecido.

Ele pediu que eu o acompanhasse, para descobrir aonde aquilo iria dar. Na época eu não odiava espaços pequenos e escuros — não como agora —, mas mesmo assim não quis ir. Tinha trabalho a fazer e sabia que ficaria encrencada caso saísse. Mas sempre segui Caleb a todo lugar. Não havia um local aonde ele me pedisse para ir que eu não concordasse em ir junto. Mas nunca pensei na possibilidade de que um dia ele pararia de me convidar. Nunca percebi que, sem ele, eu não tinha aonde ir.

De repente não sinto mais fome. Levanto-me e passo pela porta seguinte, para o corredor que dá nos alojamentos das criadas. Aqui há uma penumbra, iluminada por apenas uma tocha num suporte de parede. Mas ainda está suficientemente claro para fazer com que minha cabeça comece a girar outra vez, do mesmo jeito que aconteceu dentro da taberna. Encosto-me na parede, fecho os olhos e tento fazer com que pare. Estou cansada. Tão cansada que, quando ouço a voz dele, demoro um segundo para reagir.

— Elizabeth?

Levanto a cabeça bruscamente. Ali, no fim do corredor, está Caleb. Ele vem na minha direção, as mãos cruzadas às costas. Meu coração salta quando o vejo.

— Onde você esteve? — Ele está parado à minha frente, o rosto escondido nas sombras. — E o que aconteceu? Você está péssima.

— Exatamente o que toda garota quer ouvir — murmuro.

— Eu não quis dizer nesse sentido.

— O que você está fazendo aqui? — pergunto. — Não deveria estar, sei lá... — Aceno para os arredores. — Valsando e rodopiando ao som de música?

Caleb sorri.

— É meia-noite. As damas estão dormindo há horas.

Alguma coisa no modo como ele diz isso me irrita. Como se estivesse insinuando que não sou uma dama porque não estou dormindo há horas. Como se eu já não soubesse que não sou uma dama.

— Bom, trá-lá-lá — digo baixinho.

— Eu queria ver como você estava, antes de eu me recolher, só que não encontrei você aqui.

— Estava ocupada — reajo bruscamente. — Nem sempre fico à toa no meu quarto, esperando que você apareça. Se fosse assim, quem sabe quanto tempo eu estaria enfiada lá dentro?

Os olhos de Caleb se arregalam. Não creio que eu já tenha falado desse jeito com ele. Mas estou com tanta raiva que não consigo evitar.

— Além disso, não preciso que você verifique como estou. Estou perfeitamente bem. — Sigo em direção à minha porta, mas sou atacada por mais uma onda de tontura. Jogo os braços contra a parede para me firmar, mas meus pés se embolam na capa e despenco no chão.

— É, você parece perfeitamente bem — diz Caleb. Ouço a diversão na voz dele. Eu estaria furiosa se não estivesse prestes vomitar. — Quanto daquela cerveja você bebeu, afinal? — Ele me ajuda a ficar de pé.

— Não sei — murmuro, apoiando-me nele e fechando os olhos de novo. As coisas não giram tanto quando os olhos estão fechados.

— Não sei o que deu em você — diz Caleb. — Primeiro o necromante, agora isto.

Entreabro um olho e o espio.

— Só estou tendo um dia ruim.

— Mas não é só hoje. Ultimamente você parece um pouco...

— Um pouco o quê?

— Infeliz.

Pisco, com surpresa. Não sabia que ele prestava atenção suficiente em mim a ponto de notar.

— Por que você diz isso?

Ele dá de ombros.

— Não sei. Você não parece você mesma. Está quieta demais. Normalmente não consigo fazer você calar a boca. — Ele sorri. — E você diz que eu nunca venho vê-la, mas faz um bom tempo que não recebo um convite.

— Antigamente você não precisava de convite.

— É. Bem. Na época a gente era criança. Agora não posso exatamente aparecer no seu quarto sem convite, posso? Eu nem deveria estar aqui. O que as pessoas iriam pensar?

Sei exatamente o que elas iriam pensar. Minha mão vai até o bolso de novo.

— De qualquer modo, se tem alguma coisa a incomodando, pode me dizer. Você costumava me contar tudo.

Eu conseguia contar tudo a ele... antigamente. Mas isso foi antes de ele ficar alto, e eu continuar baixinha, de ele ficar lindo, e eu permanecer bonitinha, e de ele abrir todas as portas que eu queria que ficassem fechadas.

— Estou bem, Caleb. Só estou cansada. Vou me sentir melhor de manhã.

Ele fica quieto por um momento.

— Se você acha... — concorda finalmente. — Posso ao menos te levar para o quarto?

Confirmo com a cabeça. Caleb passa o braço pelos meus ombros e eu me apoio nele, e por um segundo parece que somos só nós dois no mundo. Como se sempre tivéssemos sido. Por um segundo penso que talvez eu possa contar a ele o que está acontecendo na minha vida, o que está acontecendo *comigo*. Fico testando as palavras na cabeça e chego a abrir a boca para dizê-las. Mas, quando levanto os olhos, percebo que ele está olhando além da minha cabeça e franzindo a testa.

Viro no instante em que o sujeito sai das sombras: um dos guardas do rei Malcolm, parado perto da minha porta, com seu rígido uniforme preto e vermelho, segurando a lança.

Ai, não, penso. *Agora não.*

Um tremor de surpresa atravessa o rosto de Caleb.

— Richard. — Caleb assente. — Está me procurando?

Richard pigarreia.

— Não. Estou aqui para, *ah*, você sabe.

— Não, não sei. — A surpresa de Caleb vira uma carranca. — Importa-se em me dizer?

Richard olha para mim, mas não responde.

— Elizabeth? — Caleb me olha. — O que Richard está fazendo aqui?

Balanço a cabeça, horrorizada demais para falar.

Caleb me solta e vai na direção de Richard. Desabo na parede, encostando o rosto na pedra fria. Ouço os passos dele pelo corredor.

— Vou perguntar de novo: o que você está fazendo aqui?

De novo Richard não responde. Mas sei que Caleb não vai deixar por menos.

— Responda!

— Caleb, pare. — Desgrudo-me da parede. Vou na direção dele. Não dou mais do que alguns passos, e tudo recomeça a girar descontroladamente. Tombo para a frente de qualquer jeito e despenco embolada no chão.

— Elizabeth! — Caleb corre para o meu lado.

— Estou bem — murmuro. Mas não estou. Toda vez que abro os olhos, tudo fica confuso. O ar está escuro e sufocante, e as paredes parecem se fechar em cima de mim.

— Vamos para dentro. — Caleb me levanta. Começamos a andar até o meu quarto outra vez, mas Richard avança para nos bloquear.

— Ela vem comigo — diz Richard.

— Ela não vai a lugar algum com você — reage Caleb. — E, se você não sair do caminho, juro que vai lamentar muito por isso.

Encolho-me, esperando que Richard grite, talvez reaja com um soco. Em vez disso os dois ficam quietos. Caleb me solta. Abro os olhos e o encontro agachado junto de mim, segurando um punhado de ervas. Reconheço-as imediatamente: espinhos de poejo roxo, flores amarelas de silphium. Minha mão vai ao bolso imediatamente, mas já sei que ele está vazio.

Ele se levanta.

— Elizabeth, de onde veio isso?

— Do bolso dela. Caiu do bolso dela. — Os olhos de Richard estão arregalados. — Eu vi.

Caleb as vira na mão. Examina atentamente. Franze a testa.

— Isso é poejo — diz ele. — E silphium. As mulheres usam isso se estão, você sabe... — Ouço o desconforto na voz dele — tentando não engravidar. São ervas de feiticeiras. — Ele me olha. — Por que você estaria com isso?

Passa-se um momento longo, silencioso e pavoroso antes que ele fale, ao mesmo tempo que compara o que sabe com o que deseja não saber.

— Engravidar — repete ele, empalidecendo. — E você... você está indo com ele. — Caleb vira a cabeça para Richard. — À meia-noite. Para ver o rei.

Balanço a cabeça. Procuro uma negativa. Um pretexto. Qualquer coisa. Só que não há o que dizer.

Caleb dá meia-volta e encara Richard.

— Você não viu nada — diz ele. — Ela nunca esteve aqui. Nunca portou estas coisas. Eu tenho dinheiro. Pago para você ficar calado...

Caleb começa a tirar moedas do bolso. Mas Richard já está recuando, o polegar posicionado entre o indicador e o dedo médio: o antigo sinal contra a feitiçaria.

— Ela é feiticeira — diz ele. — Não posso deixar que ela vá. — Richard leva a mão ao cinto, pega um par de algemas.

— Ela não é feiticeira — diz Caleb. — Ela só...

Ele para de falar, mas sei o que iria dizer: ela não é feiticeira, só está com ervas de feiticeiras. Caleb conhece as leis tanto quanto eu. O que eu tenho, o motivo pelo qual ia utilizá-las, é o suficiente para me mandar ao ecúleo para ser torturada, à prisão para ser detida, à estaca para ser queimada.

Viro-me para correr, mas perco o equilíbrio de novo e escorrego. Caleb estende a mão para mim, mas Richard o empurra e segura minha capa, levantando-me. Puxa minhas mãos às costas com rispidez e fecha as algemas nos meus pulsos.

— Elizabeth Grey, pela autoridade do rei Malcolm da Ânglia tenho a ordem de prendê-la pelo crime de feitiçaria. Por meio desta você é ordenada a ir conosco à prisão Fleet para aguardar pelo julgamento, presidido pelo Inquisidor, lorde Blackwell, duque de Norwich. Se for considerada culpada, será executada na fogueira, suas terras e seus bens serão passados à coroa. — Uma pausa. — Que Deus a ajude.

— Você não pode levá-la à prisão! — grita Caleb. — Você não tem autoridade. Não sem o consentimento de Blackwell.

Richard pensa por um instante.

— Então não vou levá-la à prisão — diz. Estou para soltar um suspiro de alívio, mas ele acrescenta: — Vou levá-la para ver Blackwell.

A PRISÃO TERIA SIDO MELHOR.

Caleb segura meu braço.

— Você não vai levá-la. Não sem me levar também.

Richard me arranca da mão dele.

— Eu não faria isso se fosse você — rosna ele. — Ela já representa encrenca demais do jeito que está. Acompanhá-la feito um cachorrinho não vai ajudar em nada.

— Ele está certo, Caleb — digo. — Você só vai piorar as coisas. Vá para o seu quarto e me espere. Eu volto logo.

Caleb olha para nós dois, avaliando o peso de suas decisões.

— Ótimo. Vou aguardar. Mas não no meu quarto. Vou esperar aqui. Se você não voltar em uma hora, eu vou encontrá-la.

Richard me arrasta até o pátio vazio, atravessamos o terreno e subimos um lance de escada que leva aos aposentos. Ravenscourt é a residência principal do rei e da rainha, mas Blackwell também tem aposentos reais, mais por status do que por necessidade, já que a casa oficial fica pertinho, basta seguir de barco rio abaixo.

Ele me empurra pelo corredor mal iluminado até chegarmos numa porta dupla imensa: carvalho escuro e lustroso, maçanetas de latão reluzente, um par de guardas vestidos de preto e vermelho.

Quando nos aproximamos, eles descruzam as lanças com um estalido, as pontas brilhando feito relâmpago, refletindo as velas que tremulam junto às paredes.

A porta se abre, um garoto sai e passa correndo por mim. É um serviçal, talvez, embora seja pouco mais do que uma criança. Os guardas não parecem notar; agem como se ele não estivesse ali. Talvez não esteja, talvez eu o esteja imaginando. Talvez esteja imaginando essa coisa toda.

Lá dentro, o fogo estala na lareira, o cheiro de alecrim vem dos juncos frescos jogados no chão. Blackwell está sentado atrás de sua mesa, com papéis espalhados diante de si, trabalhando como se fosse meio-dia invés de meia-noite. Se está surpreso por me ver ali parada, em seus aposentos, algemada e escoltada por um dos guardas de Malcolm, não o demonstra. Seu olhar vai do meu rosto para minhas mãos presas, então para Richard, depois volta para mim.

Ele não é velho nem é jovem. Não sei sua idade, mas ele tem a mesma aparência de sempre: cabelo escuro com mechas grisalhas, cortado bem curtinho. Barba curta, aparada. Rosto comprido e fino, um nariz que para pouco antes de ser chamado de grande. É alto, tem bem mais de 1,80 metro. Poderia ser atraente, não fossem os olhos que parecem lascas de carvão molhado. Frios, duros, pretos.

— Tire as algemas dela — ordena ele a Richard.

— Mas... o senhor não quer saber por que ela está aqui, antes que eu a solte?

— Eu dou as ordens aqui e eu faço as perguntas — rebate Blackwell. — Remova as algemas.

Richard dá um passo e destranca as algemas. Elas se abrem com um estalo fraco.

— Quero saber por que você está aqui — diz Blackwell, a atenção ainda em Richard. — Por que trouxe um dos meus caçadores de bruxas no meio da noite, algemada feito uma criminosa comum. E por que você — ele desvia o olhar para mim — permitiu que isto acontecesse?

Richard vira o rosto para mim, como se quisesse que eu falasse primeiro. Olho bem para a frente e não digo nada. Se ele acha que vou me acusar diante do juiz e do júri, vai ficar esperando.

— Diga você — repete Blackwell, a voz uma ameaça silenciosa. — Agora.

— Eu... eu fui ao quarto dela. Para levá-la ao rei. Ele requisitou a presença dela — gagueja Richard. — E ela estava com estas coisas. Que caíram do bolso dela.

Ele tira as ervas, larga-as na mesa de Blackwell. Verdes, perfumadas; até mesmo bonitas; amarradas num feixe com um pedaço de barbante, como um buquê simples que um garoto daria a uma garota. Com aparência tão inocente. Mas tão prejudiciais.

Fecho os olhos diante do silêncio ensurdecedor que se segue, resignando-me ao que virá em seguida. Nunca imaginei que voltar a Ravenscourt levaria a isto. Primeiro sou disfarçada como criada, depois sou apresentada ao rei e, quando vejo, estou num bote, descendo o rio à meia-noite, indo a um balneário procurar uma curandeira e um punhado de ervas. Paguei o salário de três meses à bruxa velha: dois pelos conhecimentos dela, um pelo seu silêncio, e veja só no que deu...

— Deixe-nos — diz Blackwell.

Abro os olhos de repente. Richard me encara, e eu noto o lampejo de alguma coisa no rosto dele: quase parece culpa. Ele assente para Blackwell, dá meia-volta e sai da sala.

Blackwell se inclina na cadeira de encosto alto, acolchoada com veludo vermelho. Parece um trono. Considerando o poder que ele tem sobre mim, poderia mesmo ser um. Ele segura a mesa e me encara. É o jeito dele. Vai me encarar até me deixar sem opção, até eu dizer alguma coisa.

Mas não vou falar nada — juro que não. Não vai adiantar mesmo. Estou encrencada, e nada que eu possa dizer vai mudar isso. Segundos se transformam em minutos, e mesmo ele continua em silêncio. Começo a oscilar: estou exausta, a cabeça tonta por causa do absinto, a barriga revirando de náusea e nervosismo.

Talvez eu esteja piorando as coisas ficando calada. Talvez Blackwell enxergue meu silêncio como um desafio. E a última coisa da qual eu preciso agora é que ele pense que o estou desafiando.

De novo.

— Não era uma coisa que eu quisesse. Quero dizer, com o rei. — Começo assim, preventivamente, as palavras duras no silêncio do cômodo. Não há como mitigar a verdade delas, por isso nem tento. — Eu não o incentivei, se é isto que o senhor está pensando. Ele mandou me chamar. Com um bilhete.

Foi assim que começou: com um bilhete. Escrito com a letra do rei e entregue ao guarda dele, passado a um pajem, em seguida a um serviçal e depois a mim, largado no meu colo, certa noite durante o jantar. Lembro-me de ter desdobrado o pergaminho grosso com um sorriso, achando que era de Caleb.

Não era.

— Ele pediu que eu esperasse no corredor, em frente ao meu quarto à meia-noite. Mas não obedeci. A princípio, não. Por que faria isso? Era um equívoco, tinha de ser. O que o rei quereria comigo?

Mas é mentira. Eu sabia o que ele desejava. Como poderia não saber? Houve muitos olhares de soslaio, muitos convites para me sentar perto dele e conversar sobre nada, interesse demais concedido a alguém que não deveria receber nenhum. Mesmo sem essa coisa toda eu saberia. Conforme Caleb sempre me lembrou: nada de bom vem para uma garota depois da meia-noite.

— Os bilhetes continuavam chegando e eu persistia em ignorá-los. Até que uma noite ele mandou um de seus guardas me buscar. Tive de ir. Diretamente para os braços dele. O que mais eu poderia fazer?

Blackwell não responde. Não espero que ele responda. Mesmo assim continuo. Agora que comecei, parece que não consigo parar.

— Não pude impedir que ocorresse, mas poderia garantir que mais nada acontecesse. Eu não poderia ter um filho do rei. — Engulo em seco. É a primeira vez que admito isto em voz alta, tal possibilidade, exatamente o que eu estava tentando impedir. — Eu sabia que ele iria me mandar embora. Que iria me trancar numa abadia, para viver confinada para sempre. Todo mundo saberia. Eu não queria isso. Não quero isso. Quero ficar. Aqui, com o senhor.

Se Blackwell se comove com meu pedido, não demonstra. Continua a me encarar, o rosto frio, duro, esculpido em pedra. Não consigo decifrar nada nele.

Por fim ele fala:

— Há quanto tempo você sabe?

— Há quanto tempo sei o quê?

— Que você é uma feiticeira?

— Uma feiticeira? — Berro a palavra como se nunca a tivesse escutado. — Não sou feiticeira! Não sou...

— Você. Tinha. Ervas. — As palavras dele são um rosnado; poderiam ser um grito. — Ervas de feiticeira. Para mim, isto faz de você uma feiticeira.

— Não sou feiticeira — repito. — Quero dizer, eu estava com ervas de feiticeira. E eu as peguei. Mas não sou uma delas. — Mesmo para mim, o argumento parece débil.

— O que mais você tem escondido, além destas ervas? — Blackwell gesticula para elas, ainda apoiado na mesa. — Bonecos de cera? Amuletos? Livros de feitiçaria? Um espírito ajudante?

— Nada! Não tenho nada escondido. Odeio feitiçaria tanto quanto o senhor!

— Não tanto quanto eu. — Sua voz é uma chuva gelada nas minhas costas. — Eu, não.

Ele fica em silêncio. Os únicos sons na sala são o crepitar do fogo, minha respiração pesada, meu coração martelando.

— Não sou feiticeira — repito.

Blackwell abre uma gaveta na mesa, tira um pedaço de pergaminho. Pega a pena, mergulha em tinta e começa a escrever. Ouço a pena raspar no papel.

— Estou decepcionado com você, Elizabeth. — Uma pausa. — Muito decepcionado.

Respiro fundo. Prendo o fôlego.

— Você passou anos comigo, não foi? De todos os meus caçadores de bruxos, era uma das melhores, não era?

— Era — sussurro.

— Eu tinha minhas dúvidas, você sabe — continua ele, ainda escrevendo. — Quando Caleb a trouxe para cá, ele disse que poderia fazer alguma coisa de você. Não acreditei. — Outra pausa enquanto ele assina o papel, a mão girando para desenhar a letra elaborada. Espalha areia na tinta para secar, sacode o excesso no chão. — Mas você me surpreendeu. Eu não esperava que você sobrevivesse à primeira semana.

Estremeço diante da análise soturna. Diante da ideia que ele fazia da minha chance de sobreviver, do tom dizendo que não importaria muito para ele se eu não tivesse conseguido.

— Mas você sobreviveu. E está aqui.

Por fim, Blackwell levanta a cabeça e faz uma varredura com aqueles olhos frios e negros.

— Eu esperava mais de você. O que não esperava era isso. — Ele gesticula. — Você violou uma lei ao tomar posse destas ervas. E mais outra quando matou aquele necromante — Ele me encara, portanto sabe sobre isso também — e se tornou um ônus. Não posso ter caçadores de bruxos violando minhas leis. São leis que eu criei, que o seu rei criou, para manter este país em segurança. Se você violá-las, será castigada por elas.

Castigada.

Eu sabia que ia dar nisso; não havia como ser diferente. Imagino as coisas que ele pode fazer: me demitir, mandar-me de volta para a cozinha, me trancar atrás dos muros de um convento tal como eu temia.

Não digo nada. Apenas confirmo com a cabeça.

Então ele se levanta abruptamente. Nesse momento noto que está vestido para o dia: calça preta; gibão preto, os pulsos com acabamento de pele escura; o colar do cargo, pesado e de ouro, pendurado no pescoço. Roupas para me fazer lembrar de seu poder, de sua influência. De seu poder de fazer qualquer coisa a qualquer pessoa.

Como se eu precisasse ser lembrada.

Ele pega o pergaminho na mesa, levanta-o. Parece bastante oficial: comprido e enrolado, com sua assinatura logo acima do selo real ao pé da página. Consigo identificar uma rosa, a flor de sua casa — a mesma da casa do rei — comprimida na cera vermelha e dura.

— Você sabe o que é isto?

Balanço a cabeça.

— É um Decreto de Proscrição. — Com um movimento ágil do pulso, ele o joga na mesa. O pergaminho desliza pela superfície de madeira lisa, rola até o chão. É isso: a perda momentânea de controle que me revela sua raiva quase transbordando, como uma panela deixada fervendo por tempo demais. E eu sei que, seja lá o que signifique, o tal Decreto de Proscrição não é um perdão. — Ele proclama sua sentença.

— Minha... *sentença?* — A palavra gruda na garganta. — Que sentença?

— A que dei a você como castigo por seu crime.

Meu crime. Inspiro fundo.

— Você é acusada de feitiçaria. Admitiu que a pratica. Isso é traição. O castigo para a feitiçaria e para a traição é a morte.

— *Morte?* — Repito a palavra, sussurro-a.

— Sim.

— Eu?

— Sim.

— Mas... eu sou uma caçadora de bruxos — clamo. — Sua caçadora de bruxos! O senhor não pode simplesmente me mandar para a prisão, para a fogueira... não pode simplesmente me queimar viva na frente de todo mundo! Não pode!

Blackwell dá de ombros, despreocupado.

— Posso e mandei. Está feito. Você será levada à Fleet para aguardar pela execução em Tyburn, onde será queimada viva. — Ele gesticula para o fogo que ruge na lareira. — Junto ao restante dos violadores da lei e dos hereges.

Então o piso oscila embaixo de mim, como se eu estivesse no convés de um navio. Cambaleio para trás, procuro algo no qual me segurar. Mas não há nada. Nada que me salve. Absolutamente nada. Desmorono no chão.

— Eu vivi com o senhor — sussurro contra o nó que cresce na garganta. Não posso chorar, não vou chorar. Isso não ajuda em nada. — Fiz tudo o que o senhor pediu. Fui leal ao senhor. O senhor mesmo disse: dos seus caçadores de bruxos, eu era uma das melhores.

— Então você me traiu. Me desobedeceu. Você não significa mais nada agora. Para mim, você acabou. — E ele não precisa dizer, mas sei que está pensando: *O que está feito, está feito; não pode ser desfeito.* Seu lema rígido, sob o qual vive.

Sob o qual irei morrer.

Blackwell estala os dedos. Antes que eu possa me levantar, dois guardas entram e me colocam de pé. Esperneio, mas não adianta. O pavor solapou minhas forças, e a vergonha roubou minha determinação de lutar. Porque sei — bem no fundinho, eu sei — que estou recebendo o que mereço.

Eles me levam à Fleet.

Menos prisão do que purgatório: um estado de espera, de sofrimento; um lugar onde as pessoas vivem sem esperança, aguardam para morrer; um local por onde devemos passar antes de chegar ao fim do mundo. Aqui a coisa termina do mesmo jeito para todos: em fogo e cinzas, desgraça e desonra.

Não recebo tratamento especial. Eles tiram minha capa, meus sapatos. Jogam-me numa cela com o restante dos criminosos e hereges, como se eu também fosse criminosa e herege.

Sou criminosa e herege.

À minha direita há uma janelinha na parede, uma fatia do céu matinal está visível em meio às pequenas barras de ferro. À esquerda há outro conjunto de barras e uma porta que dá num corredor escuro. O piso está com uma camada grossa de sujeira e cocô de rato, e totalmente desprovido de móveis.

Na cela comigo há outra mulher, feiticeira, pela aparência. Está deitada do lado oposto, estendida no chão. Parece uma boneca de trapos. Seus braços e pernas estão quebrados e desconjuntados, projetando-se em ângulos estranhos. O peito chia quando ela inspira e expira. De vez em quando ela geme. Foi esticada no ecúleo. Despedaçada. Recuo até onde a cela me permite. Para longe de seu sofrimento, como se fosse contagioso.

Então ouço passos ecoando no escuro corredor de pedras. Alguém está vindo. Fico de pé num pulo, engulo o pânico crescente e vou até a porta. Não vou permitir que me levem. Não vou permitir que me torturem. Vou matá-los ou morrer tentando.

Quando ele emerge das sombras, quase desmorono de alívio.
— Caleb!
— Elizabeth. Ai, meu Deus... — Caleb segura as barras da minha cela, os olhos arregalados. — Você está bem? Não, claro que não está. — Ele afasta os cabelos da testa num movimento frenético. — Está machucada?
— Não. — Balanço a cabeça. — Estou bem.
— Vim assim que pude. Esperei você em frente ao seu quarto, conforme prometi. E, quando você não apareceu, fui procurá-la. Encontrei alguns guardas, que me contaram o que aconteceu. Mas, quando descobri que você estava aqui, eles não quiseram permitir minha visita.

Então noto suas mãos, ainda envolvendo as barras, os nós dos dedos ralados e sangrentos.
— O que aconteceu?
Ele dá de ombros.
— Eu disse. Eles não queriam me deixar entrar.
Seu olhar encontra o meu, e ficamos em silêncio.
— O que vou fazer, Caleb? — pergunto finalmente. — Blackwell me condenou à morte. Na fogueira. Eu vou morrer...
— Não vai, não. — Ele enfia a mão entre as barras, segura meus ombros e dá uma leve sacudida. — Está ouvindo? Você não vai morrer. Não vou deixar.
— Mas Blackwell...
— Não está pensando — Caleb conclui a frase por mim. — Ultimamente ele vem sofrendo uma pressão enorme, aqueles malditos protestos Reformistas... — Ele balança a cabeça. — Quando perceber o que fez, ele vai conceder o perdão. Tenho certeza.

Enrugo a testa. Blackwell nunca foi de perdoar. De pedir desculpas. De admitir que estava errado, se é que já esteve. Caleb sabe disso, tanto quanto eu.
— Vou procurá-lo hoje — continua ele. — Pleitear por você. Lembrar a ele como você é valiosa. Como você é boa.
— Mas eu não tenho sido boa. Pelo menos ultimamente. Você precisou me encobrir quatro vezes em quatro semanas. Isso nunca tinha sido necessário antes.

— Não, mas tem um motivo, não tem? — Ele me encara com olhos semicerrados, o maxilar trincado. — Por que não me contou? Quero dizer, sobre o rei? Se tivesse contado, eu poderia ajudá-la. Poderia ter dado um fim na coisa toda, talvez...

— Você não teria como impedir. E sabe disso.

Caleb fica quieto.

— Acho que não — admite finalmente. — Mas eu sabia que alguma coisa estava errada com você. Devia ter me esforçado mais para descobrir o que era. — Ele se encolhe e desvia o olhar. — Desculpe.

— A culpa não é sua. Aconteceu, só isso.

— Porque eu não estava prestando atenção. — Caleb se vira de volta para mim. — Não enxerguei o que todo mundo viu. O que *ele* enxergou. Se tivesse visto, teria notado que você... — Ele me olha como se fosse a primeira vez. — Que você não é...

— Que não sou o quê?

— Que não é mais uma menina. — Caleb faz um gesto, indicando-me de forma generalizada. — Você cresceu.

Se fosse numa hora diferente, ou num lugar diferente, eu poderia ter sentido alguma coisa. Felicidade por ele finalmente me enxergar. Infelicidade, talvez, por ter demorado tanto. Eu poderia imaginar o que ele achava de mim agora, se as coisas poderiam mudar entre nós. Mas não. Por isso não imagino nada.

— Se eu não notei, garanto que Blackwell também não notou — continua Caleb. — Ele provavelmente ainda a enxerga como você era quando começou. Uma coisinha pequena, magricela. Uma encrenca muito maior do que valia a pena.

Ele quer me tranquilizar, eu sei. Mas é uma descrição tão próxima do jeito como me enxergo — como temo que Caleb ainda me enxergue — que me encolho.

— Nunca vou me esquecer da expressão de Blackwell quando levei você até lá.

Encontro um sorriso em algum lugar.

— Horrorizado.

— Eu implorei para que ele lhe desse uma chance. Jurei que faria de você uma boa caçadora de bruxos.

— Você foi implacável — digo. — Me acordando no meio da noite para treinar. Me fazendo correr até eu vomitar. Me fazendo atirar facas até eu ficar com bolhas. Me dando socos sem parar, até eu conseguir me defender.

Ele fica sério.

— Eu sei. Você deve ter me odiado por causa disso.

— Não odiei.

— Eu precisava fazer aquilo. Precisava garantir que você sobreviveria. E sobreviveu. Veja como está forte agora. Olhe só o que virou.

O que eu virei?

Então Caleb sorri. E apesar de tudo começo a me sentir melhor. Começo a me sentir idiota por duvidar dele, por pensar que ele não seria capaz de me livrar desta situação. Ele conseguiu que eu superasse o treinamento. Pode fazer com que eu supere qualquer coisa.

Retribuo o sorriso.

— Essa é a minha garota. — Ele olha pela janela, depois aperta meu braço uma última vez antes de se afastar. — É melhor eu ir. Quero ser o primeiro na fila para falar com Blackwell.

— Certo — concordo, embora não suporte a ideia de passar mais um minuto nesta cela. Espio a feiticeira no cantinho. Ela está parada, os olhos fechados, em silêncio. Pergunto-me se morreu.

— Sei que é difícil, mas tente ficar calma — prossegue Caleb. — Posso demorar algum tempo para convencer Blackwell a soltar você; você sabe como ele é teimoso. Mas independentemente de qualquer coisa, não faça nenhuma loucura, como tentar fugir. Isso só vai colocar você numa encrenca maior. Volto assim que puder.

Confirmo com a cabeça.

— Vou voltar para você — repete ele. — Prometo.

Então ele vai embora.

UM DIA SE PASSA, E DOIS.
Três.
Quatro.
Sem visitantes, nem guardas, a não ser quando vieram recolher a feiticeira morta na minha cela, o corpo rígido, frio e azulado. Se contei direito, estou na prisão há quase uma semana, o que significa que amanhã é sábado outra vez. Dia de fogueira. Se Caleb não retornar logo, eles vão me queimar. Meu estigma não me protege do risco de virar uma pilha de cinzas.

Mantive a promessa e não tentei fugir. Se é que isso adianta alguma coisa. Caleb disse que a coisa demoraria; mas acho que o tempo está se esgotando. Duvido que eu seja capaz de me livrar agora, mesmo se quisesse. Estou sem comida há quase uma semana. A única água que consegui beber é a da chuva que entra pela janela. Além disso, sinto uma febre chegando. Minhas mãos estão úmidas, e a garganta dói.

Doença. Outra coisa contra qual meu estigma não me protege.

A chuva cai constantemente do lado de fora; não cede há dias. Minha cela está úmida, provavelmente congelando. Não saberia dizer. Estou queimando de febre. Comecei a tossir ontem à noite, e sinto uma coceira estranha nos braços e pernas. Espero que não seja a doença do suor. Isto me mataria antes que a fogueira tivesse chance de fazê-lo.

Estou exausta, mas não consigo dormir. Digo a mim mesma que é porque quero estar preparada quando Caleb aparecer, mas a verdade é que estou com medo demais para dormir. Porque a cada minuto que passa, à medida que o dia se esvai e as sombras crescem dentro da cela, sinto a esperança dar lugar ao medo. Os outros prisioneiros não ajudam. O barulho vindo de suas celas — gemidos de dor, choros fracos, orações murmuradas, um grito de pânico ocasional — está me desgastando. Mesmo se eu não tivesse mantido a noção do tempo, eles mantiveram.

Sabem o que está por vir.

Estou encolhida num cantinho, o vestido levantado ao máximo possível, tentando me refrescar. Estou encharcada de suor; até o cabelo está molhado. Mas não sei se é de suor ou da chuva que continua a entrar pela janela minúscula. A água fria é como uma rajada de agulhas na minha pele, mas oferece um pouco de alívio.

Devo ter apagado em algum momento, mas sou acordada pelo som de passos no corredor. Caleb! Finalmente veio me ver! Ajoelho-me, porém tenho um ataque de tosse e caio no chão com espasmos. Os passos cessam diante da cela.

— Caleb? — sussurro, quando finalmente paro de tossir.

— Infelizmente, não — responde uma voz que não reconheço.

Impulsiono-me com os braços até conseguir me sentar, e o esforço me deixa ofegante.

— Quem é você? — Minha voz está rouca demais.

Um clarão minúsculo de luz aparece. É um homem. Nunca o vi. É muito alto e muito magro, usa um manto vermelho e comprido, amarrado na cintura com uma corda preta e grossa. O cabelo curto é uma mistura de preto e grisalho, bem como a barba curta e espinhosa. Ele me observa com curiosidade, os olhos escuros são intensos, porém dotados de gentileza.

Não é um guarda, sei disso. Não é um dos homens do rei; não vejo o brasão real. Está vestido quase como... Quase como um padre.

Ai, meu Deus. Um padre. Veio me dar o sacramento, a extrema-unção. O que significa que dormi demais, o que significa que Caleb veio, não conseguiu me acordar e foi embora sem mim...

Então vejo. A luz. Vem da mão dele, uma chama única tremeluzindo da ponta do dedo estendido. Ele a sacode, então ela paira ao lado dele, um sol minúsculo e pulsante. É um mago.

— Saia daqui! — grasno. Se Caleb me vir falando com um mago vai ficar furioso.

— Não vou machucá-la — diz ele. — Vim ajudar.

— Não preciso da sua ajuda!

— Ah, é? — A compaixão na voz dele me enfurece.

— Caleb! Caleb! — grito antes de me dissolver em mais um ataque de tosse.

O mago segura uma barra da porta da cela. Murmura algo baixinho, e a porta começa a brilhar num tom de azul-claro. Daí começa a estremecer e, com um som similar ao de ossos se partindo, cai numa pilha de poeira enfumaçada.

Então ele ajoelha-se ao meu lado.

— Você está doente, criança — diz. — Venha comigo. Deixe-me ajudá-la.

— Não! Fique longe de mim! — Consigo ficar de joelhos e me arrasto para longe dele. Não consigo andar mais de 1 metro quando minhas pernas cedem e eu desmorono na palha.

— Os guardas virão buscá-la daqui a pouco — avisa ele. — A execução está programada para esta manhã.

— Você está mentindo. — Mas, quando levanto a cabeça e viro-me para a janela, vejo riscas claras das labaredas começando a atravessar o céu noturno. Uma onda de pânico intensa coloca força nos meus membros e consigo me levantar, cambaleando, segurando a parede para me apoiar.

Onde está Caleb?

— Garanto que não estou mentindo. — O mago vem até mim, a mão estendida. Afasto-me, as costas deslizando na áspera parede de pedras.

— O que você quer comigo? — Olho a porta da cela, agora demolida, a abertura ampla para o corredor escuro. Não há guardas para me impedir, ainda há escuridão suficiente para me esconder. Agora a única coisa entre mim e a liberdade é o mago.

Dou um passo em direção à porta. Ele prevê minha ação e avança para me bloquear. Mudo de direção, dou mais um passo, e outro. Ele me segue. É uma dança.

— Não tenho certeza — diz o mago. — Mas recebi a ordem de encontrá-la. A princípio achamos que fosse um erro, mas por acaso não é. — A voz dele é calma, como se não soubesse que estou tentando escapar. Como se não soubesse que está tentando me impedir. — Por favor, Elizabeth. Venha comigo. Você vai me ajudar tanto quanto a estou ajudando.

Por que afinal de contas um mago quereria minha ajuda? Ele não sabe o que eu sou? Examino-o com atenção. A pele empalidecida, repuxada, bolsas sob os olhos escuros e injetados, o rosto com rugas profundas. Parece velho, parece doente, não parece nem um pouco perigoso. Mas daí eu também não pareço. Nessas questões a pessoa não pode se fiar na aparência. Acho que, se ele quisesse me machucar, ou me matar, não estaria aqui. Mas não vou arriscar.

— Duvido. — Salto para a direita, como se fosse passar correndo por ele. Mais uma vez ele prevê o movimento e estende a mão para mim. Mas é uma finta; recuo e giro para a esquerda, corro para a porta. Porém não sou rápida o suficiente. O mago estende a mão e agarra meu braço, seu aperto é surpreendentemente forte para um velho. Não penso. Recuo o outro braço, fecho o punho e dou-lhe um soco.

Acerto bem no rosto dele... Só que minha mão o atravessa. Cambaleio para a frente, quase caio. A parede me contém, e, quando me viro outra vez, há dois dele. Dois magos idênticos, com mantos idênticos, falando palavras idênticas:

— Eu não faria isso se fosse você.

Não dou ouvidos — a nenhum deles. Esqueço meu medo no momento em que me impulsiono da parede, tentando golpeá-lo de novo.

Dou mais um soco. Minha mão acerta o nada, mas imediatamente dois magos viram quatro.

— Pare — entoam eles. — Venha comigo.

Um grito sobe na minha garganta. Não vou com ele, com eles. Não vou a lugar nenhum com um mago. Eles dão um passo na minha direção. Estapeio, golpeio, não acerto nada. Seis, oito, dez magos agora: capas negras, olhos negros, magia negra. Giro, procurando uma saída. Mas eles me cercam, vinte mãos estendidas, uma centena de dedos me agarrando. Caio de joelhos e cubro a cabeça.

— Eu posso ajudar você — entoam eles. — Comigo você vai estar em segurança.

Um mago não pode me ajudar; a magia não pode me ajudar. Todos os fins da magia levam a uma pessoa presa a uma estaca, com chamas lambendo seus pés, ou de joelhos com a cabeça num cepo. Palha para acender o fogo, palha para absorver o sangue...

Palha.

Estendo a mão, pego um punhado daquela coisa úmida e fedorenta no chão e jogo contra ele — contra eles. Vejo que se encolhem. Na fração de segundo que demoram para se afastar de mim, abaixo-me, junto o restinho de forças que tenho, fico de pé.

E corro.

Através deles, passando por eles, pela porta, até o corredor. Não dou nem dez passos e sinto um aperto no peito, aí começo a tossir tão forte que não consigo respirar. Caio de joelhos, sugando o ar tão desesperadamente que o arfar soa como um grito.

Obrigo-me a levantar, cambaleio mais alguns passos. Na escuridão consigo entrever uma escadaria de pedra, talvez a uns 10 metros. Sou capaz de andar mais 10 metros...

De repente ele surge num redemoinho de capa preta, mais depressa do que eu poderia imaginar, e para diante de mim — só um, agora —, as mãos estendidas.

— Não — digo. A palavra sai num sussurro.

Um sopro de ar quente me cerca, e sinto como se estivesse caindo. Mas o calor desaparece tão rapidamente quanto surgiu — ou o feitiço falhou ou foi quebrado — e eu recupero o equilíbrio. O mago murmura alguma coisa, impaciente. Levanta a mão de novo. Mas em vez de me cercar com mais ar quente ele estende a mão. Agarra meu braço.

— Venha comigo — ordena. — *Agora*.

Começo a puxar o braço, mas então paro, pensando rápido. Preciso sair daqui. Mas talvez, se eu capturar este mago, isso bastaria para provar a Blackwell que ele ainda precisa de mim. O bastante para fazer com que ele repense minha sentença.

O bastante para ele decidir não me matar.

O mago segura meu braço de novo, e desta vez permito... até que sou golpeada por um espasmo tão forte na barriga que desmorono de joelhos mais uma vez. Ele se abaixa e me pega no colo, levantando-me com facilidade. Estou fraca demais para lutar. Ele me carrega pelo corredor, em direção à escadaria. Vejo os outros prisioneiros nas celas, olhando-nos passar. Eles vão começar a gritar logo, logo. A berrar. Os guardas estarão aqui em segundos.

Mas, à medida que passamos por cada cela, os prisioneiros que ainda conseguem ficar de pé levantam-se e saúdam o mago. Alguns murmuram bênçãos para ele, outros estendem a mão através das barras para tentar tocá-lo. A reverência deles me espanta.

— Quem é você? — sussurro.

— Sou Nicholas Perevil — responde ele. — Desculpe-me por não ter me apresentado antes. Mas você não me deu muita chance.

Fico rígida nos braços dele. *Nicholas Perevil! O mago mais procurado em toda Ânglia!* Não consigo acreditar na minha sorte. Se eu capturá-lo, Blackwell sem dúvida vai me perdoar. Pode até mesmo me homenagear. Assinto levemente, obrigo-me a ficar relaxada. Não quero que ele descubra meu plano.

Chegamos ao fim do corredor, passamos por um arco estreito numa das quatro torres circulares que cercam o prédio principal da prisão, depois descemos por uma escada estreita, em caracol.

Descemos mais e mais, até chegarmos no subsolo da prisão. Aqui as paredes são úmidas, o ar, frio e fétido. Ele deve estar indo para o esgoto. É para onde eu iria também. É fácil de achar e está sempre sem guardas. Por motivos óbvios.

Como vou fazer? Repasso um plano depois do outro. Estou fraca, sim. Mas eu poderia atordoá-lo com um ou dois chutes. Como vou contê-lo assim que ele estiver caído? A corda amarrada na cintura dele: perfeito. Olho em volta, procurando algo com que possa derrubá-lo — um tijolo, pedra, qualquer coisa. Se fosse necessário, eu poderia até mesmo enfiar os dedos nos olhos dele... Ah, não...

A dor de estômago voltou. É uma agonia. Começo a gemer.

— Elizabeth? Você está bem?

Começo a sentir ânsias de vômito. Não há nada no meu estômago a não ser bile — ela queima na garganta quando vomito em cima dele. Não consigo parar de tremer. Sem dúvida ele vai me largar no chão agora, e assim terei minha chance. Em vez disso ele me segura com mais força e anda mais depressa ainda.

— Aguente firme. Você vai receber ajuda logo, prometo. Apenas aguente.

Por fim chegamos à entrada do túnel do esgoto. É um buraco pequeno na parede, um quadrado com cerca de 1 metro de largura e coberto com uma tela fina de ferro feita para impedir a passagem dos ratos.

Nicholas a abre com um chute, e eles começam a jorrar imediatamente. Centenas, talvez milhares de ratos, correndo pelo chão e pelas paredes. Um amontoado de pelos oleosos e caudas, chiando e guinchando, garras raspando a pedra, o cheiro insuportável de esgoto... sou tomada por um calafrio intenso, e minhas ânsias de vômito retornam.

— Precisamos entrar um de cada vez. — A voz grave e nítida parece muito distante. — Eu vou primeiro, depois ajudo você. Você consegue?

Confirmo com a cabeça. Assim que ele entrar, eu ataco.

— Você é uma garota corajosa. — Ele me encosta na parede antes de se arrastar pelo buraco, para dentro do esgoto. Segundos depois sua cabeça aparece de volta, os braços estendidos. — Venha.

Eu só preciso chutá-lo, basta isso. Posso esmagar sua traqueia. Quebrar seu nariz. Posso nocauteá-lo, amarrá-lo e prendê-lo. Eis a minha chance. Recuo a perna e miro.

Então ouço gritos a distância. Passos. Posso ouvi-los descendo a escada. Os guardas sabem que fugi. O fluxo interminável de ratos deve nos ter denunciado.

— Elizabeth! — sussurra Nicholas. — Agora!

Hesito, com a perna preparada para chutar. Há uma centena de motivos para eu machucá-lo. Uma centena de jeitos diferentes de fazê-lo. Em vez disso, opto pela única coisa que jamais poderia ter imaginado.

Estendo a mão para ele.

O mago me puxa gentilmente pela abertura, até seus braços. Aninho-me neles como uma criança. Agora estou tremendo demais. Nicholas me abraça com mais força e me puxa mais para si. Encosto a cabeça no ombro dele e fecho os olhos. Não consigo evitar. Estou muito, muito cansada.

Nicholas me carrega pelo labirinto interminável de túneis, por entre os ratos, a imundície e o fedor. Depois do que parecem horas, emergimos na saída do túnel, bem embaixo de uma ponte no rio. Perto da abertura há um cavalo que aguarda para nos levar à liberdade.

Ele tira a capa, enrola-a bem apertada em volta de mim e me coloca na sela. Em seguida, monta na garupa.

— Agora você vai ficar bem. — Ele me firma e instiga o cavalo.

Por que não o capturei? Não sei. Só espero que eu seja capaz de fugir antes que ele descubra o que sou. Ou que a doença que tenho me mate antes que ele possa me matar.

Caleb vai sentir minha falta quando eu morrer?

É a última coisa que penso antes de fechar os olhos.

OUÇO VOZES AO REDOR, BAIXAS e sussurradas. Mas tudo ainda está escuro. Obrigo meus olhos a abrir, mas eles se recusam.

— Ela vai morrer? — Quem fala é um rapaz. A voz me parece familiar.

— Eca. Ela fede como se já tivesse morrido. — Desta vez é uma garota.

— Fifer... — Outro rapaz, aparentemente exasperado. — George, me passe aquela garrafa.

— O quê? Não é minha culpa se ela está com uma aparência horrível. — É a garota de novo.

— É, agora ela está nojenta, mas é linda quando não está coberta de sujeira. — Uma pausa. — O quê? Ela é.

— Ela está se saindo notavelmente bem, considerando tudo. Febre de cadeia... Que sorte que não morreu.

— Ela tem sorte porque tem você para ajudá-la, John. Ninguém mais conseguiria chegar perto! Sinceramente, não sei como você aguenta.

— Já que está tão preocupada com o cheiro dela, você poderia limpá-la, então.

— Eca.

Desta vez meus olhos se abrem primeiro. Demoram um minuto para se acostumar. Tudo está borrado. Olho para o teto, piscando com força. Ele entra em foco lentamente. Reboco caiado, trepadeiras verde-escuras pintadas na superfície, folhas minúsculas e arabescos descendo pelas paredes brancas. Um lustre de ferro pendurado por uma corrente, com as muitas velas apagadas. Atordoada, acompanho uma das trepadeiras na parede, a qual serpenteia ao redor de uma janela coberta com cortina de veludo verde. Está bem fechada, nenhuma luz entra por ali. *De onde vem a luz?*

Viro a cabeça para o lado e vejo: uma única vela tremeluzindo suavemente numa mesa que, afora isso, está vazia. Observo a pequeníssima coluna de fumaça subindo a partir da chama. Meus olhos começam a se fechar de novo quando percebo que não sei onde estou.

Desperto num sobressalto, sentando-me, e levo um breve susto ao perceber que não estou sozinha. Ali, numa cadeira junto ao pé da cama, está George, o bobo do rei. Achei mesmo que aquela voz me parecia familiar.

Seus pés estão apoiados numa banqueta, e ele tem um cobertor sobre o corpo, enfiado sob o queixo. Está dormindo a sono solto. Sem pensar, saio da cama. Devo me aproximar ou me afastar? Não sei. Mas minhas pernas estão mais fracas do que eu esperava e caio.

— Vai a algum lugar? — murmura ele, me espiando com um olho meio aberto.

— Vou. Não. Não sei. — Ajoelho-me com dificuldade, puxando as cobertas em volta do corpo. — O que você está fazendo aqui?

— Ah, sim. A velhíssima pergunta. — Ele olha para cima. — Os teólogos acreditam há muito que o nosso tempo aqui na terra é...

— Não é isso — digo rispidamente, e ele ri. — Quero dizer, você sempre dorme aos pés da cama das pessoas?

— Esta é fácil. — Ele se senta empertigado e põe o pé no chão. Seu cabelo escuro está espetado para todo lado, fazendo-o parecer mais jovem do que é de fato. — John disse que você provavelmente acordaria logo. Eu não queria que você acordasse sozinha, num lugar estranho e coisa e tal.

— Onde estou?

— Na casa de Nicholas. Ele a trouxe para cá depois... você sabe. — George balança a cabeça. — Você não facilita muito as coisas, não é?

Nicholas! Estou na casa de Nicholas Perevil. Tudo me volta num rompante. A prisão. O jeito como fui jogada na Fleet. Caleb aparecendo e falhando na promessa de retornar. Então Nicholas surgindo, me procurando. Trazendo-me para cá.

Espere um minuto.

— Você é um bobo — digo eu. — O bobo de Malcolm. O que está fazendo na casa de Nicholas Perevil?

George fica de pé e se espreguiça.

— Aonde você vai?

— Chamar Nicholas.

— O quê? Não. Por quê?

George me lança um olhar que não decifro.

— Ele só quer conversar com você. Pediu para chamá-lo assim que você acordasse. — Ele atravessa o quarto e estende a mão para mim. Fito-a por um momento, depois deixo que ele me ajude a levantar. — Ele vai explicar tudo. Eu já volto. — A porta se fecha atrás dele com uma pancada fraca.

Caminho pelo quarto, tentando controlar o nervosismo. *Estou na casa do criminoso mais perigoso da Ânglia e ele só quer conversar? Tá bom.*

Se George dissesse que Nicholas quer me amarrar numa cadeira e me espancar até que meus globos oculares rolem pelo chão, eu acreditaria. Me encharcar em água e me colocar lá fora até eu morrer congelada? Claro. Derramar chumbo derretido na minha pele. Quebrar meus joelhos, esmagar meus dedos em porcas-borboleta, serrar meus membros. Realmente, as possibilidades são infinitas. Conversar é a menos provável de todas.

Pior ainda: e se ele lançar algum tipo de feitiço em mim? Penso no modo como ele apareceu, como foi à minha cela. Multiplicando-se, cercando-me, poderoso. Nunca vi magia assim. Jamais soube que era possível. Estremeço um pouco. Porque por mais que eu odeie admitir, isso tudo me apavora.

Ele me apavora.

Sento-me de volta na cama. Olho ao redor. Há uma lareira atrás da cadeira onde George estava dormindo, o fogo está baixo, porém quente. Um tapete macio cobre o chão de madeira. A cama é grande e macia, as cobertas têm perfume de lavanda e estão limpas. Então percebo que também estou limpa. Meu vestido imundo sumiu e foi substituído por uma camisola simples de linho. Percebo que independentemente do tempo que eu tenha passado aqui, seja qual for o desejo de Nicholas Perevil para comigo, não fui maltratada.

Ainda.

Não sei o que fazer. Não posso fugir, não posso me esconder. Meu primeiro instinto é lutar, mas também não posso fazer isso. Não sem me revelar. Não sei o que eles sabem a meu respeito; nem mesmo sei o que querem comigo. Mas, se eu quiser sair daqui, é melhor descobrir as duas coisas.

Há uma batida fraca à porta, e, antes que eu possa reagir, Nicholas entra no quarto com George logo atrás.

Ele está amarrotado de sono e parece mais velho ainda do que eu me lembro. Usa um roupão azul-escuro amarrado com força na cintura. Ele me olha e assente com satisfação. É tão magro que consigo ver os tendões de seu pescoço, os ângulos agudos dos malares.

— Como está se sentindo?

— Bem — respondo. É verdade. Talvez um pouco fraca, e meu peito dói quando respiro. Estou com um bocado de sede. Certo, também seria bom comer alguma coisa. Mas, afora isso, estou realmente bem.

Nicholas sorri, como se estivesse lendo meus pensamentos.

— Devemos agradecer ao John por isto — diz ele. — Ele tem um dom. — Resmungando, Nicholas senta-se na cadeira onde George estivera dormindo. George fica atrás dele, numa postura protetora. — E além disso, Elizabeth, você quer saber por que está aqui.

É uma declaração, não uma pergunta. Confirmo com a cabeça.

Nicholas começa a falar, mas há mais uma batida sutil à porta. George vai abrir. Entra um rapaz carregando duas taças de estanho.

Estão fumegando ligeiramente, pequenas baforadas de fumaça branca. Ele entrega uma para Nicholas, que a segura, agradecido. Depois vem até mim com a outra.

— Elizabeth, este é John Raleigh, nosso curandeiro — diz Nicholas.

Curandeiro? Enrugo a testa. Não consigo evitar. Em geral, *curandeiro* é apenas mais uma palavra para *mago*. Ele estende a taça para mim. Não a aceito.

— É angélica e bardana — informa ele.

Dou de ombros. Se não é uma erva que possa envenenar ou matar, não conheço.

— É só um purificador do sangue. Além de algo que pode ajudar o seu estômago. Só isso. — Uma pausa. — Bom, acrescentei um pouco de pepino para sua febre, um pouco de sanguisorba e olmo para a tosse. Um pouco de aveia para a brotoeja. Artemísia, também, porque você estava com pulgas. E umas gotinhas de papoula, só para ajudá-la a relaxar. Mas é só isso, mesmo. Juro.

Então ele sorri. É um sorriso bom, caloroso e amigável. Não é o sorriso de alguém que quer me encher com veneno e me ver caindo no tapete, com a boca espumando e convulsionando até uma morte lenta e agonizante. Mesmo assim, quando ele oferece a taça de novo, não a pego.

Talvez ele saiba o que estou pensando, pois diz:

— Se eu quisesse lhe fazer mal, não teria lhe dado nada. Você vem bebendo isto desde que chegou aqui.

Olho para George. Não sei por que, mas sinto que, se eu estivesse prestes a beber uma dose caprichada de veneno, ele me diria. Ou pelo menos faria uma piada a respeito.

Ele assente.

Pego a taça na mão do curandeiro e tomo a coisa toda num gole só. Tem gosto de aipo.

John ri um pouco, como se eu tivesse feito alguma coisa engraçada. Ele não parece um típico curandeiro, pelo menos comparado aos que já vi. A maioria é gente velha, grisalha e banguela. Isso sem mencionar que quase sempre são mulheres. Mas ele é jovem, tem a minha idade. Talvez seja um pouquinho mais velho. Cabelo escuro meio comprido e encaracolado, olhos amendoados. É alto. Meio largado, como se precisasse fazer a barba. Mas talvez seja porque estamos no meio da noite. Quando devolvo a taça, noto que sua camisa está abotoada de forma errada.

Ele a pega e vai verificar Nicholas, que não precisa de explicação sobre o que há na taça dele. Mas fico imaginando o que será. John põe a mão na testa de Nicholas, depois em volta do pulso. Franze a testa.

— Não demore demais, ok? — John olha para mim. — Isso serve para você também.

Levanto as sobrancelhas.

Nicholas sorri para mim.

— Ele é muito rígido. — E assente para John.

— Como um padre aos domingos — comenta George.

John reage falando algo que um padre domingueiro definitivamente não diria. George e Nicholas explodem numa gargalhada. Começo a sorrir, mas paro imediatamente.

— Vou verificar vocês dois de manhã — avisa John, indo para a porta.

— Não precisa — retruco bruscamente. Os curandeiros me deixam tensa. E a ideia de ter este curandeiro jovem demais e másculo demais entrando no meu quarto — sozinho, quando estou na cama — me deixa mais tensa ainda.

— Por que não? — pergunta George, perplexo. — Ele só andou verificando você de hora em hora desde que você chegou. Se agora reduzirmos para duas vezes ao dia, será um tremendo avanço.

Sinto as bochechas esquentando. De hora em hora? Foi ele que trocou meu vestido? Que me limpou? Não, foi a garota. Deus, espero que tenha sido a garota.

— Não é necessário, só isso. Eu estou bem — repito, mas John nem me olha. Está fazendo uma carranca para George.

Depois vira-se para mim, com um sorrisinho.

— Não discuta com o clero. — Daí sai e fecha a porta em silêncio.

Nicholas se recosta na cadeira e beberica da taça. Aguardo que ele diga alguma coisa, mas ele simplesmente fica ali, batendo a unha e observando o conteúdo do cálice. Até que fala:

— Elizabeth, até agora você foi uma súdita boa e leal ao rei Malcolm, não é?

— Sim.

— E como tal, até agora, você seguiu as regras e as leis do reino dele, correto?

Hesito um pouco, depois confirmo com a cabeça. *Aonde ele quer chegar com isso?*

— Quer você acreditasse ou não que as regras dele fossem justas.

Aí está.

— Sim.

Ele bebe todo o conteúdo da taça e a entrega a George.

— Conforme talvez você já saiba, nem todos os súditos do rei Malcolm são tão leais quanto você. Nem todos seguem as regras dele. Muitos, inclusive eu, acreditam que tais regras estão erradas. Como pode estar certo uma jovem inocente como você ser jogada na cela e condenada à morte? E o motivo era apenas possuir ervas?

As ervas.

Acho que não estou surpresa por ele saber a respeito delas. Ele sabia meu nome, sabia que eu estava na prisão. É razoável que soubesse o motivo. E para quê eu pretendia utilizá-las.

Quem mais sabe? Aquele curandeiro? A garota? George? Um olhar para ele confirma: o mago não me encara, no momento está examinando as próprias unhas com afinco. Um rubor quente sobe de novo pelas minhas bochechas, e eu baixo a cabeça na esperança de escondê-lo.

— Tudo bem — diz Nicholas, com a voz grave e calma. — Você não precisa temer recriminação. Aqui não há ninguém que vá julgá-la ou lhe fazer mal. Agora você está em segurança.

Segurança. É a mesma coisa que ele disse na prisão. Logo depois de se multiplicar na minha frente, convergir para cima de mim e usar magia para me dominar. É o suficiente para me fazer lembrar de fogueiras, de morte, o bastante para me fazer lembrar de quem é meu inimigo. Fui uma boba em esquecer isso, ao menos por um instante.

Uma boba.

— Você. — Viro-me para George. — Você não é um bobo, é? É um Reformista. Um espião. — Não acredito que demorei tanto tempo para deduzir.

George olha para Nicholas, que assente.

— É. É verdade — diz George. — Sou espião. E Reformista. Mas acredite, mesmo assim sou um bobo — acrescenta, piscando um olho.

Não acredito que Nicholas tenha conseguido colocar um espião bem embaixo do nariz de Malcolm. Mais ainda, não acredito que ele tenha confessado isto. É demais, até mesmo para mim. Preciso sair daqui. E quanto antes eu fizer este mago falar, mais cedo vou descobrir um jeito.

— Na Fleet o senhor disse que foi mandado para me encontrar — digo a Nicholas. — Quem o enviou?

— De vez em quando consultamos uma vidente. Ela nos ajuda dizendo coisas. Coisas que ainda não aconteceram, coisas que já aconteceram, mas as quais não sabemos. Tudo que ela já nos revelou se provou verdadeiro, por isso levamos as visões dela muito a sério.

Já não gosto nem um pouco disso. Mas ele continua:

— Nas duas últimas vezes em que a vimos, ela nos contou que precisávamos encontrar você. Você, especificamente. E trazê-la para cá.

— Eu? — O medo que senti antes voltou. — Por quê?

Ele balança a cabeça.

— Não sabemos. Ela não soube dizer, pelo menos por enquanto. Às vezes os videntes podem ser tortuosos. Podem ser necessárias várias visões para que o sentido fique claro. Mas, agora que você está aqui, isso vai mudar. Vamos levá-la até ela, que assim poderá nos contar tudo.

Pode não ser claro para Nicholas, mas para mim é. Essa vidente está encontrando caçadores de bruxos. Porque, se eles estão realmente querendo acabar com as mortes pela fogueira, matar os caçadores de bruxos é um bom modo de começar. Assim que perceberem que é isso que sou, vão começar por mim.

Não posso matá-lo: a regra de Blackwell. Não posso lutar contra ele nem capturá-lo: ainda estou fraca demais e não vou me arriscar que ele me enfeitice. Sendo assim, resta apenas uma opção.

Fugir.

Desta casa, voltar a Upminster. Encontrar Caleb e contar a ele o que aconteceu. Trazê-lo diretamente para cá, juntamente a todos os caçadores de bruxos que tivermos disponíveis. É a única esperança que tenho de recuperar a benevolência de Blackwell. A única esperança que tenho de sair viva daqui. Então faço a única coisa que sei que garantirá que George e Nicholas saiam deste quarto: enterro o rosto nas mãos e finjo chorar.

— Desculpe — sussurro com voz de menininha cheia de inocência. — Isso é muita coisa para absorver. Acho que ainda estou doente. Talvez se eu descansasse mais um pouco...

— Claro — diz Nicholas, fazendo menção de se levantar. George o ajuda a ficar de pé. — Sei que isso tem sido muito cansativo para você. Podemos conversar de manhã.

— Acho que estarei me sentindo bem melhor de manhã.

Isto é, quando estiver a meio caminho de Upminster.

George leva Nicholas à porta.

— Boa noite, Elizabeth — diz ele baixinho. — Durma bem. — E em seguida sai.

Baixo a cabeça para esconder o sorriso. Não é de se espantar que esses Reformistas não tenham conseguido tomar o poder. Eles confiam demais.

Quando levanto os olhos, George está me encarando com atenção.

— O que foi?

— Nada — responde ele, fechando a porta. Por dentro.

— O que você está fazendo?

— Pensei em ficar. Você sabe. Já que você está tão perturbada e coisa e tal. — Ele se acomoda na cadeira de novo, apoiando os pés na banqueta e puxando o cobertor sobre o corpo. Depois fecha os olhos. Juro que há um risinho de escárnio ali.

Na verdade, eles não confiam nadinha.

EU PODERIA MATÁ-LO, CLARO; BLACKWELL não tem regra contra matar bobos. Especialmente quando o bobo não é nem um pouco bobo, e sim Reformista e espião. Eu poderia fazer isso aqui. Poderia fazer agora.

Mas George não vai ceder sem lutar. Vai pedir socorro, e não sei quem poderia atendê-lo. Magos, sem dúvida. Reformistas, naturalmente. Espiões, feiticeiras, curandeiros, só Deus sabe quem mais está nesta casa. Independentemente de qualquer coisa, há mais gente no time deles do que no meu. E não estou forte o suficiente para lutar contra todos ao mesmo tempo e depois voltar a Upminster. Não no meu estado atual. Não tenho roupas, nem capa, nem armas. Não tenho nem sapatos. Uma coisa é escapar nestas condições. Lutar nelas é totalmente diferente.

Só me resta observar e aguardar. Observar o ambiente, vigiar as costas. Esperar para ficar mais forte, aguardar que apareça uma oportunidade. Sempre aparece.

Satisfeita com meu plano, enfio-me embaixo das cobertas quentes. Em instantes estou dormindo.

Quando acordo, já é dia. George está parado diante da lareira, cutucando um pedaço de lenha com a ponta do pé. Está totalmente vestido, usando calça verde, camisa listrada de vermelho e branco e uma espécie de colete.

— Boa tarde — diz ele sem voltar-se para trás.

Reviro os olhos.

— Algum dia vou me livrar de você?

— Isso é jeito de cumprimentar seu novo melhor amigo? — Ele vira-se e sorri para mim. A frente do colete é bordada espalhafatosamente em vermelho, verde e azul, e ele está usando um broche de ouro com uma enorme pena vermelha.

— Você parece uma árvore de natal. Sabe disso, não sabe?

— Espere só até ver meu chapéu. Agora, levante-se. Estou morrendo de fome e cansado de esperar por você.

— Que horas são?

George fareja o ar, esperançoso.

— Sinto cheiro de jantar. Está com fome?

— Na verdade, não — respondo.

Estranhamente não estou com tanta fome quanto deveria, considerando que não como há... não faço ideia de quanto tempo.

Ele confirma com a cabeça.

— John andou acrescentando coisas nas suas poções. Infusões e sei lá o quê, para que você não morresse de inanição. Acho que você ainda está cheia com o desjejum.

Sinto meus olhos se arregalando.

— Desjejum? Ele veio aqui hoje de manhã?

— Veio, como disse que viria. Lembra-se?

— Lembro de ele ter dito que viria. Não me lembro de tê-lo visto vindo. — Enrugo a testa. — Como as pessoas podem entrar e me fazer beber coisas sem que eu saiba? Ou me lembre? Não está certo.

George me olha solenemente.

— Talvez não. Mas no dia em que você chegou aqui, achamos que você estivesse morta. Pelo menos parecia; estava quase lá. John ficou com você, garantiu que você não morresse. Ele ficou quase três dias sem dormir.

Três dias? Meu estômago se revira com a mistura desconfortável de gratidão, culpa e mais alguma coisa que não consigo definir. Não sei o que dizer.

— De qualquer modo, quando ele não conseguiu mais ficar acordado, eu o substituí — continua George. — Ele queria alguém sempre aqui, para o caso de você ter uma recaída.

— Isso ainda não explica por que não me lembro de nada.

— Ah. — A boca de George se retorce num sorriso. — Como eu disse, você estava bem mal quando chegou, por isso John preparou uma coisa. Ele segurou você, tentou fazer com que você bebesse. Assim que a taça tocou seus lábios você enlouqueceu completamente.

— Foi?

— É. Começou a se sacudir, gritando, xingando. Você tem a boca suja como a de um pirata, sabia? Isso não é nada elegante.

Do modo menos elegante possível, digo o que ele pode fazer com sua opinião.

Ele solta uma gargalhada.

— Coitado de John. Você chutou a barriga dele, encharcou-o com o remédio, depois lhe acertou a taça na cabeça. Ele preparou mais, só que dessa vez acrescentou uma coisinha para te deixar mais calma. — Ele dá um risinho. — Você ficou meio apagadona, mas deu certo.

— Não diga.

— Ah, digo. A louca desbocada sumiu. Você ficou um amor depois de beber, toda sorrisos e doçura. Concluímos que esta versão sua era mais fácil de administrar, por isso continuamos oferecendo a poção. Sabia que você fala dormindo?

— Não falo — digo, horrorizada.

Ele assente.

— Estive com você todas as noites, e meus ouvidos se encheram. Você é uma donzelinha apaixonada, falando que ia fugir com um garoto. Caleb, não é?

Mas que droga.

— Não é nada — reajo depressa.

— É material para livros românticos. — George ri. — Quem precisa de cavaleiros com armaduras reluzentes ou príncipes bonitos quando se tem Caleb? — Ele prolonga o nome com uma voz cantarolada.

— Não é nada disso. — Sinto o rosto esquentar de novo. — Ele é um amigo.

Então paro. Se George se der ao trabalho de perguntar por aí, vai perceber exatamente quem é Caleb. E, se souber que sou amiga de um caçador de bruxas, não vai demorar muito até que ele saiba também o que eu sou. Não posso exatamente mentir e dizer que não o conheço, principalmente depois de ter mencionado o nome dele durante o sono. A única coisa que posso fazer é ficar o mais longe possível dele.

— Mas eu não o vejo há anos — acrescento rapidamente. — Nós crescemos juntos. Trabalhamos juntos na cozinha. Eu gostava do trabalho; ele não. Por isso cada um seguiu seu rumo. — De fato isso não estava longe de ser verdade. — Acho que sinto falta dele às vezes. Você mesmo disse que eu parecia precisar de um amigo. — Isso também não está muito longe de ser verdade.

George vem sentar-se perto de mim.

— Desculpe — diz. — Eu não devia ter falado nada. Mas não se preocupe. Você vai fazer muitos amigos aqui. Quem pode resistir a uma garota encantadora como você?

— Pelo que você mesmo disse, eu chutei John e xinguei todo mundo no quarto. Não diria que isso é encantador.

— Foi. — Ele ri. — Os palavrões foram a melhor parte. É engraçado ouvir uma coisa tão apimentada saindo de alguém que parece tão doce.

Um sorriso repuxa o canto da minha boca.

George me põe de pé.

— Venha. Vista-se para podermos comer. Há roupas no armário. Quando vir John, não deixe de dizer que lamenta muito. O chute que você deu jogou o coitado do outro lado do quarto.

Então ele sai, fechando a porta em seguida.

Atravesso o quarto, abro o armário. Está vazio, a não ser por uma única pilha de roupas. Uma túnica de seda verde-clara; calça justa marrom. Um cinto largo e botas escuras, ambos da mesma cor e um pouco grandes demais. Um alfinete de cabelo. De bronze e delicado, com a ponta arrematada por joias verdes brilhantes, e a outra afunilada até um pico mortal. Torço o cabelo num nó e prendo-o. Depois recuo e me examino no espelho à porta do armário.

Não gosto do que vejo.

Os resquícios da minha doença estão em toda parte. Na pele, tão pálida que vejo uma rede de veias azuladas sob a superfície. Nos olhos outrora brilhantes, que agora parecem desbotados, tomados por um tom azulado aquoso e pálido. No corpo, tão magro que enxergo os contornos do esterno, exposto pelo V profundo da túnica. Até o cabelo parece opaco: um louro fraco, cansado.

Não há qualquer sugestão da força que eu trabalhei tanto para conseguir. Nenhuma alusão ao treinamento pelo qual passei. Absolutamente nada para mostrar que, durante um tempo, fui um dos melhores caçadores de bruxas da Ânglia. Em vez disso pareço frágil. Doente. Se estou melhor agora do que quando cheguei, não é de se espantar que eles tenham achado que eu fosse morrer. Penso de novo no curandeiro e sinto mais uma pontada de gratidão, culpa e o tal sentimento que antes eu não conseguia distinguir, mas que agora tem um nome: dúvida.

John usou magia para me curar. Se não tivesse usado, eu estaria durinha e azul naquela cama, como aquela feiticeira durinha e azul na minha cela. A magia é errada, eu sei. Blackwell incutiu isto em nós, repetidamente, o perigo da magia. Passei dois anos lutando contra ela, sete anos me recuperando dela. Ainda não estou recuperada. Mas, se Caleb tivesse me tirado da Fleet, se tivesse visto como eu estava doente, será que teria feito o que quer que fosse necessário, ainda que isso implicasse no uso de magia, para me manter viva? Ou simplesmente me deixaria morrer?

Bato a porta do armário com mais força do que o ideal e encontro George no corredor. Ocorre-me que não tenho ideia de há quanto tempo estou aqui.

— Duas semanas, mais ou menos — diz George, enquanto vamos para a escada.

Duas semanas. Claro, Caleb sabe que fugi. Será que está satisfeito? Preocupado? Não sei por que ele não voltou para me buscar, mas alguma coisa deve ter acontecido. Pela primeira vez me ocorre que ele pode estar em perigo. E se Blackwell achar que ele participou da minha fuga? E se ele foi preso? E se estiver sendo torturado?

Tal pensamento me perturba tanto que esbarro na parede, batendo numa grande pintura com moldura dourada.

— Calma aí. — George estica a mão atrás de mim para ajeitar o quadro. — Você está bem?

— Ótima. Acho que só estou nervosa. Sabe?

As palavras saem sem que eu pense, mas percebo que são sinceras. Estou tensa. Encarar todas essas pessoas, jantar com elas. O mago que me resgatou, o rapaz que me curou, a garota que me deu banho, o bobo que ficou meu amigo. Estou em dívida para com cada um deles, no entanto eles são meus inimigos. Demonstraram gentileza, e ainda assim estou preparada para matá-los. A coisa toda é tão confusa que provoca um nó rijo, apertado, no meu estômago.

— É. — Ele se vira para mim com um sorriso compreensivo. — Se ficar difícil demais, simplesmente peça licença. Diga que não está se sentindo bem. Todo mundo vai entender.

— Vou ficar bem.

George me encara por um momento.

— Olhe em volta — diz, abrindo os braços. — Sei que você está acostumada com o palácio do rei, mas esta casa também é muito boa. Veja este tapete, por exemplo. — Ele indica o tapete que cobre todo o corredor. É lindo, tecido em tons de azul-escuro, amarelo e verde. — Foi tecido por uma cega sem um dos braços. Incrível, não é? Tem mais de quinhentos anos. Claro, ela levou todo esse tempo para terminá-lo...

— É mesmo?

— Ah, sim — responde ele, com solenidade. — Veja, o truque para investir em belos objetos para sua casa é encontrar artesãos dotados do máximo possível de dificuldades. Isso aumenta tremendamente o valor deles.

Reviro os olhos, mas ele continua falando:

— Está vendo aquele retrato ali? — Ele aponta para o quadro que eu quase derrubei da parede, que tem a imagem de uma mulher de rosto carrancudo. — Foi pintado por um anão. Ele precisava ficar numa escada só para alcançar o cavalete. Sabe, as pinturas feitas por anões têm o triplo do valor das feitas por homens de tamanho comum.

Sinto um sorriso minúsculo se esgueirando nos lábios.

— E estes... — George indica os candelabros de latão presos na parede forrada de lambri escuro. Todos têm o formato de uma flor-de-lis. — O ferreiro não tinha braços nem pernas. Dá para imaginar? Usou apenas os dentes e a língua para forjá-los. É extraordinário. Eles não têm preço.

Então eu rio. Não consigo evitar. George põe a mão no meu braço, e vamos andando pelo corredor. Ele está na metade de uma história sobre um construtor de alaúdes surdo, quando percebo que já chegamos ao andar de baixo, no meio de um enorme saguão de entrada.

Bem à minha frente há uma porta dupla de madeira. É flanqueada por grandes janelas de caixilhos, todas com vitrais ornados por um símbolo. Um pequeno sol cercado por um quadrado, depois um triângulo, depois um círculo que na verdade é uma cobra com o rabo na boca.

O símbolo dos Reformistas.

É um hieróglifo alquímico; uma série de símbolos, cada qual com o próprio significado. O sol para a iluminação: o alvorecer de uma nova existência. Um quadrado representando o mundo físico. O triângulo é um símbolo do fogo: catalisador da mudança. A cobra — um Ouroboros — significa união.

Combinados, formam o símbolo da criação da pedra filosofal: a substância capaz de transformar metais comuns em ouro. Não é isto que os Reformistas estão tentando obter — isso é para os alquimistas —, mas o objetivo final é o mesmo: a mudança. Eles estão tentando criar uma mudança na Ânglia. Uma mudança de política, de mentalidade, uma mudança no modo como a magia é vista.

E assim como a ideia de transformar metal comum em ouro, isso é impossível.

— Ele não pode ouvir o alaúde, portanto você jamais vai adivinhar como o sujeito faz para afiná-lo — continua George. — Ele pega o braço do instrumento e enfia no... O quê?

Olho para além do ombro dele e vejo-os sentados em volta de uma mesa de jantar enorme. Não vejo quem ou o que eles são, nem quantos são. Mal os registro. Porque o que está acontecendo ali, naquela sala, a magia... não.

Dou um passo atrás, depois outro. Meu coração acelera, e meu estômago se aperta, como acontece antes de uma caçada. Só que não há ninguém para caçar, não enquanto eu não revelar minha identidade. Nem posso fugir, mesmo querendo. Quero me afastar o máximo possível.

Onde deveria haver um teto, não há. Só uma vastidão de céu, todo o universo girando na escuridão acima de mim.

OBSERVO AQUILO.

Observo o céu; negro, escuro e vazio como a noite sem lua de quando eu fui presa. As estrelas que giram de encontro a ele: algumas brancas e brilhantes, algumas pequenas e reluzindo palidamente. Os planetas que bamboleiam no meio delas, como bolas de gude coloridas, revolvendo em círculos amplos e preguiçosos em volta de um grande sol laranja.

Em seguida, olho para Nicholas, que está sentado sob tudo isso: braços estendidos para cima, um Deus benevolente — ou talvez não —, movendo a mão para cá e para lá; um maestro, com os planetas e estrelas dançando a partir de sua música.

Observo num fascínio horrorizado quando aparece uma linha atravessando o céu, com uma série de números e símbolos minúsculos surgindo ao lado. Nicholas se vira para o homem ao lado dele. O sujeito está vestido todo de preto, como um escrivão, com um livro grosso de couro numa das mãos e uma pena posicionada na outra.

— Órbita de trânsito, dois graus, Netuno em trígono com Júpiter natal — murmura Nichols. Ele faz uma pausa, dando tempo para o escrivão anotar. — Diga a ele que é melhor esperar. Dia quatorze do mês que vem, mas não depois disso. Qualquer probleminha que ele tenha pode esperar. Talvez ele também deva cogitar alguns dias de repouso em silêncio. Sei que a esposa vai ficar satisfeita com a folga.

Todo mundo em volta da mesa ri.

É astrologia; sei disso por causa do meu treinamento. Muitos magos consultam tabelas astrológicas, procurando respostas divinas nos planetas e nas estrelas. Elas são bastante comuns; já encontrei dezenas em casas de magos que capturei. Mas nunca, nem uma vez, vi um mago criar uma réplica do céu em tamanho natural, desse jeito. E, assim como ele se multiplicou diante de mim na Fleet, não sei como está fazendo isso. Não sei como é possível.

Recuo mais um passo. Então, como se as estrelas o orientassem para tanto, Nicholas levanta os olhos. Seu olhar encontra o meu do outro lado da mesa. Ele ergue uma das mãos; o escrivão para de anotar. O silêncio cai no ambiente. Não preciso olhar porque sinto os olhos de todo mundo na sala voltados para mim.

— Elizabeth!

O som do meu nome, gritado do outro lado do universo, me arranca do torpor. Num instante o céu desaparece, as estrelas desaparecem, os planetas e o sol desaparecem. Viram nada, apagando-se como se nunca tivessem existido. Agora é só um teto comum, revelando os caibros, com meia dúzia de pequenos lustres pendendo intervalados acima da mesa.

Baixo os olhos e vejo um homem vindo em minha direção. Eu o conheço. Cabelo preto encaracolado, barba preta e curta. Mesmo sem aquele cachimbo de cachorro na boca, eu o reconheço.

— Você! — Arquejo. É Peter. *O que diabos um pirata está fazendo aqui?*

— Eu. — Ele gargalha. Aperta meus ombros e depois me dá um beijo estalado em cada uma das bochechas. Sinto que estou ruborizando. — Está feliz em me ver, querida?

Não sei. Estou? Ele parece bastante inofensivo, até mesmo gentil. Mas até que ponto um pirata Reformista pode ser inofensivo? Antes que eu possa responder, Peter passa o braço sobre meus ombros e me guia para a sala de jantar. Paredes de pedra, piso de pedra. De um lado da longa mesa de madeira lustrosa, uma fileira de vitrais; do outro, um armário pesado, com uma imensa pilha de comida.

Vou desajeitadamente atrás dele, desconfortavelmente ciente dos olhares ainda fixados em minha direção, do rubor que continua no meu rosto, do coração ainda batendo contra a caixa torácica.

— E está linda — continua Peter. — Muito melhor do que quando a vi pela última vez. Mas afinal de contas é difícil ter boa aparência quando seus globos oculares estão flutuando em absinto, não é? — Ele me enfia na cadeira perto de John.

— Pai — geme John.

Esqueço o desconforto por um momento e me viro para ele, incrédula.

— Ele é seu pai?

John confirma com a cabeça. Noto que ele também está ruborizado.

— Naturalmente! — troveja Peter, contornando a mesa e se jogando na cadeira diante de mim. — De onde mais você acha que o garoto puxou esta beleza? — Ele gesticula para John. — Um espécime tão fino só pode ter vindo das entranhas de um pirata!

John geme outra vez e enterra a cabeça nas mãos.

— Santo Deus, por favor, não permita que ele repita isso nunca mais — sussurra George, sentando-se ao meu lado.

— Por que não passamos às apresentações? — continua Peter. — Bem, aquele ali é Nicholas, claro. Você já o conhece.

Nicholas sorri para mim. À luz comum das velas, ele se assemelha menos a um deus e mais a um homem, e ainda por cima um homem doente. Seu rosto está macilento e cansado, a pele, translúcida e cinzenta. Está segurando mais uma caneca fumegante, com algo que suponho ter sido preparado por John.

— Bem-vinda, Elizabeth. — Sua voz é calorosa. — Fico muito feliz em ver que você está melhor.

— Obrigada — respondo. Minha voz sai fraca e tímida. Não gosto disso. Pigarreio e tento de novo. — Estou me sentindo melhor.

— Espero não ter espantado você com minha pequena demonstração. — Ele abre os braços de novo. — Imagino que você não tenha visto muita magia, antes.

É uma pergunta cheia de significado. Se eu disser que vi magia, ele vai querer saber onde e quem a fez. Pode presumir que há outros feiticeiros — se é isto que ele acha que sou — morando no palácio do rei. Pode começar a fazer perguntas. Uma pergunta vai levar a outra, e...

— Não — minto imediatamente. — Foi a segunda vez. A primeira foi na Fleet.

Nicholas assente.

— Garanto que tudo que é praticado na minha casa é inofensivo, se não benéfico. Sei que já falei antes, mas talvez valha a pena repetir. Prometo que nenhum mal vai acontecer a você aqui.

Suas palavras são gentis. Mas não acredito nem por um instante.

Peter bate palmas, prosseguindo.

— Você já conheceu John e George, mas esta — Ele aponta a garota que está à direita de Nicholas — é Fifer Birch. Ela estuda com Nicholas, vem trabalhando com ele há anos. É sua melhor aluna!

Aluna. Isso quer dizer feiticeira. Tem a minha idade, talvez um pouco menos. É magra, com cabelo ruivo escuro e pele clara, salpicada de sardas. Ela me observa, o olhar indo do meu rosto ao meu cabelo, e depois à blusa — que agora percebo que é dela —, e então de volta ao meu rosto. Suas sobrancelhas estão erguidas, os lábios, franzidos. Cética. Por fim ela vira-se e sussurra algo para Nicholas.

— Finalmente, este é Gareth Fish. — Peter aponta para o homem que continua ao lado de Nicholas, o livro ainda aberto, a pena ainda em riste. Alto, magro, cadavérico. Usa óculos de aros finos, e os lábios finos estão franzidos, claramente irritados com a interrupção. — Ele é membro do nosso conselho e serve como um contato entre Nicholas e... bem, todo mundo. Principalmente os cidadãos de Harrow, claro, mas qualquer pessoa de qualquer lugar, na verdade. Qualquer pessoa que necessite da ajuda dele.

Harrow. Abreviação de Harrow-On-The-Hill, um povoado cheio de Reformistas, feiticeiras, magia. Fica escondido em algum lugar da Ânglia, só seus moradores sabem onde. Tornou-se um refúgio assim que a Inquisição começou, e, se você tivesse algum poder mágico ou alguma tendência Reformista — e não fosse para o exílio ou a prisão —, então era para lá que você iria. É o eixo do movimento Reformista, e Blackwell daria praticamente qualquer coisa para encontrar o local.

Gareth me cumprimenta rapidamente com a cabeça e volta-se para o livro. Aparentemente não sou tão interessante ou impressionante para receber mais do que isto. Fico feliz por ele pensar assim.

Peter vira-se para mim.

— Agora que você chegou, podemos comer. Espero que esteja com fome. — Ele indica as bandejas de comida no móvel junto à parede.

Há o de sempre: frango, pão, um ensopado simples. Mas também há comida mais exótica, do tipo que eu costumava preparar na corte: pavão assado, enfeitado com as próprias penas; uma bandeja com codornas no que parece ser molho de figos; uma torta de miracéus, com as cabeças de peixe minúsculas se projetando de baixo da crosta. Uma bandeja de frutas, bolos e até uma variedade de marzipã: rosas, trevos e cardos, tudo feito de açúcar.

Sinto os olhos se arregalando.

— Achei mesmo que você pudesse estar com fome. — Peter gargalha. — Podemos? — diz para Nicholas.

Nicholas assente e gesticula discretamente. No mesmo instante as bandejas começam a flutuar. Uma a uma pousam graciosamente na mesa. Mais uma vez estou chocada. Tal nível de magia está além de qualquer coisa que já presenciei.

Mas, quando a codorna pousa à minha frente, concluo que isso não importa. Estou esfomeada. Estendo a mão para a bandeja, mas John segura meu braço e o puxa para trás.

— Espere — diz ele.

— Por quê? — Pergunto-me brevemente se ele está questionando meus modos.

— É só que Hastings, o serviçal de Nicholas... Bem, ele é um espírito. Você precisa ter cuidado quando ele está por perto. — John faz um gesto para o ar vazio. — Em geral Hastings usa um chapéu branco para sabermos onde ele está, mas às vezes ele esquece. Normalmente eu espero tudo ficar imóvel antes de pegar qualquer coisa. Já cometi o erro de tocar nele. — John me dá um sorriso sem graça. — Dói para diabo.

Na posição de caçadora de bruxas, já vi muitas coisas: assombrações, retornados, demônios e, sim, espíritos. Mas nunca vi espíritos *serviçais*. Os espíritos são conhecidos por destruir casas, possuir animais e sufocar a pessoa na cama, e não por servir chá ou afofar travesseiros.

— Nunca ouvi falar de um espírito serviçal — confesso.

— Ele já fazia parte da casa — explica John. — Trabalhava para o mago que era o proprietário anterior. Era cozinheiro na maior parte do tempo, mas também fazia outras coisas. Jardinagem, limpeza, tarefas assim. Parece que era tão bom no trabalho que, depois de morrer, o mago o trouxe de volta para que ele pudesse continuar na ativa.

Penso naqueles necromantes desenterrando o cadáver no Fortune Green. Cheio de mofo, podridão, larvas, ossos reluzindo ao luar...

Dou um sorriso débil.

— Bom, sabe como dizem por aí. É difícil achar bons empregados e coisa e tal.

John ri. Do outro lado da mesa, Peter olha de John para mim e de volta para John. Está sorrindo.

— Nicholas vive se oferecendo para mandá-lo de volta, mas ele quer ficar — continua John. — E na verdade ele é fantástico. Quero dizer, é preciso se acostumar com essa coisa de não enxergá-lo. Além disso, é difícil entendê-lo. Na metade do tempo parece que ele só está soprando no meu ouvido.

Consigo dar outro sorriso, desta vez um bem sincero.

— De qualquer modo, agora parece que está tudo bem. — John indica a mesa com a cabeça. — Imagino que você esteja com fome.

— Um pouco. — Parece grosseiro dizer que sim, especialmente depois de todo o trabalho que ele teve para preparar aquelas poções.

— Então manda ver. Hastings é um cozinheiro excelente.

Observo-o enchendo o prato. Depois de um minuto faço o mesmo, pegando porções enormes de morangos e bolo. Se Caleb visse isso, iria rir e dizer para eu guardar espaço para o jantar. Eu sempre como a sobremesa primeiro.

O clima na mesa é relaxado, todo mundo comendo e conversando amenidades. Ninguém fala diretamente comigo, e afora um olhar ocasional de John, ninguém sequer me olha. Relaxo um pouco, olho em volta. Ainda pasmada com o que vejo.

Antes, sempre que pensava em Nicholas Perevil, eu o imaginava entocado numa cabana úmida e precária em algum lugar. Mantos rasgados, cabelo embolado, vivendo à custa de larvas, sementes e chás de folhas. Um fugitivo. O criminoso mais procurado da Ânglia.

A mesa à minha frente conta outra história. Observo meu prato. É de peltre, definitivamente valioso. A prataria. Finamente forjada e lindamente ornamentada. Uma toalha de mesa feita de linho fino, em vez de musselina áspera. Velas boas, de cera de abelha, em vez de juncos mergulhados em sebo com uma chama fedendo a gordura animal.

Ele não está correndo atrás de comida. Não está vendendo as posses para juntar um exército. Não está carente de nada. Blackwell ia gostar de saber disso. Ele pagaria o equivalente ao resgate de um rei por estas informações. Porque ele vai saber, tal como eu sei, que isso tudo aqui significa que Nicholas está recebendo ajuda — e dinheiro — de algum lugar. Mas de onde? E de quem?

Pego minha taça e a examino. É grossa e pesada, provavelmente de cristal. A haste é feita de três cobras entrelaçadas, com o bojo empoleirado em cima das cabeças. Estou imaginando qual seria a deficiência do vidreiro — afora o gosto questionável — quando Gareth fala:

— Você já contou a ela?

Ela. Pouso a taça na mesa com uma pancada.

— Contou o quê?

— Eu ia esperar até mais tarde para contar, em particular. — A voz de Nicholas é grave, um tom pesado de advertência. Aparentemente Gareth não percebe.

— Contar o quê? — repito.

Peter pigarreia.

— O negócio, Elizabeth, é que Gareth acaba de vir de Upminster — diz ele. — E as coisas por lá, bom, estão um pouco piores do que há três semanas.

Há três semanas havia protestos, fogueiras, e eu tinha sido acusada de feitiçaria e condenada à morte. Como as coisas poderiam estar piores?

— Sei que Nicholas já lhe contou sobre Veda, nossa vidente, que mandou encontrarmos você — continua Peter. — Mas, apesar de ter nos dado seu nome, ela não nos deu muita coisa mais. Nem onde você estava, nem como você era. Nós tivemos de deduzir.

— Conseguimos localizar duas pessoas chamadas Elizabeth Grey. Você e uma feiticeira de Seven Sisters. Tivemos certeza de que Veda estava falando dela. Não sei que tipo de magia ela sabe fazer, mas ela certamente era mais... formidável do que você. Pesava quase cem quilos.

Ao meu lado, George solta uma fungada.

— Então deixamos você de lado. Pensando agora, foi um erro, claro, mas nosso trabalho não é prender pessoas para interrogatório. — Os olhos escuros de Peter lampejam com uma cólera súbita. — Mas, se fosse, poderíamos ter evitado... — Ele balança a mão — tudo isso.

— Minha prisão — digo.

— Dentre outras coisas.

— Que outras coisas? — Olho ao redor. Gareth, subitamente interessado em mim; George, subitamente interessado no teto; John, virando o garfo na mão repetidamente; Fifer, parecendo meio alegre.

Por fim Nicholas revela:

— Sua prisão, sua fuga. Sua história, infelizmente, está correndo por toda Upminster. O mais infeliz é o desfecho da coisa toda. Dizem que você não é só uma criada de cozinha, e sim uma espiã e feiticeira. Uma Reformista secreta mancomunada comigo, espionando o rei e a rainha enquanto passava informações para nós. Conjurando feitiços contra eles, usando ervas e tentando envenená-los. Agora você é a pessoa mais procurada da Ânglia.

Engasgo diante da litania de acusações.

— Estão dizendo isso?

Nicholas assente.

— É um tremendo escândalo. Dizem que a rainha está perturbada, totalmente inconsolável. — Então ele sorri: duro, irônico. — Estão ganhando um bocado de comiseração com isso. Mesmo para um público com raiva do monarca, isso é demais. Estão pedindo sangue. Só que desta vez não é do rei, da rainha, nem de Blackwell. É o seu.

Baixo a cabeça nas mãos, atônita. Por Blackwell me acusar disso, por Malcolm acreditar. Pelo fato de a coisa ter chegado tão longe, tão depressa. E sei, com uma certeza pavorosa, que qualquer esperança que eu tivesse em relação a recuperar o favor de Blackwell, acabou. Talvez eu devesse saber; talvez soubesse. Mas era minha única esperança. Não era o trabalho que eu tanto amava; nunca foi isso. É que aquele era o único lar que eu conhecia. Agora não tenho como voltar para casa.

Nunca mais.

— Sabemos que é mentira — garante John. Levanto a cabeça e o flagro me observando atentamente, os olhos sombrios, porém compadecidos. — Eles só precisam de alguma coisa para afastar a atenção do público das fogueiras. De um bode expiatório. Você está segura conosco. Vamos protegê-la.

— Mas quem vai nos proteger? — pergunta Gareth. A atenção de todos se volta para ele. — Ela está nos expondo a um perigo muito maior, afinal não sabemos o que ela pode fazer. — Ele aponta para mim com sua mão comprida e branca. — O que quer que seja, é melhor valer a pena, considerando o preço que estão pagando pela cabeça dela.

— Quanto? — pergunto bruscamente.

— Mil soberanos.

George solta um assobio mudo, depois se inclina para me servir uma taça de vinho. O máximo que Blackwell já ofereceu por Nicholas foi quinhentos. Estendo a mão para minha taça.

— É, ela é muito valiosa — continua Gareth. — Mas é melhor que valha o preço. Caso contrário, o que nos impede de mandar George entregá-la e receber o prêmio? Poderíamos montar um belo exército com isso.

John larga o garfo na mesa com um estrondo.

— Não vamos entregá-la — responde Nicholas, com um gume afiado na voz. — Não é necessário fazer ameaças.

— Os mapas... — começa Gareth.

— São inconclusivos — termina Nicholas. — Veda dirá o que precisamos saber.

— Os caçadores de bruxos... — tenta Gareth outra vez.

— Virão — diz Nicholas. — Como sempre vieram. E seremos cuidadosos, como sempre fomos. A presença de Elizabeth aqui não muda nada. Blackwell nunca vai parar de nos caçar.

— Isso é outra coisa — observa Gareth. — Não é Blackwell que está atrás de nós agora. Ele mandou outra pessoa. Um novo Inquisidor. Alguém chamado Caleb Pace.

APERTO A TAÇA COM TANTA força que ela se despedaça na minha mão. Um monte de vinho, mas muito pouco sangue, é derramado na toalha cor de creme, manchando-a de vermelho intenso. Solto um arquejo e enfio a mão no colo.

Caleb é o novo Inquisidor?

Os outros — menos Gareth e Fifer — me olham com alarme.

— Elizabeth! — grita Peter. — Você está bem?

Se estou bem? Não. Definitivamente não. Quando Caleb foi promovido a Inquisidor? Por quê? E se ele é o novo Inquisidor, Blackwell agora é o que então?

— Deixe-me dar uma olhada. — John pega um guardanapo limpo na mesa e segura minha mão. Mais um problema. Se ele perceber que não tem sangue...

— Não. — Puxo a mão para longe. — Aqui, não. É o sangue. Eu posso desmaiar. — Olho para baixo, tentando parecer nauseada. Não é difícil.

— John, por que não a levamos para cima? — diz Nicholas. — Hastings, pode trazer o que ele precisar?

Enquanto John faz uma lista de suprimentos, sinto um jorro de calor no abdômen seguido por uma sensação de formigamento. O ferimento está começando a se curar. Aperto o dedo em volta dos cacos de vidro, cravando-os na pele, encolhendo-me enquanto cortam mais fundo, até o osso. Mas isso faz o sangue correr de novo. John enrola o guardanapo suavemente na minha mão e me ajuda a ficar de pé.

— Espere aí. — Fifer, tão silenciosa durante todo o jantar, finalmente se manifesta. Sua voz sai rouca, quase pedregosa, num contraste surpreendente com a aparência jovem. — Esse novo Inquisidor. Esse tal de Caleb. — Ela diz o nome como se fosse um anátema. — Você não o conhece, conhece?

Sinto o olhar de George em mim. Ele se pergunta se é o mesmo Caleb que mencionei durante o sono, o mesmo Caleb que eu disse ter sido meu amigo de infância. Falei o nome dele a Nicholas também, quando estava dentro da Fleet.

Penso em negar. Então me lembro do que Blackwell nos dizia: se forem pegos, contem a verdade, desde que isto não os condene. Quanto menos vocês mentirem, menos chance há de se confundirem com a própria história. Não que isso fizesse diferença agora, de qualquer modo. Ele também disse que, se fôssemos pegos, estaríamos por conta própria.

— Sim — respondo. — Eu o conheço.

A mesa ao redor fica silenciosa.

— E?

Respiro fundo.

— Nós éramos amigos. Antigamente.

— Amigos — repete Gareth. — Você era amiga do Inquisidor e não pensou em contar isso a ninguém.

— Eu não sabia que ele era o Inquisidor.

— Não venha com jogos — reage Gareth rispidamente. Seu olhar pousa na minha mão. — Foi por isso que você quebrou a taça? Porque ainda é amiga dele, está conluiada com ele? Porque planeja fugir e trazê-lo para cá? É por isso que está aí, parecendo tão chocada?

Sinto um rubor subindo pelas bochechas. Este era o meu plano, claro, e agora me sinto pega em flagrante. Acuada pelo inimigo e exposta pelas minhas mentiras, e não sei o que fazer.

— Eu contei a alguém a respeito dele — digo finalmente. — Contei a George. Contei que Caleb e eu crescemos juntos, no palácio. Que trabalhamos juntos na cozinha.

Os outros olham para George em busca de confirmação.

— Sim. Ela me contou. Só que... — Ele pigarreia, desconfortável — Você não disse que ele era um caçador de bruxos.

Respiro fundo outra vez, contenho a maré de pânico que sobe no meu peito.

— Não — respondo. — Não contei que ele era um caçador de bruxos porque não vi motivo para isso.

— Não viu motivo — reage Gareth indignado.

Nicholas levanta a mão.

— Deixe-a falar.

— Nós éramos muito jovens quando nos conhecemos — explico. — Nós dois perdemos os pais. E, durante muito tempo, só tínhamos um ao outro. E aí crescemos. Caleb virou caçador de feiticeiros; eu, não. Por isso nós nos afastamos.

— Você diz que vocês se afastaram — observa Nicholas. — Mas você chamou por ele, no dia em que fui pegá-la na Fleet. Por quê?

Sinto o olhar de Nicholas em mim e me viro para encará-lo.

— Porque eu estava doente. Porque estava havia uma semana na prisão e ninguém vinha me ver. Porque eu... — Minha voz embarga, e eu me odeio por isto — ...eu tinha esperanças de que o primeiro amigo que já tive fosse a última pessoa que eu fosse ver. Só isso.

Ninguém diz nada, por isso continuo:

— Não quebrei a taça porque estou mancomunada com ele. Quebrei porque não gosto da ideia de ver meu amigo de infância vir atrás de mim tentando me matar.

Olho ao redor da mesa. Nicholas e Peter me observam atentamente, George também; mas não parecem estar com raiva ou desconfianças. John continua atrás de mim, o braço ainda encostado no meu. Não se mexeu nem recuou. Não procedeu de nenhum modo que me fizesse achar que ele também estivesse com raiva ou desconfiado. Só Gareth e Fifer parecem em dúvida, mas daí eles já estavam assim no instante em que entrei na sala.

— Acho que ela está com eles — diz Gareth. — Foi colocada aqui. É um modo de eles tentarem se infiltrar no campo inimigo...

— Cinco pessoas não são exatamente um campo — observa Peter. — Seis, se incluirmos você, e você só acabou de chegar.

Gareth ignora o comentário.

— Então o que você acha de ela ser amiga do Inquisidor?

— Elizabeth já explicou que não é — responde Nicholas. — A prova disto é clara. Se eles ainda fossem amigos, ele não a teria deixado para morrer na prisão.

A ousadia de suas palavras, a simplicidade delas, me acertam como um tapa na cara.

— Mesmo assim, ela ainda é íntima do inimigo...

— Isso foi há muito tempo — interrompe Nicholas. Sua voz está calma, porém conclusiva. — Não podemos culpá-la pelas decisões de seu amigo, na verdade, ex-amigo. — Ele sorri. — Agora, por favor, John, pode levar Elizabeth para cima? A mão dela precisa de tratamento.

Olho para baixo. O guardanapo branco que John usou como bandagem está manchado de sangue. O vidro. Não percebi que ainda o estava apertando.

John me leva para fora da sala, escadaria acima, seguimos pelo corredor e passamos pela vastidão interminável de pinturas e candelabros de parede. Não me lembro de qual porta é a minha, mas ele sim. Paramos em frente a uma que fica na metade do corredor. John se inclina em volta de mim para abri-la.

Na mesa ao lado da cama há uma bandeja com uma pilha de coisas: uma tigela de água fumegante, maços de ervas, uma variedade de minúsculos instrumentos de metal e uma pilha de toalhas brancas e limpas, e bandagens. Há até mesmo uma jarra de vinho e um prato de comida. Mas, com tudo isso, não resta lugar para nos sentarmos. Bom, a não ser a cama.

Olho para John, que examina a cena com a testa ligeiramente franzida. Depois de alguns instantes ele pigarreia e faz um gesto lá para dentro.

— Você, hum... será que podemos... — Seu olhar percorre o quarto como se desejasse que cadeiras surgissem magicamente, ou que ele pudesse desaparecer.

— Tudo bem — digo, e vou até a cama, agora arrumada; a colcha verde, lisa e esticada no colchão. Sento-me na beiradinha, os pés plantados firmemente no chão, como se isto pudesse diminuir a intimidade do ato de me sentar na cama com um rapaz que não conheço — ou que, aliás, conheço, sim.

Mas meu desconforto não se compara à preocupação de saber que, embaixo do guardanapo, minha mão está começando a se curar, a pele se reintegrando a cada segundo.

John fecha a porta, faz uma pausa e depois vem sentar-se perto de mim, o colchão se remexendo sob o peso dele e me fazendo remexer junto. Estamos tão próximos que nossos ombros se tocam. Ele me olha, hesita e pega minha mão.

— Vamos olhar isto. — Ele tira o guardanapo manchado de sangue.

— Achei que fosse magia — digo bruscamente.

— Achou que o quê fosse magia?

— Os pratos. Lá embaixo. Antes de você me contar sobre Hastings, achei que fosse magia.

— Ah. Imagino que assim pareceria a qualquer um. — Ele pega uma pinça na bandeja. — Nicholas poderia fazer isso, acho. Mas não iria desperdiçar a energia necessária, pelo menos não agora. Fique quietinha. — Ele tira o primeiro caco de vidro. Prendo o fôlego, desejando que o ferimento não se cure. Pelo menos não diante dos olhos dele.

— Por que não? — Penso no rosto de Nicholas, cinza e macilento. Nas poções que ele está sempre bebendo, no último feitiço que fez comigo dentro da Fleet, aquele que esmoreceu e depois falhou. — É porque ele está doente?

John não responde. Simplesmente continua mexendo na minha mão.

Mas eu continuo:

— Qual é o problema com ele? Você não pode curá-lo? Quero dizer, se você pode me curar, e eu tive febre de cadeia, por que não ele? A febre de cadeia é a pior coisa que existe. Exceto pela peste, talvez, mas ele não tem peste, eu teria notado. É a doença do suor? Não, se fosse, ele já estaria morto...

Estou tagarelando, eu sei. A qualquer segundo ele vai notar que tem algo errado. Que minha mão não está cortada como deveria. Vai somar dois e dois, e, quando o fizer, terei de matá-lo. Por algum motivo, acho que não vou gostar disso.

— Não é uma doença, pelo menos não como você está pensando — explica John finalmente. Ele larga a pinça na bandeja e pega as ervas, amassando-as com cuidado na água. Não acredito. Aparentemente ele não notou nadinha. — É uma maldição.

— Nicholas está amaldiçoado? — Fico surpresa, mas talvez não devesse. Nicholas não chegou a chefe dos Reformistas sem ganhar alguns inimigos pelo caminho.

— Isso. E é por isto que ele está adoecendo. Por fora parece pneumonia. O que já seria bastante ruim. Mas por dentro é muito pior. Está corroendo-o. Há coisas que posso fazer para deixá-lo melhor, mas não posso afastar a maldição. — Ele toma minha mão e a coloca gentilmente na tigela. A água tem cheiro de hortelã e faz minha pele pinicar de um jeito agradável. — Se não conseguirmos encontrar um modo de impedi-la, a maldição vai acabar matando-o.

Se Nicholas morresse, o movimento Reformista provavelmente morreria junto. As rebeliões e os protestos acabariam; as coisas voltariam ao normal. Normal para todo mundo, menos para Nicholas, para os Reformistas, para as feiticeiras e os magos na fogueira, acho.

E para mim.

Tenho consciência de John me observando, da minha mão na tigela de água quente que pinica, de que ele ainda a está segurando, os dedos compridos envolvendo suavemente os meus, menores.

— Desculpe — digo, porque não consigo pensar em outra coisa para falar. — Você parece muito leal a ele. Todos vocês parecem. Seu pai... — Sou interrompida pelo risinho súbito de John. — O que foi?

— Bom, quando as frases começam com "seu pai", elas tendem a não terminar bem.

Sorrio. Não consigo evitar.

— Desculpe — continua ele. — O que você ia dizer?

— Na verdade, nada. Só que eu nunca tinha ouvido falar de um pirata Reformista.

— Ah. — John tira nossas mãos da água e seca a dele sacudindo o pulso. — Ele é o único, pelo menos que eu saiba. Em geral os piratas não são conhecidos por posições políticas, não é?

— Acho que não. Quando ele entrou para o movimento? E por quê?

John hesita antes de responder.

— Foi há uns três anos. As coisas estavam começando a ficar ruins, sabe? Malcolm tinha acabado de se tornar rei; Blackwell tinha acabado de virar Inquisidor. A Décima Terceira Tabuleta tinha acabado de ser criada. As mortes na fogueira ainda não haviam começado, mas iriam começar logo.

Engulo em seco. Estou começando a desejar não ter puxado o assunto.

— A pirataria não é exatamente a profissão mais segura, de qualquer forma. Ele viajava muito, ficava fora semanas seguidas. Por isso ele largou tudo. Não achava seguro nos deixar sozinhos, não se as coisas não melhorassem.

Ele para e pega uma bandagem. Baixa a cabeça. Os olhos se voltam para minha mão, mas não a enxergam de fato. Estão distantes, em algum lugar fora do quarto. Fico imaginando a quem ele se referia quando disse "nos deixar sozinhos".

— Claro, as coisas não melhoraram — diz finalmente. — Meu pai queria ajudar os Reformistas a lutar, mas eles não o consideravam uma figura útil. Ou, para ser sincero, não achavam que ele fosse digno de confiança. Meu pai é um homem bom. Um pouco diferente, admito. Mas mesmo assim é bom. Nicholas enxergou isto, ainda que os outros não tenham visto.

— E agora ele é um Reformista.

John confirma com a cabeça.

— Comprometido com o movimento. Nicholas tem esse efeito, sabe. Ele quer mudar as coisas. Ajudar as pessoas. Trazer o país de volta para onde estava, completar o que o pai de Malcolm iniciou. As pessoas acreditam que só ele seja capaz disso. Acreditam tanto que estão dispostas a arriscar a vida para vê-lo ter sucesso.

— Ou será que é o contrário? — Arrependo-me das palavras assim que elas saem da minha boca.

— Como assim? — pergunta John, a voz baixa ficando aguda.

— Não sei.

— Claro que sabe.

— É só que... — Balanço a cabeça. — Você diz que Nicholas está tentando ajudar as pessoas. Mas tudo está fazendo é ajudá-las a ir para a fogueira. — John semicerra os olhos, mas eu continuo: — A magia é contra a lei. Você sabe. A vida de vocês a depende de não praticá-la, mas vocês a continuam praticando. Para mim, se ele quisesse mesmo ajudá-los, faria com que parassem.

Então John se levanta, tão depressa que bate na mesa, quase derrubando a jarra de vinho. Estende a mão, sem olhar, e a enrijece no ar.

— Então você quer dizer que, quando Nicholas te trouxe para cá, tossindo, tremendo, delirando e morrendo, seria melhor que eu não tivesse feito nada? Que eu ficasse olhando você morrer, sabendo o tempo todo que havia algo que poderia ser feito e, mesmo assim, optar por não agir?

— Não foi isso que eu quis dizer.

— Acho que foi exatamente isso que você quis dizer. — Ele passa a mão no queixo, frustrado. — A magia não é uma coisa que a gente pode simplesmente parar de fazer. Ela é parte da nossa identidade. A gente nasce com ela ou não nasce. Você pode aproveitá-la ao máximo, como eu faço, como Fifer faz, ou pode ignorá-la. Mas não pode fazer com que ela vá embora. — Ele balança a cabeça. — Eu a utilizo para ajudar as pessoas. Portanto não pararia de fazer isso nem se pudesse.

Imediatamente sou lembrada das feiticeiras e dos magos na fogueira da praça, todos com a expressão similar à de John agora: raiva e desafio na superfície de uma tristeza quase desesperada.

— E você? Você foi presa com aquelas ervas... — Seu olhar encontra o meu, firme e impassível, e sei imediatamente que ele conhece os motivos pelos quais eu as portava — ... e se Nicholas não tivesse aparecido, se não tivesse libertado você usando magia, você estaria morta agora. Se não pela fogueira, pela febre. Acha isso certo?

— Não importa o que eu acho. A magia é contra a lei. Eu recebi exatamente o que merecia.

John vai até a janela e abre a cortina. Agora está completamente escuro lá fora. Enfim, ele fala sem virar-se para mim:

— Lá embaixo você disse que perdeu seus pais. Posso perguntar o que aconteceu a eles?

— A peste. Primeiro meu pai, e minha mãe dias depois. Eu tinha 9 anos.

Foi assim que conheci Caleb. A peste que matou meus pais matou os dele também — juntamente a um milhão de outros pais — durante o verão mais quente e o pior surto de peste já registrado. Começou nas cidades calorentas e apinhadas, e correu à solta, matando os jovens, os velhos, os pobres e os ricos antes de ir para o campo. Levou menos de uma semana para a população da Ânglia ser dizimada, deixando crianças como Caleb e eu por conta própria.

Na primeira vez em que o vi, pensei estar sonhando. Fazia semanas que eu não via alguém — pelo menos não alguém vivo. Sentia como se eu fosse a última pessoa que restava no mundo. A água era escassa, e a comida havia acabado muito antes. Resisti comendo capim, casca de árvore e uma ou outra flor que restara, e desejei — mais de uma vez — que uma delas me envenenasse. Que me matasse e me tirasse daquele sofrimento.

No dia em que Caleb me encontrou, passando pela minha casa num cavalo roubado, a caminho da corte para implorar por um emprego, eu estava um desastre. Os corpos dos meus pais continuavam dentro de casa, e o calor e o fedor da podridão tinham me obrigado a viver do lado de fora. Ele se aproximou de mim, falando devagar e baixinho, do jeito que se faz com um animal ferido. Eu estava coberta de terra e imundície, encolhida na lama, comendo o resto dos vegetais crus que consegui arrancar da horta. Lembro-me de ter gritado e jogado uma pastinaca meio comida contra ele. Estava totalmente irracional.

Mas ele me pegou, mais como um homem do que como um garoto de 11 anos, colocou-me no cavalo e conseguiu me levar ao palácio do rei em Upminster. Foi uma viagem de três dias, mas chegamos em segurança. E ele conseguiu arranjar emprego para nós dois — o que não foi tão difícil, já que a peste havia matado a maioria dos serviçais, bem como o próprio rei.

O único filho sobrevivente, Malcolm, tinha apenas 12 anos e só poderia governar o país dali a quatro. Por isso o trabalho de governar o que restava da Ânglia foi dado ao seu tio, Thomas Blackwell, que se tornou lorde protetor do reino. Não havia rainha, portanto nenhum cargo de aia, mas eu não serviria para o trabalho, de qualquer modo. Em vez disso, eu lavava roupa, trabalhava na cozinha quando necessário, fazia mandados na cidade. Por mim seria satisfatório ficar assim para sempre, mas Caleb tinha outros planos para nós.

— Sinto muito pela sua família. — John se vira para mim. — Mas, se você pudesse ter feito alguma coisa para salvá-los, mesmo que isso implicasse usar magia, mesmo se implicasse violar a lei, você não teria feito?

Balancei a cabeça.

— Foi a magia que os matou. Um mago deu início àquela peste, você sabe disso. Há quem diga que foi Nicholas o responsável. Que foi ele quem matou o pai de Malcolm...

Nesse momento o fogo ruge intenso na lareira, as chamas saltando pela chaminé.

— Tudo bem, Hastings. — John gesticula para o fogo, que morre abruptamente. — Nicholas não originou aquela peste. E não matou o rei. Ele jamais faria uma coisa dessas.

— Então quem foi? — exijo saber. — Só um mago muito poderoso poderia dar início a uma peste e espalhá-la daquele jeito. E Nicholas é o mago mais poderoso da Ânglia.

— O que Nicholas ganharia varrendo metade do país?

Dou de ombros.

— Talvez ser o mago mais poderoso da Ânglia não baste para ele. Talvez ele queira mais. Talvez queira o trono também.

— Se Nicholas queria ser rei, por que não agiu depois de supostamente matar o pai de Malcolm? Seria muito mais fácil naquela época, tendo apenas um lorde protetor e um garoto no caminho.

— Não sei. Talvez ele esteja esperando a hora certa.

Então o olhar de John fica sombrio, a expressão pensativa escorregando para a raiva.

— Em troca de quê? De sentar-se e olhar enquanto seus amigos e familiares são obrigados a sair do reino? Ficar observando enquanto eles são presos, julgados e condenados à morte? Para esperar a hora certa?

— Não sei — repito.

— Bom, eu sei. Você já viu alguém ser morto na fogueira? — Sua voz está baixa, intensa. — É uma coisa horrível. O pior tipo de morte que existe. Não há dignidade, só tortura, espetáculo e... — Ele para. — Isso precisa acabar. E não conseguiremos acabar com essas mortes se formos embora.

— O rei, o Inquisidor... eles jamais vão mudar a lei — digo. — Sem dúvida você sabe disso.

John se vira de novo para a janela e não responde.

— E sim, eu já vi mortes na fogueira — acrescento baixinho. — São terríveis. É um jeito horroroso de morrer.

Eu tinha 14 anos quando vi pela primeira vez. Vomitei bem no meio de Tyburn; até Caleb ficou impressionado. Mas Blackwell queria que nós assistíssemos. Disse que precisávamos ver para compreender suas leis, saber o que significava estar do outro lado delas. Lembro-me de como Caleb e eu ficamos abraçados naquela noite, incapazes de dormir, com medo de dormir. Levou meses para os pesadelos acabarem. Mas com o tempo eu me endureci contra isso, nós dois endurecemos. Era preciso.

John se vira para me encarar. Começa a falar, mas é interrompido pela porta que se abre com um estrondo.

— Como estamos indo? — George entra no quarto, cambaleando, segurando uma taça. Parece bêbado.

— Tudo ótimo — responde John, indo até a mesa e pegando seus suprimentos. Noto suas mãos tremendo enquanto ele empilha tudo de volta na bandeja.

— E você? — George vem até mim. Estou tão ocupada observando John que me esqueço da minha mão, até que ele a pega.

— Ainda dói — comento, mas isso não importa. George não percebe direito como está. Simplesmente olha para ela e a joga de volta no meu colo. Está completamente bêbado.

— Belo trabalho, John. Como sempre. — George estende a mão para a jarra de vinho, enche sua taça de novo e depois se deixa cair na poltrona perto da lareira. — Estou de vigia noturno outra vez — revela para mim.

— Fantástico — respondo.

— Não é mesmo? — Ele toma um gole e olha para John. — Eles querem falar com você.

— Quem?

— Bom, Fifer. Ela precisa de mais... — George me olha — ... alguma coisa para Nicholas. O de sempre. Peter quer alguma coisa para dormir. E Gareth disse que está com dor de cabeça.

John fecha os olhos e assente, apertando as pálpebras com as pontas dos dedos. Parece exausto: mortalmente pálido, com olheiras tão escuras que parecem hematomas.

George estremece.

— Desculpe.

— Tudo bem — diz John. — Estou indo. Mas garanta que ela vai enrolar a mão num curativo, está bem? — Ele pega uma bandagem e joga para George. — O corte não foi tão ruim quanto pensei, mas não faz sentido convidar uma infecção.

Ele sai sem olhar para mim. Percebo que não agradeci.

Não agradeci por nada.

11

PERMANEÇO NA CASA DURANTE A NOITE.

Quase não fiquei; o encontro no jantar foi arriscado demais para o meu gosto. Mas a notícia de que agora sou a pessoa mais procurada da Ânglia complicou as coisas. Não basta fugir daqui e voltar a Upminster — não mais. Porque não são somente Blackwell e seus guardas que estão atrás de mim; são todos os mercenários da cidade. Aqui é praticamente tão seguro quanto lá, o que significa que não é nem um pouco seguro.

A pessoa mais procurada da Ânglia.

É quase demais para acreditar. Essa história toda é quase demais para acreditar. Sei que Blackwell quer me ver morta. Mas será que isto supera seu desejo de ver Nicholas morto? Mesmo que ele ache que sou uma espiã e traidora, ainda não sou tão perigosa para ele quanto Nicholas.

Não posso ir a Upminster, e não posso ficar na Ânglia. Acho que terei de fugir para a Gália. É perto, do outro lado do canal. Vai ser fácil chegar lá, desde que eu encontre um navio onde me esconder. O rei de lá é solidário para com os exilados da Ânglia; eles não vão me expulsar.

E tem a situação com Caleb.

Não sei o que pensar do fato de ele ter sido promovido a Inquisidor. Será que Blackwell estava planejando isso o tempo todo, mesmo antes da minha prisão? Ou será que Caleb pediu a promoção depois, como um meio de me proteger? Mas, se ele assumiu o cargo para me proteger, por que não voltou à Fleet para me buscar? Ele não me deixou lá para morrer. Não acredito nisso. Deve haver outra explicação.

De qualquer modo, hoje é o dia de minha fuga.

Ontem à noite, George deixou escapar que todo mundo estaria fora durante a manhã, algo a ver com uma ida ao mercado negro para obter suprimentos. É a oportunidade de que preciso para revistar a casa. Não posso ir para a Gália de mãos vazias; preciso estar preparada. Me orientar, roubar dinheiro e outras coisas valiosas para negociar, me armar com o que puder encontrar ou fabricar. E esta noite, quando formos visitar a vidente, vou correr para diabo. E matar quem tentar me impedir.

George ainda está dormindo. Está largado no chão, perto dos pés da cama, completamente desmaiado, com um cobertor enrolado nos pés. Deve ter tropeçado nele e caído em algum momento ontem, e aí não conseguiu — ou não quis — se levantar.

Visto-me depressa e em silêncio, colocando as mesmas roupas do dia anterior. Seria bom se tivesse alguma coisa mais quente ou mais prática. Mas estas terão de servir. Pego o cobertor de George no chão e faço uma trouxinha rapidamente, improvisando uma bolsa.

Olho para George. Parece que não vai acordar tão cedo. Penso em amarrá-lo antes de sair, por garantia. Mas isto poderia acordá-lo, e aí eu teria de machucá-lo. Não quero fazer isso. Passei a gostar um pouquinho dele. Por isso vou deixar para lá.

Abro a porta devagar, em silêncio. Saio nas pontas dos pés, sigo pelo corredor até o topo da escadaria, e presto atenção. Tudo está silencioso: nenhuma voz, nenhum som de passos ou de pratos na mesa. Nada. Desço a escada, correndo, e chego ao corredor principal.

Primeira parada, sala de jantar. Pratos de estanho, prataria, vou pegar até aquelas taças horrorosas de cobra se necessário. Vou correndo ao móvel sobre o qual estava toda aquela comida do jantar e abro as gavetas, uma depois da outra. Estão todas vazias. *Mas que droga.*

Vou até a sala do outro lado do corredor. É uma sala de estar, muito grandiosa. Vitrais altos enfileirados, cada um num tom diferente de azul. Uma grande lareira ocupa uma parede inteira, em outra, uma tapeçaria exibe um bosque agradável. Há uma mesa abaixo dela, cercada por cadeiras forradas com brocado azul.

Percorro a sala rapidamente, procurando. Embaixo do tapete, para ver se há alguma tábua solta. Atrás da tapeçaria decorativa, em busca de uma alcova secreta. Debaixo da mesa, para ver se existem gavetas ocultas. Nas emendas da parede, para achar alguma porta escondida. Nada. *Onde diabos estão todas as armas?* Estou na casa do maior traidor da Ânglia — desculpe, do segundo maior —, e não há um único instrumento pontudo, afiado ou incendiário em todo o lugar? Não é possível. Nicholas não chegou tão longe comandando uma rebelião com as mãos nuas.

O único lugar onde não procurei é a cozinha. É arriscado. É o território de Hastings. E, serviçal ou não, ele é um espírito. Não sei como Nicholas conseguiu controlar seu lado destrutivo, mas tal lado está lá. No caso dos espíritos, sempre está. Frequentemente caçadores de bruxos são requisitados para enfrentar assombrações, mas não adianta. Não podemos fazer nada, exceto ficar admirando o caos. No último lugar assombrado para onde Caleb e eu fomos chamados, o espírito arrebentou um celeiro até os alicerces e tosquiou todo o rebanho de ovelhas que havia lá dentro. Espalhou a lã por quilômetros. Uma confusão tremenda, fez parecer estar nevando no auge do verão. Caleb e eu ficamos sentados num morro observando, rindo feito crianças.

Engulo em seco e tiro-o da cabeça. Não posso pensar em Caleb agora.

Perto da sala de jantar há uma porta que dá num corredor estreito e escuro. Não há como ter certeza, mas acho que ele direciona para a cozinha. Entro, paro e presto atenção. Silêncio. Se Hastings estivesse por perto, certamente eu iria ouvi-lo, não é? O corredor é frio, úmido e tem uma corrente de ar. Talvez porque seja totalmente feito de pedra, mas também pode ser Hastings. Os espíritos esfriam tudo. Estremeço um pouco e continuo em frente.

Por fim o corredor se abre na cozinha. Paro junto à porta e olho ao redor. Parece uma versão menor da cozinha de Ravenscourt. À esquerda está o fogão. É imenso. A abertura tem tamanho suficiente para um homem da altura de Nicholas entrar no forno sem precisar se abaixar. Há um fogo ardendo ali dentro, e algo girando no espeto. Parece um cervo.

Na minha frente há uma mesa de cavaletes. Em cima há cestos cheios de frutas, legumes, farinha, temperos. Embaixo, há mais cestos com um pouco de tudo, desde lenha até cebolas e ovos. No canto estão barris de vinho, cerveja e peixe salgado. Em outro, penduradas pelos pés numa trave, estão dezenas de aves mortas: galinhas, patos, codornas e faisões. E em toda parte há chaleiras e caldeirões, frigideiras e panelas. É uma cozinha muito bem suprida. O que significa que em algum lugar há facas, cutelos, garfos de carne, tesouras. A essa altura eu aceitaria até um ralador de queijo.

Observo o cômodo por alguns minutos. Não há movimento. Nada flutuando, nada se mexendo sozinho. E John não disse que Hastings geralmente usa um chapéu branco? Não vejo isso também. Satisfeita porque ele não está por perto, vou rapidamente à mesa e começo a remexer em tudo. Vasculho na farinha, reviro uma pilha de maçãs. Não há nada dentro, a não ser uma colher e um garfo de três dentes minúsculo. Guardo-os mesmo assim. Enfio-me embaixo da mesa e reviro os outros cestos. Nada, nada, e, *que droga*, agora quebrei um bocado de ovos. Limpo as mãos na calça e fico em pé, olhando ao redor. Então vejo a escada de mão que leva para o subsolo da cozinha. A despensa.

Em geral as despensas são usadas para armazenar carne, queijo, manteiga, peixe fresco. Coisas que precisam ser mantidas resfriadas para não estragar. São cômodos minúsculos, escuros, gélidos. Geralmente no lado norte da casa, onde pegam a menor quantidade de sol. Em geral ficam no subsolo. Sempre aterrorizantes. Odeio espaços pequenos e escuros. Mas uma despensa é um lugar perfeito para curar carne. E onde há carne, há facas. Pego minha trouxinha e começo a descer a escada. Meu coração acelera no segundo em que mergulho naquele lugar escuro e pequeno. Respiro fundo, cantarolo um pouco. Imagino a quantidade de armas lindas e pontiagudas que vou encontrar ali embaixo. Isso ajuda.

Quando chego à base da escada, percebo que meus olhos estão fechados, então os abro. Demoro um tempinho para me acostumar à penumbra — só há um pouquinho de luz entrando pela abertura na parede. Quando meus olhos se adaptam, sinto-os se arregalando. Ali, pendurada de modo muito organizado na parede, há a variedade mais maravilhosa de instrumentos de corte que já vi. Cutelos rombudos. Facas curvas, de esfolar. Facas curtas para desossar. Há até um machado para cortar ossos. Quase guincho de alegria.

Enfio o maior número possível de facas no cinto e ponho o restante na bolsa improvisada. Há uns dois pares de luvas grossas, e eu as pego também. Podem ser úteis. Penduro a bolsa no ombro e começo a subir a escada de novo. Ainda há espaço suficiente para os pratos de estanho e a prataria. O bastante para trocar por roupas, comida e armas. Meu plano está tomando forma.

Enfio a cabeça na cozinha. Ainda está silenciosa, mas verifico tudo, de qualquer modo. Uma pilha arrumadinha de maçãs, um cesto de cebolas ligeiramente torto. Poeira de farinha no tampo da mesa. Tudo está exatamente como deixei. Fico de pé e vou para a porta oposta àquela por onde entrei: a copa. Onde aqueles valiosos pratos de estanho são lavados e guardados. Dou uns três passos, e então a coisa acontece.

A temperatura do cômodo despenca num segundo. Inspiro o ar com surpresa, e, quando exalo, ele sai numa nuvem de ar gélido. Um vento frígido começa a redemoinhar em volta de mim, levantando o cabelo dos ombros, jogando-o contra o rosto e os olhos. Então ouço um sussurro. A princípio baixinho, como vapor saindo de uma chaleira. À medida que o vento fica mais forte, a voz fica mais alta. Não consigo identificar as palavras, mas ouço a raiva por trás delas.

Hastings.

Salto para a porta, abandonando a ideia de ir à copa. O estanho não é tão importante quanto sair daqui. Não há como saber do que

Hastings é capaz. Consigo chegar no máximo à mesa de cavaletes, quando um cesto vem voando em minha direção. Percebo o conteúdo dele uma fração de segundo tarde demais: farinha.

Ela faz redemoinhos no ar, entra nos meus olhos, na boca, no cabelo. Estou coberta de farinha. Largo a bolsa no chão e começo a tossir e a engasgar, tirando o pó dos olhos. Limpo-os bem a tempo de ver um faisão morto, bico projetado, voando rumo à minha cabeça.

Pego uma faca no cinto e a atiro contra a ave. Acerto em cheio, e ave e faca despencam no chão, ruidosamente. Dou mais um passo antes que outras aves sejam jogadas em mim. Três patos. Duas galinhas. Um pavão. Um punhado de codornas. Atiro uma faca após outra em defesa.

Por fim Hastings fica sem aves. Ajoelho-me e vou me arrastando pelo chão, tentando recuperar as lâminas. Consigo localizar várias e as arranco das barrigas das aves. Mas, quando me levanto, a porta dupla do forno de pão se abre e os pães quentes saltam a toda velocidade na minha direção. Desvio a maior parte com tapas, mas um ou dois acertam meu rosto, deixando inchaços incandescentes na pele, os quais se curam bastante rápido. Porém estou ficando aborrecida. Perdi inúmeras armas, estou totalmente suja, coberta de farinha, e o cheiro de toda esta comida está me deixando com fome.

Dou meia-volta e corro para a lareira. O cervo ainda está no espeto, assando lindamente. Hastings se orgulha de seu trabalho. Se eu estiver certa, ele não vai sacrificar uma bela peça de carne só para me provocar. Subo de maneira atabalhoada pelo suporte, até o topo, fora do alcance das chamas. Daí giro o corpo.

— Vá em frente! — grito. — Jogue alguma coisa! Eu desafio você!

Olho ao redor. O ar ainda está denso de farinha, mas nada vem voando contra mim. Tudo ficou parado. Rindo, pulo de cima do espeto. Saltito de forma petulante pelo cômodo, pego minha bolsa no chão. Em seguida examino a cena.

Farinha em todas as superfícies, carcaças de aves espalhadas pelo chão. Pães despedaçados, ovos quebrados, penas para todo lado. Que desastre. Mas eu enfrentei um espírito, e isso não é pouca coisa. Caleb ficaria orgulhoso. Começo a me dirigir para a porta. Então, através da névoa de farinha que ainda paira no ar, eu o vejo. Parado junto à porta, de braços cruzados, sobrancelhas erguidas.

George.

— Ora, ora — diz ele com um risinho. — Se não é nossa pequena criada, de volta à cozinha.

Meu coração vai no pé, praticamente se enfiando nas botas grandes demais. Há quanto tempo ele estava ali parado?

— Eu sabia que havia alguma coisa esquisita com você. — Ele vem até mim. — Não conseguia identificar direito. Vai me contar a verdade agora? Ou vou ter de arrancá-la de você?

— Não sei do que você está falando. — Largo a bolsa no chão e chuto-a de lado.

— Não?

— Não.

— Como quiser — retruca ele. Depois tira uma adaga do casaco. Arregalo os olhos.

— Não — murmuro.

— Pegue — diz ele. E atira a faca contra mim.

A FACA VEM ASSOBIANDO PELO ar, bem na direção da minha cabeça. Está a menos de 2 centímetros do meu olho quando a agarro, prendendo a lâmina entre as palmas das mãos. Antes que eu possa reagir, George já está ao meu lado.

— Precisamos conversar. — Ele agarra meu braço e me arrasta para fora da cozinha.

No andar de cima, ele me empurra para dentro do meu quarto e se vira para mim.

— Você anda pelo palácio do rei como um rato no esteio. — George levanta um dedo. — Espatifou uma taça na mão e não tem ao menos um arranhão. Fica toda apatetada por causa do tal de Caleb, que por acaso é o novo Inquisidor. — Ele levanta três dedos. — E onde aprendeu a atirar facas contra aves daquele jeito? No circo? — Ele estreita os olhos. — Você é uma caçadora de bruxos.

Abro a boca, uma negativa na ponta da língua.

— É ótimo que eu seja — reajo rispidamente. — Caso contrário você teria de dar algumas explicações. Eu poderia ter perdido um olho.

George resmunga e me empurra. Caminha pelo quarto com as mãos cruzadas na nuca.

— Eu sabia — diz ele. — Sabia que havia alguma coisa com você. Sua aparência, seu rosto e tudo isto. — Ele faz um gesto para mim. — Achei que você fosse uma espiã gaulesa. — George se deixa cair na poltrona perto da lareira e enterra a cabeça nas mãos. Parece tão perturbado que quase sinto pena dele. — Uma caçadora de bruxos— murmura. — Uma droga de uma caçadora de bruxos.

— Apenas deixe-me ir embora. Eu posso passar por aquela porta e desaparecer em minutos. Ninguém precisa saber. Para você isso não é nada.

— Para mim não é nada. — Ele me espia por entre os dedos. — Você faz parecer que está aqui por engano. Não é um engano. Você está aqui por um motivo.

— É. Porque a sua vidente está entregando o nome de caçadores de bruxos. Para que vocês possam encontrá-los e matá-los.

— Você não está aqui para isso.

— Você não tem certeza. Nicholas disse que não sabia por que eu estava aqui.

— Isso não é exatamente verdade.

Estreito os olhos.

— Como assim?

— Não posso contar.

— Então não posso ficar. — Vou em direção à porta.

— Pare. — Ele estica uma perna na minha frente. — Eu conto. Você está aqui porque Nicholas precisa descobrir uma coisa. O que quer que seja, é importante. Segundo Veda, você é a única que pode conseguir.

— O quê? — Isso não faz sentido. — O que diabos eu poderia descobrir para ele? Ele é um mago, e eu sou uma caçadora de bruxos, e... ah. — Finalmente compreendo. — Tem a ver com a maldição dele, não é?

George faz uma careta.

— Como você sabia?

— John me contou. — Diante disso, ele ergue as sobrancelhas. Mas eu continuo: — Então é isso, não é? Há um mago amaldiçoando Nicholas, e vocês querem que eu o encontre e acabe com ele?

George dá de ombros.

— Sei lá. Quero dizer, agora que eu sei o que você é, parece-me a possibilidade mais provável. Vamos ter certeza esta noite.

Balanço a cabeça.

— Sinto muito — digo. — Não posso encontrar o tal mago para vocês. Caso não tenham notado, estou numa tremenda encrenca. Preciso sair daqui.

— Como exatamente você planeja fazer isso? Você é a pessoa mais procurada do país. Eles estão atrás de você.

— Eu sei! Por que acha que eu estava tentando pegar as coisas de Nicholas?

— Para realizar seu sonho de abrir uma loja de louças?

Encaro-o irritada.

— Não tenho tempo para isso. — Vou de novo em direção à porta. — Vocês vão ter de arranjar outra pessoa para encontrar o tal mago.

George levanta-se e para na minha frente.

— Você sabe que não posso deixá-la fazer isso.

Suspiro.

— Não quero machucá-lo, George. Mas, se você ficar no caminho, eu o farei.

Ele levanta as mãos, porém não se mexe.

— Você quer ir embora. Entendo. No seu lugar eu também ia querer isso. Mas você não tem roupas nem armas. E nem dinheiro para conseguir tais coisas.

— Graças a você — murmuro.

— Mesmo se tivesse, você não tem como circular por aí em segurança. Com a recompensa que eles estão oferecendo, você seria caçada aonde quer que fosse. Piratas, assassinos de aluguel, mercenários...

— Eu posso cuidar deles.

— É, mas por quanto tempo? O bastante para atravessar o país? Até a Gália? É para lá que você ia, não é?

Não respondo.

— Nós podemos ajudá-la — continua George. — Se você fizer isso por nós, se nos ajudar a encontrar o mago que amaldiçoou Nicholas e o deter, acho que ele vai te dar tudo que você quiser.

É uma oferta tentadora. Mesmo assim hesito. Encontrar o mago não é o problema; eu poderia fazer isso com facilidade. Não é porque Blackwell está atrás de mim; ele vai continuar à minha procura de qualquer jeito. Nem é por causa de Caleb.

Há outra coisa me incomodando. Por fim entendo o que é.

— Por que eu? — pergunto. — Existem outros caçadores de bruxos que poderiam fazer o serviço. Algum que não precisaria ser tirado da cadeia, ou que não fosse um criminoso procurado. Tenho certeza de que vocês seriam capazes de encontrar alguém disposto.
— Não Caleb, claro. Mas consigo pensar em vários outros que talvez aceitassem. Pelo preço certo, claro.

— Também não sei por que você foi escolhida. Você ouviu Peter. Achamos que tinha sido um engano. Se tivéssemos a trazido antes, na hora certa, nada disso teria acontecido. Isso também não facilitou as coisas para nós.

— Por que Nicholas simplesmente não me disse isso?

George arregalou os olhos.

— Ele não sabia que você era uma caçadora de bruxos, sabia? Ele acha que você é uma garota inocente, não é? — Ele balança a cabeça. — Te digo: você enganou a todos nós. Eu achava que você era espiã. Fifer e Nicholas acham que você é uma feiticeira. E John...

— O que tem John?

— Só acha que você é um equívoco. Só isso.

— Ah. — Essa ideia me incomoda um pouco, mas descarto-a.

— Como eu disse, Nicholas não sabe o que você deveria encontrar — continua George. — Ele não lhe contou o que sabe porque achava que você parecia frágil demais para aguentar.

— Frágil? — Bufo de escárnio. — Eu poderia matá-lo agora mesmo, usando só o polegar.

Para minha surpresa, isto o faz rir.

— É. Mas você tem se olhado no espelho ultimamente?

Ignoro isso.

— Então é assim? Eu só preciso ajudá-lo a encontrar esse tal mago?

Ele confirma com a cabeça.

Penso um pouco. Por mais que odeie admitir, preciso de ajuda. Isso não mudou. Ainda preciso sair do país e de dinheiro para me virar. E talvez não seja má ideia ter a proteção de Nicholas. Ele está no exílio por muito tempo e conseguiu manter Blackwell a distância. Talvez possa fazer o mesmo por mim. Se eu tivesse de adivinhar, diria que também vou ficar no exílio durante muito tempo.

— Ótimo. Eu topo. Vou encontrar o mago para vocês. — George suspira aliviado. — Não tão depressa — acrescento. — Tenho algumas condições.

— É?

— Primeiro, quero uma garantia de que vocês não vão me usar para conseguir o que querem, e depois me entregar em troca da recompensa.

— Nicholas jamais faria isso.

Eu acho que Nicholas faria isso, sem dúvida, mas não me dou o trabalho de discutir.

— Ótimo. Então depois que o negócio terminar, ele não vai ter problemas para me acompanhar a qualquer lugar que eu queira ir.

George assente.

— Se é isso que você quer.

— Segundo, não quero que mais ninguém saiba sobre mim.

Isto o faz franzir a testa.

— Nicholas vai acabar descobrindo — diz ele. — Se ele não deduzir sozinho, a vidente sem dúvida vai contar.

— Eu sei. Mas não é só com Nicholas que eu estou preocupada.

Penso nos outros. Peter é um pirata, sem dúvida hábil com a espada. Fifer é a "melhor aluna" de Nicholas. Não há como saber de quantos modos ela pode me amaldiçoar. E tem John. Ele não me faria mal, eu sei. Mas acho que, se soubesse a verdade a meu respeito, seria igualmente desagradável, só que de um jeito diferente.

— Então estamos combinados?

George faz que sim com a cabeça. Depois se recosta na poltrona e sinaliza para mim.

— Então, posso ver? Quero dizer, seu estigma? Nunca vi um.

— Não há nada para ver. — Encosto a mão na barriga. — Ele só aparece quando sou ferida, depois some quando me curo.

George sorri.

— Eu poderia dar uma facada em você...

Aponto meu polegar para o olho dele.

Ele solta uma gargalhada.

— Estou brincando. Mas isso é inteligente, o fato de desaparecer e coisa e tal. Impede que você seja apanhada. Isso explica por que Fifer não viu quando a limpou, ou John quando a examinou.

Sinto uma pontada súbita ao pensar em John olhando para minha barriga nua — e quem sabe tocando nela.

— Então, como é?

— O quê?

— O seu estigma. É medonho?

— Ah. Não. Quero dizer, não é tão ruim quanto você pensa. — Quando descobri que iríamos receber estigmas, entrei em pânico. Imaginei o pior: uma marca forjada a ferro quente, uma cicatriz, uma queloide feia. Mas é pequeno e delicado; até mesmo elegante, como algo escrito com uma pena fina.

— Doeu?

Não respondo imediatamente. A cerimônia da marcação aconteceu logo depois de eu fazer o último teste como recruta. Não gosto de pensar nesse teste, muito menos de falar nele. Devo ter ficado em choque depois de terminar. Não me lembro se de fato se doeu ou não.

— Um pouco. — Não quero mais falar sobre meu estigma.

George pressiona.

— Ele é mágico, não é? Quero dizer, tem de ser. Você não acha isso estranho? Um caçador de bruxos usar magia? Não parece certo, não é? Quem deu o estigma a você, afinal?

— É. Não. Acho que sim. Não sei.

E não sei mesmo. Já pensei no meu estigma, pensei até ficar tonta. Por que Blackwell nos deu magia se ele odeia magia? Quando ele nos vendou e nos levou para trás de portas fechadas e fez com que fôssemos marcados, como sabia que a coisa daria certo? Caleb disse que um dos magos que capturamos fez a coisa, mas como Blackwell soube que isso não iria nos matar?

É aí que geralmente eu parava de perguntar, porque sabia que ele não sabia. Nós éramos suas cobaias. E, se ele matasse um de nós, simplesmente encontraria um substituto. Como sempre fazia.

George me observa por um momento.

— Como, exatamente, você se meteu com tudo isso? Caçar bruxos é um negócio sério. E você não passa de uma garota. — Ele franze a testa. — Como isso aconteceu?

Penso na primeira vez que Caleb me falou sobre ser caçadora de bruxos. A coisa começou de modo bastante corriqueiro, mas ao pôr do sol eu já tinha dado os primeiros passos receosos por um caminho que eu sabia ser sem volta. Mas a ideia de Caleb seguir por ele sem mim me apavorava mais ainda.

— Caleb me convenceu a acompanhá-lo. Ele era meu melhor amigo. O único parente que eu tinha.

George parece cético.

— Belo modo de tratar um parente. Obrigá-lo a fazer uma coisa assim, contra a vontade.

Balanço a cabeça.

— Não foi bem assim. Ele não me obrigou.

— Você queria ser caçadora de bruxos?

— Eu... não. Eu queria estar com Caleb. Ele é que queria. E eu confiava nele para fazer o que achasse melhor.

George faz uma careta.

— O melhor para você ou para ele?

— Como assim?

Ele dá de ombros.

— Parece que Caleb estava mais interessado em subir de vida do que em manter você em segurança.

— Você não sabe do que está falando. Ele sempre cuidou de mim. Sempre me manteve em segurança.

— Não fez um trabalho muito bom, fez? Garotas que estão em segurança não são jogadas na prisão e condenadas à morte. Ele deixou você lá para morrer...

— Ele não me deixou para morrer. Ele ia voltar.

— Ah, é, ele ia voltar. Para acompanhar você até a fogueira.

— Pare com isso!

— Você sabe que estou certo. Claro que sabe.

— Pare! — repito. — Sério, George. Se você falar mais uma palavra contra Caleb, eu vou embora. Não dou a mínima para o que vocês oferecem e nem para o destino de Nicholas.

— Elizabeth...

— Nem mais uma palavra! — Agora estou gritando. — Ou eu juro que...

O som de alguém pigarreando me interrompe. Viro a cabeça rapidamente e lá está John, parado junto à porta. Está usando uma grossa capa preta, de viagem, uma grande bolsa de lona pendurada num ombro, ainda tem traços de chuva no rosto e no cabelo. Deve ter voltado e subido direto.

George fica de pé.

— Não escutei você chegando.

John dá de ombros.

— Desculpe interromper. Mas eu bati algumas vezes. — Ele me olha, depois olha de novo para George. — Nicholas quer ver você. Está lá embaixo.

George vai para a porta, me fitando com cautela. Provavelmente acha que vou tentar fugir de novo.

— Acho que vou me limpar — anuncio.

— Vou pedir para Hastings preparar um banho — diz George. Depois sai. John se demora, me encarando com uma expressão estranhíssima. Seu olhar vai do meu cabelo, que sei que está coberto de farinha, para minha calça suja de ovos, depois para minha mão, agora totalmente curada e ainda sem bandagem, e de volta para o meu rosto.

— Vamos sair às cinco — avisa. — Certifique-se de vestir alguma coisa quente.

SAÍMOS ÀS CINCO HORAS, CONFORME programado. Peter e Gareth ficaram; aparentemente Veda tem medo de todos os homens mais velhos, exceto Nicholas. Fico me perguntando por quê.

Lá fora a noite está fria e límpida, e agradeço pelas roupas que Hastings me deu. Calça justa verde e uma camisa branca e macia. Uma comprida capa de veludo preto e botas com canos até os joelhos. Roupas de Fifer. Pela cara feia que ela mostrou para mim, eu soube o quanto ela odiava emprestá-las.

Nicholas diz que é uma hora de caminhada até lá, o tempo todo fora das estradas. Ele conhece bem o caminho e vai nos orientando ao redor de árvores e por cima de galhos caídos, até chegarmos ao meio da floresta. Esta noite a lua está completamente negra, sem uma lasca de luz para nos guiar. Vou ao lado de George, e, apesar de eu estar acostumada a caminhar no escuro, ele tem problemas. Tropeça o tempo todo em troncos caídos e em buracos.

— É uma pena que Veda não consiga ver durante o dia. — Ele tomba para a frente outra vez, e eu agarro seu braço para impedir que ele caia. — Honestamente, essa parte sobre a lua é mesmo tão importante assim?

— A parte sobre a lua? — Fifer estala a língua ao meu lado. — A fase escura da lua é simplesmente o aspecto mais significativo da vidência. É o momento em que os videntes estão mais poderosos. E você tem o desplante de chamar de "essa parte sobre a lua".

— Bom, nem todos somos feiticeiros — responde ele.

Sinto o olhar de Fifer se desviar para mim quando ele diz isso.

— Você disse que a fase dura três dias — continua George. — Veda não consegue enxergar as visões durante esse período?

— Falando em termos estritos, sim — responde Nicholas. — Mas a energia é mais forte nas primeiras horas. Queremos aproveitar isto. Qualquer um que tenha poder de vidência também estará fazendo uso dele nesses três dias. É melhor que a coisa seja feita antes que a energia comece a se esvair.

Eu já conhecia boa parta desses preceitos. Os caçadores de bruxas sempre são mandados à caça durante a lua escura. Não só para procurar videntes; também é a época ideal para encontrar feiticeiras e magos realizando feitiços e maldições sombrias. Eles também trabalham melhor neste período. Então me ocorre.

— Eles vão procurar por nós, não é? — pergunto.

— Sem dúvida — responde Nicholas. — Mas tomei todas as precauções. A casa de Veda tem um feitiço protetor. Ninguém vai ser capaz de enxergá-la, nem nós, a não ser quando já estivermos lá dentro. Eu estendi o feitiço com a ajuda de Fifer, de modo que possamos atravessar a floresta praticamente sem sermos detectados.

— Por que correr o risco? — pergunto. — Não há outro modo de chegar lá? Sem precisarmos caminhar? — Está óbvio que ele também tem problemas com isso. Dá passos lentos, desajeitados, apoiando-se no braço de John. Diferentemente de George, sei que não é por causa da escuridão.

— Existem jeitos de usar a magia para viajar — diz Nicholas. — Magnetitas, principalmente, mas elas são poucas e ficam longe umas das outras, isso sem mencionar que são extremamente difíceis de usar. Pessoas já morreram por muito menos que isso.

— Morreram? — Levanto as sobrancelhas.

— É. Por excesso de curiosidade — murmura Fifer.

John lança um olhar para ela. Ela lhe mostra a língua.

— As magnetitas são formadas quando o relâmpago acerta alguns tipos de minerais — continua Nicholas. — Geralmente elas explodem, por isso são tão difíceis de se encontrar. Mas às vezes um mago atrai o relâmpago e tenta segurar o mineral intacto, e aí acaba sendo golpeado. Acho que você pode adivinhar o que acontece em seguida.
— Posso?
John me cutuca e faz um movimento de explosão com a mão livre.
Aperto a boca com a mão, contendo um riso.
— Não é engraçado — reage Fifer rispidamente.
— Não — concorda John. — Mas o que mais você espera quando se brinca com relâmpagos?
Nicholas dá um risinho indulgente que se transforma numa tosse horrível. John e Fifer trocam um olhar preocupado.
— Certo — consegue dizer Nicholas finalmente. — Mas também há outras restrições. Uma única magnetita só pode ser usada uma vez, e no máximo por duas pessoas. Precisaríamos de seis para conseguir viajar até lá e voltar. Acho que não cheguei a encontrar seis delas durante toda a vida. — Ele sorri para mim. — Não se preocupe, Elizabeth. Você está em segurança conosco.

Continuamos andando, os cinco em silêncio. O único som é o das folhas e gravetos estalando sob os pés. Tudo bem. Não estou a fim de conversar mesmo. Estou tensa em relação a essa vidente. Preocupada com o que ela possa ver. Com medo do que ela possa dizer.
É quase certo que ela vai me denunciar como caçadora de bruxos. Ser revelada desse modo, numa sala cheia de Reformistas vingativos... o que aconteceria? Tenho algumas ideias, nenhuma boa. E não tenho nada com que me defender. Nem faca, nem machado, nem mesmo um minúsculo garfo de três dentes. George pegou tudo.
Mesmo assim já estive em situações piores e consegui me safar. Não há motivo para achar que será diferente. Por isso tento relaxar. Inclino a cabeça para trás, olho o céu. Ele está claro esta noite, com

milhares de estrelas. Admiro-as enquanto caminho, procurando constelações que conheço. Demora um minuto, mas por fim consigo identificar algumas.

Primeiro vejo o Cisne. É um cisne, mas na verdade tem o formato de uma cruz gigantesca. É fácil de reconhecer. À esquerda dele está Pégaso, o cavalo alado. Parece um caranguejo gigante. Acima dele fica Andrômeda. É a garota que foi acorrentada a uma pedra, como sacrifício pela arrogância da mãe. Acima de Andrômeda fica a mãe dela, Cassiopeia. Sua constelação é formada simplesmente por cinco estrelas em forma de W. Caleb disse que é uma representação do castigo dela. Devido ao que fez com Andrômeda, os deuses amarraram Cassiopeia numa cadeira e a baniram para o céu. Ela está presa no céu para sempre.

Sinto a mão de alguém no meu braço, puxando-me para o lado, com firmeza, porém sem brutalidade.

— Cuidado — diz John. — Você quase trombou numa árvore.

— Ah — respondo, sentindo-me idiota. — Obrigada.

— Admirando as estrelas? — Ele acompanha meu passo.

— Um pouco.

Ele assente.

— Acho que você não fazia muito isso na corte, não é?

— De fato, não — respondo. Não é verdade, mas sei o que ele quer dizer. Na corte de Malcolm nunca foi boa ideia demonstrar interesse pelas estrelas. Porque conhecer astronomia pode significar que a pessoa se interessa por astrologia. Mapear estrelas, conhecer a posição dos planetas, entender o zodíaco... tudo isto está muito relacionado às previsões. Mesmo que você não consiga replicar um modelo do universo em escala natural na sua parede, do jeito que Nicholas consegue, é proibido.

Mas estranhamente, Blackwell incentivava isso. Parte do nosso treinamento como caçadores de bruxos incluía os estudos. Claro, na maior parte isto implicava dominar subterfúgio, armamento e a sutil arte de envenenar, mas também havia um lado mais tranquilo. Blackwell era de origem nobre, tremendamente culto. Tinha os melhores tutores do reino à disposição e os disponibilizou para nos ensinar arte, literatura, aritmética, línguas, geografia e, sim, até mesmo astronomia.

Quando fui morar com ele, isso me surpreendeu. Achei que seu desejo de nos educar significava que se interessava por nós. Que se importava. Por fim, percebi que não era assim. Ele podia nos vestir, alimentar, abrigar e educar, mas não éramos seus fiihos. Éramos seus soldados: indispensáveis, porém substituíveis. Ele necessitava que fôssemos inteligentes porque precisava de nós vivos. Mas se perdia um durante o treinamento, jamais dizia uma palavra a respeito. Simplesmente haveria um lugar a menos na mesa do jantar, e nunca mais ouviríamos o nome daquela pessoa.

Mas Caleb dizia que isso não importava. Aproveitava a chance de aprender. Se não fosse por Blackwell, ele jamais teria uma formação. Estudava tudo que podia, insistia para que eu fizesse o mesmo. A princípio me ressenti, mas agora acho bom. Agora estou entre as pessoas com melhor formação no reino. Não consigo evitar sentir orgulho por isso.

John continua andando ao meu lado, e eu percebo que já estou calada há um tempinho.

— Desculpe — digo finalmente. — Quero dizer, porque não estou falando. Acho que só estou preocupada.

— Tudo bem. Mas você não tem com que se preocupar. Veda é um doce.

Doce? Ele deve estar brincando. Tentando melhorar o clima. Porque já encontrei um bocado de videntes, e todos eram criaturas velhas, perversas, mal-humoradas, azedas.

Começo a responder, mas a voz baixa de Nicholas me interrompe:

— Chegamos.

Estamos nos limites da floresta, com as árvores terminando numa clareira. Consigo vislumbrar uma pequena aldeia ao longe.

— É ali naquele ponto? — sussurro, apontando.

— Um pouco mais perto do que isso. — John direciona minha mão para um velho poço de pedra, a uns 5 metros de nós. Tem mais ou menos 1 metro de altura de um lado, só que o outro lado está desmoronado e é apenas um monte de pedregulhos.

— O quê? Temos de passar por ele? — Meu peito se aperta quando penso em me arrastar naquele espaço tão pequeno e escuro.

— Não exatamente. — Nicholas se põe ao meu lado, enfia a mão dentro da capa e tira um pequeno objeto enrolado num pano. Desembrulha-o, abrindo camada após camada, até que vejo o que há dentro. É uma pedra, pelo jeito uma pedra do poço. Ele coloca a mão em cima.

— *Revele-se.*

Num instante o poço quebrado desaparece, sendo substituído por uma casinha. É feita da mesma pedra áspera do poço e igual à que está na mão de Nicholas. A casa é minúscula e precária, mas tem uma pequena horta nos fundos, bem como um cercadinho cheio de galinhas e um porco bem pequenino. Tudo está tão silencioso que consigo ouvir o porco roncar enquanto fuça na lama.

— Fantástico — murmura George. — Vou dizer: nunca me canso de vê-lo fazer isto.

Um feitiço de ocultação é bem complicado. Exige um encantamento forte de não apenas um objeto, mas de dois: a coisa que está sendo escondida e a coisa que liga o objeto oculto à ilusão. A maioria dos magos não tem capacidade para realizar um feitiço desses. Se Nicholas está amaldiçoado, até mesmo morrendo, e mesmo assim consegue fazê-lo...

De repente estou desejando ter aquelas armas de novo.

— Vou avisar a ela que chegamos — diz Nicholas. — Fiquem aqui até que eu os chame.

Ele vai até a porta estreita e bate de leve. Depois de um instante a porta se abre, e Nicholas desaparece lá dentro. Minutos se passam. Estou começando a ficar inquieta, quando ele finalmente sai. E meneia um dedo para nos chamar.

A CASA ESTÁ MAL ILUMINADA quando entramos. Uma salinha pouco mobiliada. Uma mesa num canto com duas banquetas, um banco, algumas velas acesas espalhadas no tampo. Do outro lado há uma lareira. Há lenha dentro, mas não está acesa. Abraço meu corpo com força.

— O ritual exige que a casa esteja o mais fria possível. — Nicholas indica a lareira escura. — Vamos acendê-la de novo depois. Venha conhecer Veda. Vocês três esperem aqui.

Ele me chama para a única outra porta da cabana. Está ligeiramente aberta, revelando outro cômodo mal iluminado. Fifer senta-se em cima da mesa; George se acomoda no banco e pega um baralho. Olho para John, ainda de pé ao meu lado. Ele assente e dá um sorriso encorajador.

Nicholas e eu entramos no cômodo, e uma mulher se aproxima de nós.

— Avis, esta é Elizabeth. Elizabeth, esta é Avis. A mãe de Veda.

A *mãe* de Veda? Olho-a de novo. Ela tem cabelo castanho, o qual está preso num coque na nuca, sem nenhum fio grisalho. Avis me oferece um sorriso afável — também não tem rugas em volta dos olhos. Deve ter 25 anos, no máximo.

— E esta é Veda — diz Nicholas. Olho em volta, mas não a vejo. — Olhe para baixo — diz ele, e eu obedeço. Diante de mim está uma menininha minúscula. Deve ter uns 5 anos. Arregalo os olhos de surpresa.

Agacho-me para avaliá-la melhor. Cabelo castanho comprido, olhos enormes, igualmente castanhos. Ela sorri para mim, e eu noto que estão faltando dois dentes de baixo.

— Oi — diz ela com a voz aguda. — Já conheço você. Vi você na minha cabeça! Fico feliz porque eles finalmente acharam você. Eles ficavam procurando uma dona feia, velha. Mas você não é nem um pouco feia!

— Bom... obrigada — respondo, e Nicholas gargalha.

— Veda, agora que Elizabeth está aqui, precisamos que você diga o que ela deve fazer. — É uma escolha cuidadosa de palavras. Absolutamente nada que indique que eu preciso encontrar algo para ele. — Você pode fazer isso?

Veda confirma com a cabeça.

Há uma cama larga no canto do quarto, e ao lado uma mesinha coberta com um pano branco e limpo. Em cima há um espelho de clarividência cercado por seis velas tremeluzentes. A moldura rebuscada de prata está opaca e azinhavrada, mas o vidro é límpido: profundo, preto, infinito.

Nicholas tira da capa cinco objetos redondos, chatos, e coloca um em cada canto da mesa, o último na frente do espelho. Cada pedra tem um símbolo diferente gravado, aparentemente são runas. Por fim, ele pousa uma pequena ampulheta.

— Está pronta? — pergunta a Veda.

— Estou — grasna ela, pulando numa cadeira.

— Elizabeth. — Nicholas se vira para mim. — Por favor, se afaste. Veda não deve ver nenhuma sombra dentro do espelho.

Vou para a parede oposta do quarto, perto da janela. Nicholas se acomoda numa cadeira ao lado de Veda, e Avis entrega a ele um pedaço de pergaminho e uma pena.

— Vamos precisar de silêncio absoluto — diz ele. — Independentemente do que ouvir, você precisa ficar em silêncio. Entendeu?

Meu estômago dá uma pequena cambalhota
— Entendi.

Nicholas pigarreia e começa a falar, recitando uma espécie de poema. Ele o repete várias vezes em voz baixa e monótona. Apesar do frio no quarto, sinto-me esquentando e relaxando. O efeito em Veda é o mesmo. Sua cabecinha tomba à frente, quase tocando a mesa. A menina fica sentada assim por um instante, e eu me pergunto vagamente se ela caiu no sono. Então ela levanta a cabeça de súbito. Seus olhos estão arregalados enquanto ela mira o espelho.

— Qual é o seu nome? — pergunta Nicholas.
— Veda — entoa ela.
— Quantos anos você tem?
— Cinco.
— O que você me disse na última vez em que vim aqui?

"Olhe para além do que você vê, para alguém que foi cegado.
Aquilo que você busca só por ela pode ser encontrado.
Traída, mandada a um local sem chances de voltar,
Elizabeth Grey, abandonada para queimar."

Diante de tais palavras ofego um pouco. Mas Nicholas se vira para mim com um dedo nos lábios. Depois vira a ampulheta. Vejo os minúsculos grãos de areia escorrendo para o outro lado.

— O que ela deve encontrar?
Silêncio.
— Você pode me dizer onde a coisa está?
Silêncio.
— Quanto tempo temos? — pressiona Nicholas. Sua pena paira acima da folha, mas ele ainda não anotou nada. A areia está a um quarto do caminho pela ampulheta. Estou prestes a considerar a cena uma piada, quando ela finalmente diz:

"Nesta pedra estão gravadas as medidas da morte.
De você ela retirará o último suspiro forte.
Na terceira noite do inverno, vá ao subterrâneo verde.
O que o segura na morte vai levá-la ao número treze."

Nada disso faz sentido para mim. Mas Nicholas está encurvado sobre a mesa, assentindo e escrevendo furiosamente. O quarto está tão silencioso que ouço a pena raspando no pergaminho.

*"Confie naquele que enxerga tão bem quanto escuta,
Pois as aparências muitas vezes fazem com que você se iluda.
Traída por três, ligada a quatro,
Quem perdeu dois pode ter mais uma perda no fardo."*

A testa de Nicholas se franze um pouco ao ouvir isso, mas ele continua escrevendo. Veda prossegue.

*"Vem a escuridão; o círculo é fechado.
O elo se quebra e também é emendado.
O elixir da vida passará entre ambos, tangível,
Porque ela tem a marca do número invisível."*

Nicholas vira a cabeça bruscamente na minha direção, com um olhar de surpresa. Demoro um momento para perceber o que aconteceu. *A marca do número invisível:* meu estigma. Veda acaba de me denunciar como caçadora de bruxas. Tal como achei que aconteceria.

Meu primeiro instinto é pular pela janela e correr para diabo. Mas aonde eu iria? Sendo assim obrigo-me a ficar imóvel e enfrentar o que tiver de ser.

Os últimos grãos de areia escorrem pela ampulheta, e Veda tomba para a frente na mesa. Nicholas a segura pelos ombros e a inclina de volta na cadeira, com delicadeza. Depois de um instante, ela estremece, os olhos voltando a focalizar lentamente. Ela olha para Nicholas.

— Como eu fui?

— Maravilhosa. — Nicholas dá um sorriso gentil. — Agora por que não vai lá ver Fifer? Ela tem um presente para você. — Rindo de orelha a orelha, Veda pula da cadeira e vai correndo para a sala. Ele olha para Avis. — Você se importa se eu conversar com Elizabeth em particular por um momento? — Ela assente e sai do quarto. Noto que ela evita me olhar.

A porta é fechada silenciosamente, e Nicholas se recosta na cadeira. Ele cruza as mãos, as pontas dos dedos encostadas nos lábios enquanto me examina. Seu olhar é duro; não há qualquer sugestão da leveza ou da gentileza que vi antes.

— Você é caçadora de bruxos — diz finalmente.

Não respondo. Meu coração está batendo em algum lugar da garganta, e minhas palmas estão úmidas de suor. Esfrego-as na calça, esperando que ele não note.

— Eu não teria adivinhado — continua ele. — Você não tem aparência para o cargo. Mas provavelmente é esse o objetivo. — Ele fica quieto de novo. — Você quis me matar lá na Fleet não é?

Continuo sem responder. Examino o quarto rapidamente em busca de alguma coisa para me proteger. Os castiçais, as pedras na mesa. Eu poderia quebrar o espelho, usar os cacos como facas...

— Acho que deveríamos conversar. — Ele se levanta e puxa uma cadeira. — Sente-se.

Não me mexo.

— Sente-se — repete ele. — Não vou lhe fazer mal.

Hesito um momento antes de ir até a cadeira. Observo-o atentamente, esperando que ele faça um movimento. Ele simplesmente senta-se e volta a me encarar.

— Achei que você fosse uma feiticeira — diz ele. — Uma feiticeira sem treinamento. Achei que foi por isso que você soube como encontrar aquelas ervas, que por isso sobreviveu aos dias na prisão. John disse que você devia ter morrido.

— Eu soube.

— Seu estigma a protegeu?

— Não. Ele protege contra ferimentos, não contra doenças. Ele me deixa mais forte, por isso consigo suportar mais tempo do que a maioria das pessoas. Mas, se você não tivesse me encontrado e se John não tivesse me curado, eu teria morrido.

Nicholas não responde. Talvez esteja desejando que eu tivesse morrido; haveria menos uma caçadora de bruxos neste mundo. Ele pode desejar o quanto quiser; mas, se quiser permanecer vivo, precisa que eu também esteja. Assim como eu preciso dele.

— John disse que você sofreu uma maldição. Que está morrendo.
— Não me dou ao trabalho de enfeitar as palavras com algo mais delicado. Nicholas grunhe em reprovação. Talvez por minha impertinência, talvez pelo descuido de John. Mas eu continuo: — Veda disse que só eu posso encontrar a coisa que você procura. É um mago, não é? Você precisa de mim para encontrar o mago que fez a maldição, e para matá-lo.

— Não é um mago — diz ele. — É uma tabuleta de maldição.

Agora é a minha vez de ficar surpresa.

— Uma tabuleta de maldição?

— É. Sabe o que é isso?

Confirmo com a cabeça. Já encontrei algumas tabuletas de maldição. A ideia por trás delas é simples: esboce uma maldição num pedaço de pedra lisa, chumbo ou bronze, daí coloque em algum lugar onde ela jamais possa ser encontrada. Poços, lagos e rios são opções populares. Mas, ainda que a ideia seja simples, a execução não é. Para criar a maldição, você precisa usar um material específico, uma espécie de agulha para escrever, as runas corretas. Se um único passo for feito do modo errado, não funciona.

E a maioria não funciona. As tabuletas de maldição que vi estavam sempre incompletas, abandonadas em algum ponto do processo. Mas, quando a coisa toda é feita do jeito certo, torna-se um dos modos mais eficazes que conheço de matar outro ser humano. O único jeito de quebrar a maldição é encontrando a tabuleta para poder destruí-la. O que é quase impossível.

— Você pode estar procurando uma tabuleta de maldição — digo.

— Mas isso ainda implica que eu encontre um mago. Um mago fez a maldição, um mago a escondeu. Um de seus inimigos, presumo. — Diante disso, Nicholas levanta uma sobrancelha, mas prossigo: — Eu o encontro, convenço-o a me dizer onde ela está. Depois a destruo. Não é tão difícil assim.

— Você é muito confiante.

— Sou boa em achar coisas.

— Talvez você não estivesse tão confiante se soubesse que a tabuleta de maldição é a Décima Terceira Tabuleta.

— O quê? — Encaro-o boquiaberta. — É impossível. A Décima Terceira Tabuleta está desaparecida há anos. Se você estivesse amaldiçoado por ela, já estaria morto. — Ninguém resiste a uma tabuleta de maldição por tanto tempo.

— A Décima Terceira Tabuleta desapareceu há dois anos. Meus sintomas começaram por volta dessa época e foram piorando progressivamente. Mesmo assim, achei que estivesse doente. Nunca desconfiei de que estivesse amaldiçoado, até que Veda me contou, há alguns meses.

— Mas por quê? É algo trabalhoso demais. Roubá-la do portão de Ravenscourt, carregar para longe, depois ainda tem o problema de se desfazer dela...

— Sim. Seria muito mais simples criar uma tabuleta de maldição tradicional, mas para um feitiço deste âmbito, ela precisaria ser grande.

Ele está certo. Se você quiser matar o cachorro de alguém ou fazer a pessoa perder todo o cabelo, pode usar uma tabuleta menor para escrever a maldição. Mas, quanto maior a maldição, quanto mais complicada for, maior precisa ser a tabuleta.

— Afora isso, desconfio de que o uso da Décima Terceira Tabuleta foi simbólico — prossegue Nicholas. — Amaldiçoar um mago usando a tabuleta que carrega uma lei contra a feitiçaria? Isso deve ter divertido um bocado o mago que realizou o feitiço.

— Você sabe quem é? Certamente faz alguma ideia. Não pode haver mais do que um punhado de gente capaz de realizar um feitiço desses.

Nicholas se vira para mim, com o olhar endurecendo outra vez.

— Que eu saiba, os únicos magos ou feiticeiras que poderiam realizar uma maldição dessas já foram capturados, julgados e queimados na fogueira.

Então uma sensação me inunda. Medo? Vergonha? Culpa? Não sei. Mas o que quer que seja, faz minhas entranhas se retorcerem e as bochechas esquentarem. Eu sabia que esta censura viria, mas não sabia dos efeitos que traria.

E não gosto nadinha disso.

— Eu estava fazendo meu trabalho. — Retribuo o olhar com força equivalente. — O trabalho que me foi nomeado pelo rei, fazer valer as leis do reino. Leis que foram criadas por um motivo. — Aponto para ele. — Conforme você pode ver claramente.

— É curioso que você defenda essas leis — responde Nicholas. — Considerando que também é vítima delas. — Ele imita meu gesto. — Conforme você pode ver claramente.

A raiva me atravessa como uma lança, rápida e afiada.

— Eu não estaria aqui se não fosse você.

— Não estaria mesmo.

— É por sua causa que não fui julgada — continuo. — É por sua causa que não tive clemência. É por sua causa que sou a criminosa mais procurada da Ânglia.

— É assim que a ironia funciona.

— Pelo menos eu fiz o que fiz pelo país — reajo rispidamente. — Você fez o que fez por egoísmo.

— Você não é nenhuma patriota, Elizabeth. E presta um desserviço a nós dois dizendo isto.

— Patriota? É isto que você se considera?

— Eu me intitulo um Reformista.

— Você quer dizer violador da lei?

— Não quero violar leis. Quero mudá-las. Quero justiça. Tolerância. Para todo mundo, independentemente do lado com o qual se alinhe.

Balanço a cabeça.

— Impossível.

Nicholas faz um gesto, e as velas se apagam abruptamente.

— Improvável — diz ele. Daí acena de novo e elas voltam a se acender. — Mas não impossível.

Nós nos encaramos por cima da mesa.

— Deixe-me esclarecer as coisas — começo. — Um mago amaldiçoado precisa de uma caçadora de bruxos para encontrar uma tabuleta enfeitiçada por outro mago, para que o tal mago amaldiçoado possa livrar o país das leis que foram criadas para impedir a maldição, para início de conversa. — Dou um risinho. Não consigo evitar.

— Exato. É assim que a ironia funciona.

Nicholas torce a boca.

— Eu tenho minhas condições, claro.

— Condições?

— Para encontrar sua tabuleta.

— Ah. — Nicholas levanta um dedo. — Eu não pedi que você fizesse isso.

Reviro os olhos mentalmente. Esses magos velhos são teimosos demais. Ele provavelmente quer fazer uma proclamação escrita em pergaminho para eu assinar com uma pluma diante de testemunhas com mantos.

— Não precisamos de cerimônia — digo. — Você pode simplesmente me pedir.

— Infelizmente não é tão simples assim.

Reviro os olhos, desta vez visivelmente.

— Se eu pedir sua ajuda, estarei pedindo a uma caçadora de bruxos para vir à minha casa, ficar perto de pessoas de quem gosto. Colocando-as em perigo. Sim, eu já fiz isso. E esta situação simplesmente não pode continuar.

Por essa eu não esperava.

— Seria muito melhor que eu morresse em vez de continuar arriscando a vida deles por minha causa. — Nicholas empurra a cadeira para trás e se levanta. — Infelizmente é aqui que nos separamos.

— Você não está falando sério. Não quer que eu encontre sua tabuleta só porque sou uma caçadora de bruxos? Mas é exatamente o fato de eu ser uma caçadora de bruxos que me torna capaz de encontrá-la. — Balanço a cabeça. — Você não achava mesmo que uma feiticeira inexperiente poderia dar conta disso, não é?

Nicholas arqueia uma sobrancelha.

— Por que está tão ansiosa para me ajudar?

Dou de ombros.

— É um meio de obter um fim.

— Dinheiro, presumo.

— Para começo de conversa. O bastante para sair do país e viver durante um tempo. E a travessia em segurança.

Uma pausa.

— E?

— E o quê? — rebato. — Só isso. Sua vida em troca da minha. É um negócio justo.

Nicholas não responde. Ainda está de pé, olhando o pergaminho na mesa, a profecia de Veda escrita em sua letra cuidadosa. Eu não a entendi — na verdade, não entendi nada —, mas vejo a palavra *morte* escrita ali. Duas vezes. Outras palavras também saltam para mim: *escuridão, quebra, traída. Último suspiro.* Sinto um calafrio momentâneo de medo. Será que estas palavras se referem a ele ou a mim?

— Não vou machucá-los — digo. — Eu nem me importo com eles. — Ainda que isso não seja exatamente verdade. Passei a gostar do George, e Peter é gentil. Eu poderia passar sem Fifer, mas ela não vale o trabalho que daria para matá-la. E John salvou minha vida. A ideia de machucá-lo me incomoda mais do que eu gostaria de admitir. — Veda disse que eu faria isso?

— Não. Não disse, ela deu a entender o oposto. Que você pode... — Ele para, passando o dedo nas palavras de Veda no pergaminho, perdido em pensamentos. — Mesmo levando isso em consideração, não há garantia. E o risco...

— Vira uma certeza. Se recusar minha ajuda, você morre. Sem sua proteção, Blackwell vai encontrá-los. E eles morrem também.

Nicholas me olha com uma carranca. Mas é verdade, e nós dois sabemos disso.

— Blackwell sempre disse para nos lembrarmos do jogo maior — argumento. — Da vitória maior. É um bom conselho. Você deveria se lembrar disso também.

Ele me olha e balança a cabeça, como se não conseguisse me compreender, ou não soubesse o que fazer comigo.

— Como exatamente você se envolveu em tudo isso?

É a mesma pergunta que George me fez. Por isso dou a mesma resposta a Nicholas: a verdade. Não há motivo para escondê-la agora.

Começo com a peste, com Caleb me encontrando e me levando para Ravenscourt. Conto que trabalhei na cozinha, que Blackwell pediu a Caleb que caçasse bruxos para ele. Que eu fui junto. Revelo até mesmo sobre o treinamento, algo sobre o qual jamais falo.

— Treinamos durante um ano. Houve testes nesse período. Tínhamos de ser aprovados para prosseguir.

— Que tipo de testes?

— Principalmente de luta. Espadas, facas, arco e flecha, combate sem armas. A princípio lutávamos uns contra os outros, depois Blackwell trouxe criaturas contra as quais deveríamos lutar. A princípio eram razoavelmente comuns. Cobras, escorpiões, cegonhas...

— Você lutou contra uma cegonha?

— É. Tinha 2 metros de altura, olhos vermelhos brilhantes e bico de aço. O escorpião tinha provavelmente uns 4 metros, mais um ferrão que pingava um veneno que matava ao contato. A cobra tinha uma cabeça que, ao ser cortada, era imediatamente substituída por mais duas cabeças.

— E você me diz que tais criaturas eram razoavelmente comuns?

— Eu só quis dizer que eram reconhecíveis. Depois disso tivemos de lutar contra criaturas cujos nomes eu desconhecia. Coisas que pareciam roedores gigantes, mas tinham seis patas e cabeça de crocodilo. Ou répteis com asas e penas de metal que ejetavam de seus corpos para tentar nos empalar. Coisas que, quando você começava a matar, mudavam de aparência, de modo que ficavam praticamente imortais. E, se você tentava lhes arrancar os olhos, elas se transformavam numa coisa que não tinha olhos. Você entende.

— Estou começando — murmura Nicholas.

— E havia testes de resistência. Como passar a noite numa casa muito mal assombrada.

Este, em particular, eu odiei. Passei a noite encolhida como uma bola, com um vento fétido e gelado rodopiando no ambiente, as vozes odiosas dos fantasmas ecoando ao redor enquanto rabiscavam mensagens apavorantes para mim, escritas em sangue na parede. Achei que não poderia haver um teste muito pior do que este. Claro que estava errada, conforme descobri mais tarde.

— Havia um labirinto de cercas vivas de onde tínhamos de sair. As paredes mudavam de lugar. Coisas vinham atrás da gente. Não tínhamos comida nem água. Nem suprimentos. Demorei três dias para sair. — A única pessoa que saiu em menos tempo do que eu foi Caleb. Ele demorou dois dias e meio.

— O que acontecia se vocês não conseguissem sair?

Não respondo. O que ele acha que acontecia? Perdemos três candidatos a caçadores no teste do labirinto. Nunca mais os vi.

Ele fica calado por um instante. Seu olhar vai de mim até o pergaminho na mesa, depois volta a mim.

— E então? — pergunto. — Temos um acordo ou não?

Nicholas começa a falar, mas é interrompido por uma batida à porta. É George.

— Temos um problema.

Nicholas passa por ele e vai até a sala, George e eu vamos logo atrás. Imediatamente vejo o que há de errado. Veda está de pé no meio da sala, os braços esticados ao lado do corpo. Seu corpinho está rígido, mas a cabeça balança de um lado a outro, os olhos revirando-se e escondendo as íris. Avis e Fifer estão ajoelhadas ao lado dela.

— O que aconteceu? — pergunta Nicholas.

— Não sei — responde Fifer, parecendo apavorada. — Estávamos sentadas no chão, brincando com a boneca que eu trouxe. Então ela ficou de pé e começou a fazer isso.

Nicholas se ajoelha à frente dela. É tão alto que praticamente precisa ficar de quatro para manter os olhos na mesma altura dos da menina.

— Veda? Está escutando? — Ele põe a mão no rosto dela e murmura algo baixinho. Nada acontece. Dou um passo na direção dela, a fim de examinar melhor, mas Nicholas me encara.

— Fique para trás, Elizabeth...

Ao som do meu nome a cabeça de Veda se levanta bruscamente, e os olhos param de se revirar. Ela olha bem para a frente e fala, a vozinha delicada soando agourenta:

— Eles estão vindo. Estão vindo pegá-la. Estão vindo. — Ela olha para mim. — Estão aqui.

A REAÇÃO É INSTANTÂNEA. FIFER e George correm para a janela, afastando as cortinas de renda. Veda irrompe em lágrimas. John a pega no colo, segura o braço de Avis e as leva para o quarto. Nicholas se junta a Fifer e George perto da janela, e juntos eles observam a escuridão.

Ao longe, ouço vozes masculinas: gritando, gargalhando, zombando umas das outras. A princípio baixas, mas daí vão ficando mais altas a cada segundo. Pontos de luz tremulam entre as cabanas da aldeia. Tochas.

Corro à janela e começo a contar rapidamente. Duas, seis, dez, quatorze luzes oscilantes. Quatorze. Solto a respiração, aliviada. É só a guarda do rei. Eles sempre patrulham em grupos de quatorze. Mas o que estão fazendo aqui? Estamos longe demais de Upminster para que este local esteja na rota deles.

Então vejo: uma décima quinta tocha surgindo, com seu portador saindo de trás de uma casa até a rua vazia. Ele segura a tocha bem alto, com a chama iluminando suas feições. Ainda está longe, longe demais para que eu consiga ouvi-lo. Mas não há como me enganar.

— Caleb — sussurro.

Nicholas ergue, a mão e a voz de Caleb preenche a sala minúscula imediatamente.

— Quero que esta aldeia inteira seja revistada — grita ele. — Quero que revirem todas as casas até que ela seja encontrada.

Agora estou encostada na janela, os dedos segurando a soleira com força. Caleb e os outros caçadores de bruxos seguem pela estradinha estreita, iluminada por lampiões. Vejo-o chutar uma porta após outra, invadindo casa por casa. Ouço suas ameaças, suas exigências, os gritos apavorados das pessoas lá dentro. Ouço a raiva na voz dele, berrando meu nome repetidamente. Sei que é uma representação, uma encenação para os outros caçadores de bruxos. Não há motivo para eu sentir medo.

Mas as batidas do meu coração dizem o contrário.

Viro-me para Nicholas.

— Você disse que eles não seriam capazes de nos encontrar aqui.

Nicholas olha para mim, mas não responde.

— E então? — pergunto.

— Cala a boca — sibila Fifer. — Como você ousa questioná-lo?

— Não me diga o que fazer — contra-ataco. — Eu questiono quem eu quiser.

— Quietas — ordena Nicholas. — As duas. Eles estão vindo para cá.

Volto-me para a janela enquanto os caçadores de bruxos se aproximam da casa de Veda. Caleb vem na frente; Marcus, Linus e os outros o seguem. Eles apontam e sinalizam na direção da cabana.

— Eles sabem — sussurra George.

E está certo. Talvez algum vizinho tenha sido obrigado a revelar nossa localização, talvez estejam adivinhando. De qualquer modo, se continuarem andando, vão trombar diretamente conosco. A ilusão atua como um véu: enquanto a casa ficar atrás dele, permanece invisível. Mas, se eles conseguirem passar, não permanecerá mais. E nem nós.

A sala irrompe numa movimentação silenciosa. Nicholas afasta-se da janela e aponta para a mesa ao canto. Fifer e George correm para ela, pegam-na e a arrastam silenciosamente para o lado. No piso embaixo há uma pequena porta. George se abaixa e, com um estalo e um sopro na poeira, abre-a, revelando uma escada estreita que desce para a escuridão. John sai do quarto, ainda carregando Veda. Avis vem atrás. Um a um, eles descem a escada.

Viro-me para a janela outra vez. Caleb está tão perto que vejo seu rosto: os olhos azuis semicerrados, a testa ligeiramente franzida. Não sei o que ele está pensando. Estará preocupado comigo? Estará com medo do que pode acontecer se me encontrar? Ou do que vai acontecer se não me encontrar?

— Elizabeth. — O sussurro ao meu ouvido me sobressalta. É John. — Precisamos ir.

Agora a cabana está vazia, a não ser por Nicholas e Fifer. Os dois permanecem junto à janela, murmurando algum tipo de feitiço. Caleb e os outros têm dificuldade para se movimentar, os passos rápidos ficando lentos e arrastados, como se estivessem andando no meio da água.

John agarra meu braço e me guia para o alçapão, descendo pela escadinha de madeira. Vou de boa vontade, mas, quando chego ao fundo, empaco. Estou num túnel. É minúsculo: uns 2 metros de altura, 1 de largura, escavado inteiramente na terra. Sinto-me como se estivesse numa sepultura.

Desvencilho meu braço e pulo para a escada. Chego ao degrau de baixo antes que Nicholas e Fifer apareçam, fechando a porta em cima e trancando-a. Estou mergulhada na escuridão, com o cheiro úmido de terra e decomposição me cercando.

Sou transportada imediatamente para aquele último dia de treinamento como caçadora de bruxos. O dia em que eu deveria ter morrido. Mas de algum modo, milagrosamente, sobrevivi.

Abaixo-me, aperto a cabeça contra os joelhos e tento impedir as lembranças.

Era nosso último teste, o desafio final como recrutas. Se tivéssemos sucesso — os dezoito que havíamos chegado tão longe —, receberíamos os estigmas e nos tornaríamos a elite da guarda do rei: caçadores de bruxos.

Nenhum de nós sabia o que nos aguardava, o que teríamos de enfrentar. Frances Culpepper achava que eram bruxas. Marcus

Denny estava esperançoso de que fossem demônios. Linus Trew supôs que teríamos de lutar uns contra os outros. Somente Caleb achava que seria algo mais sinistro do que isso. Observei a expressão dele enquanto Blackwell fazia o discurso final, quando nos deu uma sutilíssima sugestão do que viria.

— Vocês vão lutar contra o que mais os apavora — disse Blackwell. — Para ter sucesso como caçadores de bruxos, vocês precisam aprender a enfrentar seu maior temor e a controlá-lo. Então, e só então, vão perceber que seu maior inimigo não é aquele contra o qual vocês lutam, e sim aquele que vocês temem.

Caleb não demonstrava emoção — praticamente nenhuma. Mas só eu o conhecia o bastante para notar como ele comprimia os lábios, a posição do maxilar, e reconhecer o que isto significava. Ele estava com medo. E, se Caleb estava com medo, eu tinha motivos para ter medo demais.

Guildford, um dos guardas de Blackwell, levou-me para o meu teste. Eu não conseguia falar, mal conseguia respirar, aterrorizada com o que estava à minha espera. Meu maior temor. O que poderia ser?

— Chegamos — A voz de Guildford rompeu o silêncio. Estávamos nos limites da floresta, com árvores meio mortas para todos os lados, folhas estalando sob os pés, o som de água correndo em algum lugar a distância. A luz sombreada de antes do alvorecer deixava tudo mais agourento ainda.

Guildford se abaixou e desenterrou uma enorme argola de latão. Estava presa a uma estreita porta de madeira no piso da floresta. Puxou uma vez, duas, e no terceiro tranco ela se abriu, revelando uma escadinha de madeira. Embaixo havia outra porta, tão precária e apodrecida quanto os degraus da escada. Não havia maçaneta, só algumas cabeças de prego, a ferrugem manchando a madeira como se fosse sangue.

Comecei a descer a escada, contando. Dois. Quatro. Seis. Quando cheguei embaixo, pus as mãos na porta, virei-me para trás e olhei para Guildford.

Ele assentiu.

Com um empurrão, a porta se abriu, rangendo, as dobradiças enferrujadas guinchando em protesto. Não dava para ver nada do outro lado, mas havia um cheiro: algo pungente, rançoso, podre. Enterrei a cara na manga do casaco e comecei a passar pela abertura. Estava na metade quando Guildford falou:

— Quando estiver aí embaixo, tente se lembrar de contra o que você está lutando.

Parei um momento, depois entrei. A porta se fechou sozinha, depressa e com força, como se sentisse minha hesitação, como se soubesse que eu poderia tentar fugir.

A escuridão me cobria como uma mortalha. Dei um passo hesitante, depois mais outro, as mãos à frente do corpo, estendidas. Toquei em algo macio, solto. Terra. Tateei. Acima, em volta, embaixo. Terra em toda parte. Onde eu estava? Num porão? Num túnel, talvez? Comecei a voltar na direção da escada quando de repente, inexplicavelmente, o mundo virou de cabeça para baixo.

Tombei para a frente e caí de barriga, com força. Enquanto rolava para ficar de costas contra o chão, limpando terra da boca, vi: a silhueta de uma porta acima de mim, lá longe, cercada pelo sol que tinha acabado de subir no horizonte. E não era mais aquela porta podre, enferrujada, de madeira sangrando, sem maçaneta. Era uma laje de pedra.

Eu estava dentro de um túmulo.

Fiquei de pé atabalhoadamente enquanto os primeiros torrões caíam na minha cabeça. E comecei a gritar. Isso era magia, eu sabia; Blackwell já a havia utilizado em nossos testes. Mas, desta vez, algo deu errado. Era um engano; tinha de ser. Ele não pretendia me colocar num túmulo. Blackwell não tentaria me enterrar viva.

A essa altura eu já estava soluçando, tentando sair. Mas a terra era macia demais para oferecer apoio, as paredes eram instáveis demais para serem escaladas. Toda vez que eu tentava, a terra caía mais depressa, com mais força. Havia uma saída, eu tinha certeza. Eu só não conseguia vê-la.

Escutei a voz de Blackwell na cabeça: *Seu maior inimigo não é aquele contra o qual vocês lutam, e sim o que vocês temem.*

De que eu tinha medo? Da terra que caía e agora chegava à minha cintura? Da magia que transformava um túnel comum numa sepultura? Eu não sabia. Mas, se não descobrisse logo, iria morrer. Tal percepção me fez parar imediatamente. Enquanto a terra descia em redemoinhos em volta do meu rosto, grudando-se nos lábios e nas pálpebras, simplesmente fiquei imóvel, congelada de medo, pensando em morrer ali, daquele jeito.

Sozinha, para sempre.

Pensei na minha mãe. No acalanto que ela cantava para mim quando eu era pequenina. Época em que eu tinha medo de trovões e monstros de faz de conta embaixo da cama, não de terra, túmulos, magia e morte. De que adiantava um acalanto contra isto? Mas era tudo que eu tinha. Por isso fechei os olhos e comecei a cantar.

> *O sono e a paz me acompanham, a noite toda.*
> *Anjos virão para mim, a noite toda.*
> *A hora de dormir está chegando; por montes e vales,*
> *sono profundo,*
> *Vigiando com amor, a noite toda.*

A terra continuava a cair. Agora passava da altura dos lábios; fiquei nas pontas dos pés, tirei torrões da boca. Continuei cantando.

> *A lua vai vigiar, a noite toda.*
> *O mundo dorme cansado, a noite toda.*
> *Um espírito chegando gentil, visões de prazer revelando,*
> *Um profundo sentimento de paz, a noite toda.*

Por fim a terra foi caindo mais devagar e parou. Mas eu não ousava parar de cantar.

> *Meus pensamentos vão até você, a noite toda.*
> *Meu coração anseia por você, a noite toda.*
> *O destino pode nos separar, mas não será para sempre,*
> *Uma esperança que jamais me abandona, a noite toda.*

A terra começou a se afastar em volta de mim, escorrendo pelos ombros, pela cintura, pelas pernas. Fui descendo com ela, agachando-me cada vez mais, até que a terra não era mais do que o piso, e eu toda encolhidinha em cima dele.

Quando Guildford finalmente voltou para me buscar, teve de chamar outro guarda para me puxar dali. Enquanto ele me carregava no colo, eu continuava encolhida numa bolinha apertada. Minhas mãos apertando os ouvidos, os olhos fechados com força. Continuei cantando. *A noite toda.* De novo e de novo. Não conseguia parar. Estava além do medo e não queria voltar.

Um par de mãos envolve meus pulsos. Gentilmente tentam afastar minhas mãos da cabeça, mas eu me desvencilho num tranco. Ouço vozes. São fracas, distantes. Aperto as mãos com mais força contra os ouvidos, para bloqueá-las. Não quero escutar nada, a não ser a música.

Mãos deslizam pelas minhas costas, por baixo dos joelhos. Estou sendo levantada, carregada. Não deve ser fácil me segurar encolhida assim. Sou um peso morto. Mas o guarda é forte. Enterro a cabeça contra seu uniforme, grata por respirar algo que não é terra nem podridão. Ele cheira bem. Um cheiro limpo, de lavanda. Quente, de especiarias. Encosto a cabeça em seu ombro e inspiro fundo.

Ainda estou cantando, mas minha voz baixou até um sussurro. Estou cansada demais. Esfrego o rosto no pano macio da camisa do guarda, desejando que fosse meu travesseiro. Seus braços me apertam, abraçando-me bem juntinho.

Finalmente me sinto segura.

TREPADEIRAS. É A PRIMEIRA COISA que vejo ao acordar. Correm pelo teto e se enroscam, descendo pelas paredes; as extremidades da minha visão estão turvas à luz fraca do quarto. Enrugo a testa. Meu quarto na casa de Blackwell não tem trepadeiras. Pisco uma vez, duas. Então as lembranças despencam violentamente e eu me recordo de tudo. Veda. A profecia. O teste, a terra, a escuridão.

Respiro fundo e afasto as lembranças para o mais longe possível. Nunca é o bastante. Elas estão sempre ali, espreitando no cantinho da mente, como um felino no escuro, à espera de uma oportunidade para atacar.

Caleb me diria para pensar em alguma coisa feliz, para me lembrar de alguma coisa boa. Mas todas as minhas lembranças têm a ver com ele. E neste momento, pensar nele não me deixa feliz. Faz com que eu pense em Blackwell. Em sua determinação para me encontrar, no fato de ele usar Caleb para isto. No fato de seu não saber o que vai acontecer se ele me encontrar.

Nicholas pareceu tão surpreso quanto eu por ser Caleb quem nos encontrou. Mas, se muito, é só mais uma prova de que ele precisa da minha ajuda. Mais uma prova de que preciso da ajuda dele. Sozinha, sem armas, sem dinheiro, sem ter como sair do reino, eu certamente serei capturada. Escapei de queimar na fogueira uma vez. Não creio que terei tanta sorte na segunda.

Sinto um farfalhar suave junto aos pés e percebo que George deve estar aqui. De novo. Desta vez não me incomodo. Talvez ele possa me ajudar a convencer Nicholas para que me deixe ficar. Jogo os lençóis para longe e me sento ereta, com uma argumentação persuasiva nos lábios. Mas não é George.

É John.

Está sentado numa cadeira ao pé da cama, dormindo a sono solto. A cabeça e o peito estão largados no colchão, um dos braços sobre a cabeça, o outro estendido de lado, os dedos apertando e soltando o cobertor, como se tentasse agarrar alguma coisa. Foi o farfalhar que eu senti. Junto à mão dele há um livro aberto, com as páginas viradas para baixo. O que ele está fazendo aqui?

Claro.

Não foi um guarda que me carregou; foi John. Meu estômago se revira quando penso que fiquei aninhada nos braços dele. Sentindo o cheiro de sua camisa. Apoiando a cabeça em seu ombro e depois caindo no sono. Fico meio ruborizada com a lembrança.

Ele deve ter me trazido para cá, e por algum motivo resolveu ficar. Por quê? Depois de toda a conversa de Nicholas, dizendo que eu representava um perigo, por que ele permitiria que seu curandeiro — ou, por sinal, por que Peter deixaria seu filho — ficar num quarto comigo? A sós?

Levanto da cama — John nem se mexe — e vou até a janela, abro a cortina. É quase de manhã, o sol se espreguiça em rosa e creme no horizonte. Cogito a possibilidade de Nicholas ter resolvido esperar até hoje para dar um jeito em mim, mas isto ainda não explicaria por que John está aqui. Ou por que ele me deixou passar a noite num quarto quente e numa cama confortável em vez de me amarrar, me atirar na despensa e deixar que Hastings me torturasse a noite toda. É o que eu teria feito.

A não ser que Nicholas não tenha contado a eles a meu respeito. Que depois de ver Caleb e os caçadores de bruxos atrás de mim, ele tenha se convencido. Percebido que, se ele morrer, Blackwell virá atrás dos outros logo depois. E o único jeito de impedir isto é me contratando para encontrar sua tabuleta.

Talvez a coisa não esteja acabada para mim, afinal.

Dou as costas para a janela e vou até a porta, ansiosa para encontrar Nicholas, para começar a fazer planos. Então paro.

Mesmo que Nicholas precise de mim para encontrar a tabuleta, não terei vantagem alguma se eu for agradável demais. Também preciso de coisas dele e não quero me vender barato. Depois do que aconteceu ontem à noite, vai ser mais difícil escapar de Blackwell do que eu tinha imaginado. Só o exílio não vai mais ser suficiente. Vou precisar me manter em movimento, sempre um passo à frente dele. Nunca poderei parar, descansar. Não se eu quiser continuar viva.

Nós dois estamos com a vida em risco, só que Nicholas está muito mais disposto a sacrificar a dele do que eu a sacrificar a minha.

Volto para a cama, com cuidado para não acordar John. Ele ainda está esparramado no colchão, dormindo pesadamente. Curar deve ser exaustivo; eu não saberia dizer. Ele parece jovem demais para isto. Imagino que tenha uns 19 anos, mas, mesmo assim, parece muito garoto. Talvez porque esteja sempre com uma aparência tão desalinhada. Como agora.

A camisa branca está toda amarrotada, desabotoada na parte de cima, as mangas arregaçadas até os cotovelos. Ainda não se barbeou. E o cabelo. Está completamente revolto, aqueles cachos escuros e macios se espetando para todo lado, caindo na testa e nos olhos. Já deveria tê-lo cortado há uns seis meses, mas obviamente esqueceu.

Eu sempre precisava lembrar Caleb de cortar o cabelo também. Não sei o que há com os garotos, mas a não ser que haja uma garota por perto para lembrá-los, eles sempre se esquecem das tarefas mais simples. Como cortar o cabelo. Ou fazer a barba. Ou trocar a porcaria das roupas. Acho que John não tem ninguém para lembrá-lo dessas coisas.

De repente ele remexe a mão no colchão, e vejo uma tatuagem na parte interna do antebraço. Um círculo preto com cerca de 5 centímetros de diâmetro com uma cruz dentro: uma roda solar. O círculo representa a vida, a cruz, o triunfo sobre a morte.

Reproduzo os contornos do desenho com a ponta do dedo sobre minhas cobertas. Vejo as linhas afundarem no cobertor e depois sumirem. Faço isso repetidamente. Então passo para as formas das trepadeiras no teto. As folhas em formato de coração, as hastes compridas, sinuosas, que serpenteiam e se enrolam pela parede. Estou tão absorta que quando o dedo de John se estende e toca o meu, levo um susto. Não percebi que ele estava acordado.

— Oi. — Ele me espia com um olho entreaberto.
— Oi.
— Você está bem? — Sua voz sai baixa, grave.
Dou de ombros.
— Estou.

Ele pisca, mas não afasta o olhar de mim. Provavelmente está procurando uma explicação para o que aconteceu na noite passada. Por que desmoronei daquele jeito, por que ele teve de me carregar de volta. Só de pensar fico com as bochechas pegando fogo.

— Não gosto de espaços confinados — digo finalmente. — Trauma de infância. — Pelo menos isso é bastante verdadeiro.

Ele se apoia no cotovelo.

— Não precisa explicar. Eu só estava verificando como você está.
— Certo. Bom, obrigada por me trazer de volta. E desculpe, acho.
— Abaixo a cabeça para esconder a queimação no rosto outra vez.
— Não precisa se desculpar. Não é todo dia que preciso carregar uma garota por 80 quilômetros através de um túnel subterrâneo. — Sua voz sai séria. Mas, quando levanto os olhos, ele está sorrindo.

— Não foi tão longe assim.
— Foi. Além disso, você é muito pesada. Você sabe. Igual a um saco de penas.

Balanço a cabeça, mas sinto que estou começando a sorrir.

John se recosta na cadeira, passa a mão no cabelo.

— De qualquer modo, eu é que deveria pedir desculpas. Não pretendia ficar aqui, pelo menos não a noite toda. Estava esperando George voltar, comecei a ler e... — Ele aponta o livro — ... caí no sono.

Olho a capa. *Praxis Philosophica: Fórmulas Alquímicas para a Transformação.*

— Não consigo imaginar por quê — digo.

Ele gargalha.

— Não sei por que ele não voltou. Acho que eu deveria descobrir. — John se levanta no instante em que há uma batida à porta. É George. Ele entra no quarto, a expressão despreocupada de sempre substituída por um tom mais solene.

— Eu já ia procurar você — diz John. — O que está acontecendo?

George vira a cabeça na minha direção.

— Nicholas precisa dela.

Meu estômago se revira de ansiedade.

— E também precisa de você. Ele não está muito bem. Ontem à noite foi um esforço muito grande.

John xinga baixinho.

— Vou agora. Você pode levá-la?

George assente, e os dois se dirigem à porta.

— Vamos quando você estiver pronta.

Ainda estou com a roupa que usava na noite anterior: a calça verde-escura, a camisa branca. A capa de veludo está pendurada no encosto da cadeira de John, as botas pousadas embaixo. Calço-as, passo as mãos pelo cabelo desgrenhado, belisco as bochechas para dar um pouco de cor. Eu estava me sentindo confiante com relação a Nicholas, achando que ele não ia me expulsar de sua casa, que teria outra chance. Mas agora não tenho tanta certeza.

George me espera do lado de fora. Meneia a cabeça em concordância e, sem dizer palavra, vai andando pelo corredor, na direção oposta à escadaria.

— O que está acontecendo? — Corro para acompanhá-lo.

Ele não responde.

— Ele sabe sobre mim. Veda contou a ele. Você sabia?

George continua sem responder. Seguimos pelo corredor até que chegamos à porta dupla no final.

— George, o que está acontecendo?

— Não é meu dever informar. Você vai descobrir logo. — Ele dá batidinhas espaçadas e breves à porta. Meu coração está um pouco apressado demais, as palmas das mãos um pouco úmidas demais. Enxugo-as na calça.

— Como ele está?

— Amaldiçoado — responde George, com ênfase. Então abre a porta.

O quarto é enorme. Está escuro e meus olhos demoram um tempo para se acostumar. Quando isso acontece, vejo Nicholas sentado numa poltrona diante da lareira, com John inclinado sobre ele, falando em voz baixa. Nicholas parece frágil demais, débil, e, mesmo daqui, posso ver que ele está tremendo. Meu estômago dá uma cambalhota desconfortável.

— Por favor, entre — diz Nicholas. Sua voz está rouca, fraca. George fica de lado para me deixar passar. John se levanta e vai para a porta. E para diante de mim.

— Ele quer conversar com você a sós — diz baixinho. — É importante, eu sei, mas tente ser breve, certo? — Ele e George saem, com a porta se fechando com uma pancada fraca.

Nicholas sinaliza para eu ocupar a poltrona diante da dele.

— Venha. Sente-se.

Atravesso o quarto imenso. É totalmente decorado em tons de vermelho: tapete vermelho, paredes vermelhas, cobertas vermelhas. Até as velas são vermelhas, com as chamas tremeluzindo ritmicamente nas paredes. Sinto como se estivesse dentro de um coração palpitante.

Acomodo-me na poltrona. De perto, Nicholas parece ainda pior. A pele está cinzenta, o cabelo mais grisalho do que na noite passada, até os olhos parecem cinza. Por um momento ele simplesmente me encara.

— Eu gostaria de falar sobre o que aconteceu ontem à noite — diz finalmente.

— Certo. — Respiro fundo. — Qual parte?

— Sobre Caleb e os outros aparecerem.

— Quer dizer, como eles nos encontraram?

Ele confirma com a cabeça.

— Como eles nos encontraram, como sabiam que estávamos lá. Aquilo não foi adivinhação nem acidente. Eles sabiam o local, a aldeia e a hora certa. Como você acha que eles conseguiram tais informações?

— Não sei — respondo. — Mas Blackwell sempre parece saber tudo. Quanto ao "como", poderia ser simples, como o uso de um espião, ou complicado como o uso de magia.

— Complicado como o uso de magia — repete Nicholas. — Já pensou em como é estranho que o Inquisidor, ou melhor, o ex-Inquisidor, um homem que passa a vida desencavando a magia e castigando os que a praticam, usá-la ele próprio?

— Blackwell não usa a magia pessoalmente. Ele... emprega a magia se, e quando, ela atende às suas necessidades.

— Não consigo enxergar a diferença.

— Há uma grande diferença. Blackwell precisou usar magia para nos educar. Para nos treinar. Precisávamos de magia para saber como lutar contra ela. Ele não teria como nos treinar sem isto. Seria como tentar treinar um exército sem oferecer armas.

Repito as respostas que Caleb me dera às mesmas perguntas que eu havia feito repetidamente. Mas Nicholas apenas balança a cabeça.

— As coisas que você descreve, suas experiências, não eram simples feitiços ou meros encantos. O poder necessário seria equivalente ao meu. No entanto, a falta de consciência... aquelas criaturas...

— Blackwell as chamava de híbridos; Caleb chamava de meio-a-meio. Eu, de brincadeira, chamava de basiliscos, por causa do prato que eu preparava na cozinha.

Ele assente.

— Mas criar criaturas vivas assim não é brincadeira. É magia complexa, tremendamente difícil, alcançada através de muitos anos de prática e tentativa e erro. Não poderia ser feita por qualquer um. Como ele conseguiu algo assim?

Preciso admitir que jamais questionei como exatamente Blackwell conseguia fazer tudo aquilo acontecer. Não que ele fosse me contar caso eu perguntasse. Ele fazia tudo em segredo, a portas fechadas e vendava nossos olhos. Eu nem vi quem me marcou com o estigma. Na ocasião, não me importei.

— Caleb dizia que ele usava alguns magos que capturamos para fazer as coisas. Houve muitos magos que prendemos e que nunca vi morrerem na fogueira.

Nicholas fica imóvel.

— Por que ele está atrás de você? — pergunta depois de um momento

— Como assim? Você sabe por quê.

Ele acena, ignorando meu comentário.

— O que há em você que o deixa tão resoluto a encontrá-la? Eu sou um prêmio muito maior do que uma garota de 16 anos. Por que ele se esforçou tanto para inventar acusações contra você? Você acredita mesmo que ele acha que você é uma feiticeira? Uma espiã? Uma traidora?

— Ele disse que eu representava um risco.

— Ele podia estar falando a verdade sobre isso. Pelo menos a verdade como ele a vê. Ou melhor, como foi prevista.

— Como assim?

— Estou falando da tabuleta.

Enrugo o cenho.

— Está dizendo que Blackwell mandou me prender porque sabia que eu poderia encontrar sua tabuleta?

— É.

Balanço a cabeça.

— Não vejo como ele poderia saber disso.

— Não? Você mesma disse que Blackwell usava magia se, e quando, ela atendesse às suas necessidades. Não seria possível então que ele usasse um vidente?

Balanço a cabeça de novo, mas ele não para.

— Isso explicaria como ele nos encontrou na casa de Veda, como soube que você estaria lá. Talvez você tenha visto algum vidente na sala dele, alguém que você tenha confundido com um serviçal. Talvez até mesmo uma criança.

Recordo-me da noite em que Richard me levou a Blackwell, do menino que vi saindo pelo corredor. Ele teria uns 5 anos, a mesma idade de Veda. Levanto os olhos e vejo Nicholas me observando. Ele simplesmente faz que sim com a cabeça.

— Então ele tem um vidente — digo. — Isso não quer dizer nada.

Nicholas respira fundo, como se suas palavras fossem um peso prestes a ser levantado.

— Elizabeth, eu venho vigiando Blackwell há muito tempo. Observei-o passar de duque e irmão do rei a lorde protetor, o equivalente a um rei. Na verdade, se Malcolm também tivesse morrido da peste, Blackwell seria rei. Não duvido que haja um dia sem que ele não lamente por isto.

Não tenho como discordar. Malcolm sabia que Blackwell o odiava; ele nunca soube bem o motivo. Eu jamais tive coragem de lhe dizer que era porque seu tio desejava que ele estivesse morto.

— Com Blackwell, a mudança costuma preceder uma mudança maior. Um rei morre, um duque se torna protetor. Um príncipe se torna rei, o protetor se torna Inquisidor. Agora ele entregou este título ao seu amigo Caleb. Você acha que Blackwell ficará contente em voltar a ser duque?

Inspiro subitamente.

— Você acha que ele pretende ser rei?

— Acho que ele está atrás da vitória maior — responde Nicholas. — Quer seja como rei ou como algo pior do que rei.

Algo pior do que rei. As palavras provocam um arrepio em minha espinha.

— Qualquer que seja o plano, ele precisa que eu fique fora do caminho para poder concluí-lo — continua Nicholas. — E sabia que você ameaçaria isso, de modo que foi obrigado a agir. Creio que é por isso que ele está atrás de você agora. Acredito que seja por isso que ele me amaldiçoou.

— Quer dizer: é por isso que ele mandou amaldiçoá-lo.

— Não. Quero dizer que é por isso que *ele* me amaldiçoou.

Suas palavras pairam, girando acima de mim como um dos répteis alados de Blackwell; e, quando elas pousam, perfuram-me como penas de metal: duras, afiadas, cravando fundo.

— Porque ele amaldiçoou você — repito.

Nicholas assente.

— Então você acha... você acha que... — Não consigo dizer.

Ele diz por mim.

— Blackwell é um mago.

Fico de pé antes que ele possa terminar de pronunciar a palavra.

— Não. Não, não, não. — Balanço a cabeça com tanta força que dói. — Blackwell não é um mago. Não. Isso é ridículo. É impossível. Insano.

— Ele treinou vocês usando magia. Marcou vocês usando magia. Criou coisas usando magia; e ele, ele próprio, usa magia. — Nicholas expõe as provas como um advogado diante do júri.

— Ele não fez essas coisas — digo loucamente. — Foram os outros magos. Os que nós capturamos, os que não foram para a fogueira. Eles fizeram isso. Não ele. — Agarro-me a esse fiapo de possibilidade como se fosse um graveto que me impedisse de cair de um penhasco.

— Não. — A voz de Nicholas é suave, porém firme. — Eu já disse. Os únicos bruxos capazes de fazer esse tipo de magia estão mortos: eu mesmo testemunhei a morte deles.

— Não é verdade. Não é verdade, não é verdade, não é verdade. — balbucio sem parar.

— Ele leva uma vida de mentiras — diz Nicholas baixinho, quase com compaixão. — Isso seria necessário; um jovem mago morando num lar de perseguidores. Na melhor das hipóteses, iriam mandá-lo embora; na pior... bom. Nós sabemos o que eles fazem com as feiticeiras e os magos, não é?

Ainda estou balançando a cabeça.

— Quando o irmão dele virou rei e abriu as portas para a possibilidade de reconciliação entre perseguidores e Reformistas, a escolha de Blackwell estava feita. Não era o bastante para ele finalmente poder utilizar seu poder. Ele queria usá-lo para governar. Assumir o controle depois de todos os anos que passou suprimindo-o. Acredito que é por isso que ele tenha provocado a peste: para matar o rei, matar Malcolm, ganhar o trono.

O chão se inclina; tudo se inclina. O graveto se parte, e eu despenco do penhasco, caindo, mergulhando em direção à terra dura e à verdade mais dura ainda:

Blackwell provocou a peste.

Blackwell matou meus pais.

Blackwell é um mago.

Afundo-me na poltrona de veludo, enterro a cabeça nas mãos. Não sei por quanto tempo fico sentada neste quarto vermelho que pulsa feito um coração. Podem ser minutos; podem ser horas.

— O que preciso fazer? — pergunto finalmente. Não há sentido em dizer que não sou capaz de encontrar a tabuleta, que já estou suficientemente encrencada, que ajudá-lo só vai piorar as coisas para mim. Não há nada pior do que isso.

Nicholas assente.

— A primeira coisa, e isto é muito importante, é que não podemos deixar ninguém saber que você é uma caçadora de bruxos. Eu sei que George sabe. Mas ele pode ser o único.

Enrugo a testa.

— Certamente eles vão descobrir. Se eu me machucar, se eu me curar, se eu for compelida a lutar... vai ser muito difícil esconder.

— Então vou precisar que você se esforce mais ainda para manter isso em segredo. Não entre em nenhuma briga e não se machuque. — Uma pausa. — Eu já disse a eles que você é feiticeira.

— O quê? Por quê?

— Porque eles precisam de um motivo para aceitar que você tenha sido a escolhida para encontrar a tabuleta. Eles precisam de um motivo para entender porque você sobreviveu à prisão. E, como você foi encontrada com aquelas ervas no bolso, esta era a explicação mais plausível.

— E quanto a Blackwell? O fato de ele ser um... — Engulo em seco. Ainda não consigo pronunciá-lo.

— Acho que é melhor mantermos segredo por enquanto. A verdade será revelada logo.

Confirmo com a cabeça.

— Segundo, vou mandar você embora. Hoje. Você vai viajar com os outros para Stepney Green, para visitar Humbert Pembroke.

Pisco. Humbert Pembroke é o homem mais rico da Ânglia, depois do rei. É grande amigo de Blackwell e grande apoiador da coroa. É uma figura constante na corte há muitos anos, se bem que já faz um bom tempo que não o vejo. *Por que ele?*

— Ele é um de nós — diz Nicholas antes que eu possa perguntar. Estou tão surpresa que demoro um momento para responder.

— Por que Stepney Green? A tabuleta está lá?

— Não. Mas você não vai procurar a tabuleta por lá. Lembra-se do que Veda disse? *Na terceira noite do inverno, vá ao subterrâneo verde. O que o segura na morte vai levá-la ao número treze.* O que você vai procurar em Stepney Green é a coisa que vai levá-la à tabuleta, e não a tabuleta em si.

— Estas são minhas únicas pistas?

— Sim. Mas é o suficiente, pelo menos por enquanto.

— Como? — indago. — Essa coisa toda não me diz nada. Veda falou mais depois disso, muito mais. O que significou tudo aquilo?

Nicholas hesita.

— Não há nada que eu possa lhe dizer que você não vá descobrir sozinha.

— Então você sabe. Sabe o que vai acontecer. — Então percebo o que ele sabe. — Você sabe que vou morrer.

— Todos vamos morrer — afirma Nicholas. — Isso não é profecia; é uma certeza.

— Não me venha com jogo de palavras — reajo rispidamente.

— Elizabeth, essa é a sua profecia. O modo como ela vai se realizar está totalmente em suas mãos. Não posso lhe dizer o que fazer nem o que encontrar, porque não sei. Só posso colocá-la no lugar certo na hora certa, e confiar que você vai saber o que é no momento em que vir.

Sinto uma onda súbita de raiva. Por colocar meu destino nas mãos de uma criança, numa fiada de palavras sem sentido.

— Percebo que isso parece estranho para você — diz Nicholas.

— Não é bem esta palavra que eu usaria — murmuro.

— Eu venho decifrando profecias há muito tempo. As de Veda, desde que ela aprendeu a falar, e outras incontáveis antes dela. Algumas são simples, algumas complexas. Algumas são mais charadas do que visões. Mas, independentemente de qualquer coisa, todas as profecias exigem alguma conjectura.

Há uma batida fraca à porta, e John entra. Está vestindo uma capa preta e pesada, a sacola pendurada no ombro.

— Desculpe interromper — diz ele. — Mas estamos prontos para ir. Preciso examiná-la pela última vez antes de partirmos.

— Estamos quase acabando — responde Nicholas. John assente, olha para mim e depois fecha a porta.

Abro os braços.

— Então eu vou a Stepney Green. Procuro a coisa que vai me levar à tabuleta. E depois?

Nicholas sorri.

— Também não posso lhe revelar isso. Mas a resposta vai se apresentar na hora certa.

Engulo a frustração.

— Há alguma coisa que você *possa* me contar?

— Use seu discernimento. Isso é muito importante. Faça o que parecer certo para você, em qualquer circunstância em que se encontre, mesmo que esta lhe pareça improvável ou mesmo impossível. E tenha fé. Todo o restante será consequência.

UMA HORA DEPOIS, PETER NOS despacha. É uma caminhada de seis horas até a casa de Humbert em Stepney Green. Não podemos ir a cavalo; chamaria atenção demais e dificultaria para nos escondermos caso encontrássemos alguém indesejado. Tudo bem. Nicholas só tem um cavalo, de qualquer modo.

Peter esfrega o rosto com as mãos e suspira.

— Fiquem longe das estradas principais o máximo possível. Permaneçam próximos, mas não viagem muito juntos. John, vá na frente. George pode fechar a retaguarda. Se houver algum sinal de problema, ou se acharem que estão sendo seguidos...

— Pai. — John põe o braço no ombro de Peter. — Vamos ficar bem.

Peter assente e solta uma série de assobios curtos. Um falcão enorme vem do céu e pousa no braço estendido de John.

— Mande-o de volta assim que chegarem à casa de Humbert — orienta Peter. — Se não fizerem isso, vou presumir que aconteceu alguma coisa. Mas, se não o mandarem e nada tiver acontecido... — Ele olha sério para John. — Juro, John Paracelsus Raleigh, quando eu terminar com você, vai desejar que algo tivesse acontecido.

George olha boquiaberto para John.

— Seu segundo nome é Paracelsus?

— Cala a boca — rebate John. Em seguida se vira para Peter, ligeiramente ruborizado. — Vou mandar Horace de volta, pode deixar. Tudo vai ficar bem. Por favor, tente não se preocupar.

— Humf. — Então Peter envolve John num abraço apertado, dando tapinhas em suas costas. Assim que o solta, olha para nós. — Vamos levar Nicholas a Harrow para que os curandeiros de lá possam cuidar dele. Assim que ele estiver acomodado e pusermos Avis e Veda num abrigo, vou me encontrar com vocês na casa de Humbert. Estarei lá assim que puder.

Ele destranca e abre a porta, deixando um sopro de flocos de neve entrar no corredor. A primeira neve da estação. Aperto a capa em volta do corpo e saio.

— Vão em segurança — diz Peter, o rosto ainda enrugado de preocupação. — Se virem alguma coisa, qualquer coisa, apenas fujam.

Nós quatro seguimos pelo caminho largo de cascalho e pelo gramado, então entramos na floresta. Fifer e John vão na dianteira, as cabeças juntinhas, compartilhando cochichos. A voz de Nicholas sussurra ao meu ouvido o tempo todo: Blackwell é um mago. Blackwell é um mago.

Blackwell é um mago.

— Qual é o seu problema? — George aproxima-se de mim. — Você mal falou desde que saiu do quarto de Nicholas. — Uma pausa. — Ele enfeitiçou você? Você sabe. Para não ficar toda... — Ele faz uma mímica de alguém sufocando e esfaqueando o ar.

Tenho um ataque de riso. Não consigo evitar. Talvez seja nervosismo. Talvez eu tenha enlouquecido. O mundo inteiro enlouqueceu; parece correto que eu despenque junto. Minha risada ecoa nas árvores, o único som na floresta silenciosa. John gira e sorri para mim. Fifer lhe dá um soco no braço, e ele se volta para ela, com uma carranca substituindo o riso.

Recomponho-me.

— Não. Eu só... você sabe. Sei lá.

— Hum. A franqueza é uma coisa tremendamente superestimada.

Lanço-lhe um olhar.

— Você sabe o que quero dizer. Já vai ser bastante difícil encontrar a tabuleta sem ter de esconder minha identidade de todo mundo.

George confirma com a cabeça.

— É. Mas é importante. Nicholas não pediria se não fosse.

— Por quê? Você sabe e não está ficando todo... — Imito seus movimentos de sufocação e facadas. — Que diferença faz se eles souberem?

Ele aperta os olhos para enxergar além, na direção de John e Fifer. Parece que agora os dois estão discutindo; Fifer gesticula furiosamente enquanto John balança a cabeça. Ela olha para mim e faz uma cara feia.

— Ela não gosta de mim, não é?

George dá de ombros.

— Não leve para o lado pessoal. Ela não gosta de ninguém, a não ser de John. Ele é o único que a tolera, afinal. Tem paciência de santo.

Viro a atenção para John, observo enquanto ele passa entre as árvores, adiante.

É tão alto que está tendo dificuldade para evitar os galhos mais baixos. Eles roçam em seu rosto, as folhas e gravetos se prendem no cabelo escuro. Assim que ele para a fim de se desembaraçar de um emaranhado de folhas, nota que está sendo observado. Dá um acenozinho, depois arranca as folhas e as joga no chão, o rosto iluminado por um sorriso sem graça. De repente parece que alguém deu um nó no meu estômago. Sem pensar, sorrio de volta.

George me dá uma cotovelada.

— Pare com isso.

— Parar com o quê?

— De sorrir. Você não pode ficar sorrindo para as pessoas desse jeito. Isso... — Ele deixa no ar, procurando a palavra certa. — Distrai.

— Não seja ridículo.

— Não sou. Olha, você precisa saber de uma coisa. — Ele se vira para John, certificando-se de que não está sendo ouvido. Não está; John e Fifer voltaram aos cochichos. — A mãe e a irmã de John foram capturadas por caçadores de bruxos e morreram na fogueira. Eram curandeiras.

— O quê? — O nó no meu estômago fica mais apertado. — Quando? George sussurra.

— Ano passado. Certa manhã Anne e Jane, a mãe e a irmã dele, saíram de Harrow, presumivelmente para ver um paciente. John e Peter nem sabiam que elas haviam saído. De qualquer modo, elas nunca mais voltaram. Acho que você sabe o que isso quer dizer.

Balanço a cabeça. Mas sei, claro.

— Peter e John também sabiam. Os dois foram a Upminster, fizeram tudo ao alcance. Mas Anne e Jane foram para a fogueira. Num determinado momento, John tentou chegar perto delas, no fogo... — A voz de George fica embargada. Por sorte ele também não foi preso; não sei por que não foi. Ele foi espancado pelos guardas até ficar inconsciente. Ficou caído na terra, ferido e sangrando, e presenciou a mãe e a irmã morrerem incineradas.

Paro de andar. Lembro-me do que John me contou sobre as fogueiras, na casa de Nicholas. Eu não tinha percebido que ele estava falando da própria mãe e da irmã. Nunca imaginei que ele tivesse visto tal cena. Sinto-me suada, incomodada. Imagino vagamente se vou acabar vomitando.

— Não fui eu que fiz isso — sussurro. — Quero dizer, não capturei as duas. Lembro-me de todo mundo que prendi. Não fui eu.

— Mesmo assim. Ele não pode saber. Ele não mataria você, mas não é com isso que estou preocupado. Entende o que estou dizendo?

— Entendo. — respondo num sussurro

— Então vamos indo.

Continuamos andando. Mantenho o olhar no chão, nas folhas salpicadas de neve e nos gravetos que estalam sob os pés, como ossos se partindo. Sinto o olhar de George em mim, observando-me atentamente. Ignoro-o.

Mas não consigo ignorar o sentimento que se esgueira no meu peito, essa torção desconfortável de culpa, como uma trepadeira abrindo caminho por dentro, ameaçando me sufocar. Posso não ter capturado a mãe e a irmã de John, mas capturei outros como elas. Fui responsável pela morte deles, por arruinar famílias como a de John, e em troca de quê? Eu achava que estava fazendo o melhor pelo país, para mantê-lo em segurança.

Era tudo mentira.

Depois de muitas horas a floresta finalmente se abre, dando lugar a pastos. Morros verdes e ondulados, vastidões de capim seco devido ao inverno emoldurados por muros baixos de pedra e salpicadas de ovelhas fofas com sua densa pelagem invernal. O terreno se estende por quilômetros, com uma estradinha de terra sendo a única passagem viável. Agora a neve foi substituída pela chuva, acompanhada por um trovão retumbante. Depois de estar aninhada na relativa segurança da floresta, sinto-me vulnerável num espaço tão aberto.

— Vamos nos separar, acho — diz John. — Eu vou à frente. George, você vem atrás. Se houver alguma coisa inesperada, Horace vai avisar. Assim, se vocês o virem, corram. Escondam-se. Vou encontrá-los quando achar que é seguro.

O falcão passou a maior parte da viagem voando em círculos acima de nossas cabeças, mas agora está descansando no braço estendido de John. Concordamos, e assim ele solta Horace e parte numa corrida lenta, descendo a estrada e cruzando a primeira colina até sumir de vista.

George fica para trás, deixando Fifer e eu andarmos à frente dele. Ela faz menção de me ignorar, por isso ficamos em silêncio nos primeiros quilômetros, concentrando-nos no caminho. A chuva continua caindo, transformando a estrada num rio de lama. A caminhada é lenta, nossos pés afundam na lama até os tornozelos.

Fifer está tremendo embaixo da capa molhada, os lábios quase azuis de frio. Quando pisa num buraco e tropeça, agarro seu braço para não deixá-la cair. Ela parece grata por um segundo. Mas aí desvencilha o braço e parte intempestivamente, resmungando.

— De nada — digo.

Ela gira com um ar de nojo no rosto.

— O que você está fazendo aqui?

Dou um risinho. Não consigo evitar.

— Há muito os teólogos acreditam que nosso tempo aqui na terra é...

— Isso não, idiota — explode ela. — O que quero dizer é: você pode fazer alguma coisa? Nicholas disse que você é feiticeira, por isso estou perguntando se você sabe fazer alguma magia.

— Ah. Não.

— Nunca fez nenhum feitiço? Maldições?

Balanço a cabeça.

— Nem por acidente? Digamos, desejou mal a alguém e fez com que a coisa se realizasse?

— Não — repito.

— Bom, você tem muita sorte? É o que acontece com os bruxos não treinados. Fazem magia sem perceber e acham que têm sorte.

— Eu pareço sortuda para você?

Fifer funga, o rosto se suavizando um pouco.

— Acho que não. Se bem que você sobreviveu à febre da prisão. Acho que agora sabe por quê. — Ela franze os lábios, pensando. — Deve existir alguma coisa que você saiba fazer. Caso contrário...

Ela é interrompida por Horace, que voa em nossa direção e roça o topo de nossas cabeças com a asa estendida.

— Corra!

Partimos pela estrada lamacenta, pulando o muro e entrando no campo, em busca de algum lugar onde nos esconder. O capim é baixo demais para oferecer cobertura. As únicas árvores estão meio longe, mas, se formos suficientemente velozes, conseguiremos chegar.

Agarro a manga de Fifer e parto na direção delas quando ouço, baixinho, a princípio, depois mais alto: o ribombar inconfundível de cavalos, os cascos batendo na lama. Quem quer que esteja chegando, está perto. Não vamos conseguir chegar às árvores antes de sermos vistas.

Fifer agarra meu braço e me puxa para o chão.

— O que você está fazendo? — pergunto. — Eles vão ver...

— Não vão, não. — Ela enfia a mão dentro da capa e pega um cordão grosso de seda com três nós. Reconheço-o imediatamente: é um amuleto. As feiticeiras os utilizam quando precisam realizar feitiços demorados ou difíceis rapidamente. Sua energia e seu poder são armazenados no cordão e são liberados sempre que um nó é desfeito. Durante o treinamento Blackwell nos mostrou como funcionavam.

Acho que ele sabia de fato como era.

Fifer arranca um tufo de capim do chão e começa a desfazer um dos nós do cordão, os dedos tremendo ao som dos cascos, cada vez mais alto.

— *Aumenta*. — Ela joga o capim no ar. As folhas se expandem e disparam para o alto, formando uma sebe enorme. Tem pelo menos 1 metro de altura e 3 de comprimento. O capim é tão alto que se dobra, e é suficientemente denso para nos escondermos embaixo.

Entramos embaixo dele, puxando as capas e as sacolas, de modo a não sermos vistas da estrada. A distância eu os vejo: quatro homens cavalgando sob o estandarte do rei. Fifer os observa com olhos arregalados. Nós duas ficamos imóveis e esperamos que eles passem.

Não passam. Os cavalos diminuem o ritmo até um meio galope, depois um trote, em seguida param completamente, a menos de 200 metros de nós.

— Faz tempo que eu precisava mijar! — resmunga um homem. Ouço seus pés chapinhando na lama enquanto ele apeia.

— Anda depressa, então. Aqui não há nada para fazer você parar.

— Eu também vou — diz outro, deslizando da sela.

Os dois atravessam o campo, vindo em nossa direção. Marcham diretamente até nossa cerca viva, param e começam a desabotoar as calças. Fifer faz uma careta; parece horrorizada. Sorrio um pouco. Não consigo evitar. Homens mijando não me incomodam nem um pouco. Eu era a única garota no meio de outros vinte caçadores de bruxos. Já vi praticamente de tudo.

— E aí, o que você acha? — pergunta um guarda.

— Não sei — responde o outro. — Mais 15 quilômetros, talvez? — Ele balança a cabeça. — Porcaria de Stepney Green, fica no meio do nada...

— Isso, não. Estou falando dela.

Dela. Estão falando de mim. Fifer me lança um olhar. Ela também sabe. Observo os guardas através da cerca viva, desejando que não digam mais nada.

— É. Mas eu não me preocuparia demais — continua o guarda. — Você acha mesmo que Pace iria nos mandar para cá se houvesse chance de ela estar aqui?

A expressão de Fifer é de confusão.

Cala a boca, imploro em silêncio. *Cala a boca, cala a boca...*

O outro guarda parece em dúvida.

— Se você diz...

— Digo. Olha, ela não pode estar em três lugares ao mesmo tempo. E se você me perguntar, Stepney Green é o menos provável de todos.

Três lugares? Onde mais Caleb acha que estamos?

— Mesmo assim. Seria de pensar que eles mandariam pelo menos um caçador de bruxos conosco.

— Para quê? Você não acha que a gente seja capaz de pegar uma garotinha?

— Ela não é só uma garotinha.

Fifer estreita os olhos para mim. Dou de ombros, como se ouvisse esse tipo de coisa todo dia. Mas meu coração está batendo tão forte que é um espanto não ser ouvido por todos.

— Ela é perigosa — continua o guarda. — Quem sabe do que ela é capaz, agora que está com Nicholas Perevil? Por mim a gente revista o lugar do jeito que nos foi ordenado e cai fora. Se nós a encontrarmos, vamos deixar que Pace cuide dela.

— Não precisa dizer duas vezes. — Os homens abotoam as calças e se viram para ir embora.

Solto um suspiro de alívio. *Essa foi por pouco*, penso. *Por muito pouco.*

— Difícil acreditar, não é? Ela ser uma caçadora de bruxos *e* feiticeira? — Ele solta um muxoxo — Blackwell devia ter mais cuidado com quem ele recruta.

Mas que droga.

Olho para Fifer. Ela me encara de volta, a expressão vazia como a de um peixe. Abro a boca para dizer — não sei o que —, mas ela se vira, por medo ou nojo. Provavelmente as duas coisas. Senta-se, sem enxergar, sem se mexer, enquanto os dois guardas se juntam aos outros na estrada. Eles montam nos cavalos e partem, espirrando lama.

Esses idiotas de língua grande! Eu devia ter acabado com eles quando tive a oportunidade. Bem, agora é tarde. Nicholas não vai ficar nada feliz quando souber que Fifer descobriu a meu respeito, nem George. E onde ele está, afinal? Vou precisar da ajuda dele para lidar com Fifer quando ela sair do transe no qual se encontra. Ela continua olhando com ar inexpressivo em meio à cerca viva. Saio de baixo do capim para procurar George. No segundo em que faço isso, ela salta.

— Você é uma caçadora de bruxos! — Em seguida me empurra no chão e pula em cima de mim. — Uma droga de uma caçadora de bruxos!

— Fifer! Para com isso! — Agora ela está batendo em mim, dando socos nos meus braços, na barriga, no rosto. Não posso lutar contra ela, não de verdade. Só iria machucá-la. Ou pior, iria matá-la. Seguro seus pulsos tentando contê-la, mas ela se solta, dá tapas no meu rosto e crava as unhas nas minhas bochechas.

— Eu poderia matá-la! Vou te matar! Sua... — Ela solta uma fiada de palavrões tão ferozes e ultrajantes que começo a rir. Até que ela agarra um punhado do meu cabelo e puxa. Com força.

Solto um grito e por um momento esqueço que não deveria lutar contra ela. Agarro seus ombros e a empurro. Ela cai no capim, mas se levanta num instante, golpeando minha cabeça com tanta força que meus ouvidos zunem. Pulo em cima dela, e começamos a rolar no chão, as duas distribuindo tapas, puxando cabelos e gritando.

Há um vislumbre de movimento a distância, e de repente George está ali, parado junto de nós com expressão horrorizada.

— Ei! — Ele fica saltitando ao redor, desviando-se dos nossos corpos agitados. — Que diabo está acontecendo?

Continuamos brigando.

— Querem parar, vocês duas? Parem! — George me agarra pela cintura e me separa de Fifer. Ela pula e voa para cima de mim, as mãos abertas como garras. Seguro seus pulsos, e nós três cambaleamos, oscilando feito bêbados numa briga de rua, até que caímos de cabeça na cerca viva.

— Paz, pelo amor de Deus! — grita George, separando-nos. — Que diabo está acontecendo?

Fifer se levanta.

— Ela é uma caçadora de bruxos! — E tenta me acertar de novo com os punhos fechados.

George a agarra antes que ela possa me alcançar.

— O que você está fazendo? — berra ela. — Vá buscar John! Precisamos matá-la. Agora mesmo! Ele pode fazer isso, ou você pode. Ou eu mesma faço! — Ela pega seu amuleto.

— Você não pode matá-la — diz George.

— Posso, sim! — Os dedos dela seguram um dos nós. — Vou amaldiçoá-la em mil pedacinhos...

George arranca o cordão das mãos dela.

— Quer que Nicholas morra?

— O quê? — Fifer parece horrorizada. — Não!

— É o que vai acontecer se você matá-la. Ela é a única que pode encontrar a tabuleta. Você sabe disso. Então não interessa o que ela seja. Caçadora de bruxos, demônio; para seu governo, ela poderia ser o diabo em pessoa.

— Ela é. Ela é o diabo. — Fifer está furiosa. — E você... — Ela se vira para George, apontando um dedo para ele. — Você está tremendamente calmo com isso. Então que Deus me ajude, se você sabia que ela era uma caçadora de bruxos e não contou...

George e eu trocamos um olhar breve.

— Você sabia — sussurra Fifer. — Sabia e não me contou. Por quê? Como pôde fazer isso comigo? Ou com John? — Ela arregala os olhos. — Nicholas...

George levanta a mão.

— Ele sabe. Claro que sabe. Eu não contei a vocês porque ele mandou não contar. Não viu motivo para vocês saberem.

— Não viu motivo? — berra Fifer. — Não viu motivo para dizer que ela é uma criatura vil, mentirosa, bárbara, uma *pu*...

— Fifer. — George levanta as sobrancelhas.

— Você não acredita mesmo que ela vai nos ajudar, acredita? Ela pretende nos fazer andar em círculo por tempo suficiente para Nicholas morrer, e depois vai nos entregar aos amiguinhos dela!

— Não vou fazer isso — digo.

— Ela não vai fazer isso — repete George.

— Não acredito em você — diz Fifer. — Não acredito nela. Não acredito em nada disso. — Ela está passeando de um lado a outro, balançando a cabeça. Por fim, para. — Vou contar ao John. — Ela se vira e vai para a estrada.

— Não. — George segura a manga de sua blusa. — Vamos manter isso entre nós.

— Não! — reage Fifer. — Ele precisa saber. Sabe o que ele vai fazer se descobrir?

— Sei. E é por isso que ele não pode saber. — Fifer abre a boca para discutir, mas George balança a cabeça. — O principal agora é encontrar a tabuleta. Você sabe disso. Nesse momento não podemos nos dedicar a qualquer outra coisa. E se contarmos a ele, é exatamente isso que vai acontecer.

Fifer não responde.

— Olha, quando chegarmos à casa de Humbert você pode escrever a Nicholas — continua George. — Pergunte a ele. Ele vai confirmar.

— Por que ele esconderia isso da gente?

— Ele tem seus motivos. — George segura o amuleto diante dela. — Estamos combinados?

Fifer salta para pegar o cordão, mas George o afasta das mãozinhas ávidas.

— Certo — diz ela, furiosa. — Combinado.

— Ótimo. Agora tire esse arzinho assassino da cara. John está vindo aí.

Olho por cima da cerca viva e o vejo vindo até nós, em marcha lenta. Está completamente coberto de lama.

— E aí, rapaz. O que aconteceu com você? — pergunta George, olhando-o de cima a baixo.

— Pulei numa vala. — John enxuga o rosto com a manga da camisa. — Bela cerca viva — diz a Fifer. Ela dá de ombros e não responde. — Aqueles guardas estão indo para onde nós vamos. Acho que estão nos procurando. — Ele olha para cada um de nós. — Vocês ouviram alguma conversa deles?

Nenhum de nós responde.

— Eu poderia ter jurado que fiz uma pergunta em voz alta — diz John secamente. — Fifer?

— Ah, não me pergunte! Não sei de nada!

John levanta as sobrancelhas.

— Qual é o problema?

— Tudo! Nada! Não sei! — Ela sacode seu amuleto. — É só... estou chateada porque precisei usar um dos meus nós. Só tenho três. Não queria desperdiçar com uma coisa tão idiota. — Ela indica a cerca viva.

— Não é idiota; ela as salvou — diz John.

— Ela nos condenou.

— Não seja tão dramática — reajo, irritada, esfregando o couro cabeludo. Está ardendo no ponto em que ela puxou meu cabelo. — Você usou um nó. Pode fazer outro na casa de Humbert.

Fifer me olha feio e sai andando para a estradinha sem dizer uma palavra. George vai atrás dela rapidamente.

Olho para John.

— Que negócio foi esse?

— Não foi Fifer que fez os nós, foi Nicholas — responde ele. — Ela ainda não tem poder suficiente para isso. Ele ia fazer mais, porém... você sabe.

— Ah. Que pena. — Percebo como aqueles nós podem ser úteis. Mas é bom saber que Fifer não é tão poderosa quanto finge ser.

MAIS UMA HORA SE PASSA, e o céu começa a escurecer. A chuva que nos incomodou na maior parte do dia voltou a se transformar em neve, chegando agora em sopros, redemoinhando em volta dos nossos pés. Por fim chegamos a uma encruzilhada, com a estrada se bifurcando. Uma é larga e bem pavimentada, entrando na cidade. A outra mal passa de uma trilha — pegadas numa vastidão de capim na altura dos joelhos e parece ter sido percorrida talvez umas duas vezes no mês anterior. John verifica seu mapa de novo, e, claro, esta é a estrada que nós pegamos.

A neve cai mais depressa e com mais força, e o pouco de caminho que tínhamos é engolido pela neve e pela escuridão. De vez em quando capto um clarão vermelho no céu, piscando feito uma estrela carmim. Luzes espectrais, acho; provavelmente estamos nos aproximando de algum tipo de pântano. Só espero que não tenhamos de atravessá-lo. Ainda que os espectros dos pântanos não sejam perigosos, são muito irritantes. Obrigam a pessoa a fazer mil jogos idiotas antes de permitir a travessia em paz. Estou cansada demais para lidar com isso agora.

Por fim chegamos a uma série de morros, cada qual mais íngreme do que o anterior. Escorrego no chão gelado algumas vezes, por isso John anda junto de mim, segurando meu braço para me firmar.

— Quanto falta? — geme Fifer. — Estou com frio, com fome, meus pés doem...

— Devemos estar chegando — diz John. Subimos outro morro, o mais íngreme até agora. Quando chegamos ao topo, John aponta para o vale embaixo. — Ali está.

A casa de Humbert. Na verdade, é mais um castelo do que uma casa, construída inteiramente com pedra cinzenta e cercada por μm enorme fosso quadrado. Apenas um par de pontes em arco liga a casa ao terreno em volta. Pareceria uma fortaleza não fosse toda a hera, cujas folhas ficaram vermelhas para o inverno, entrelaçando-se nas pedras como veias. Múltiplos jardins enchem a paisagem, entrecortados por laguinhos e mais pontes em arco. A coisa toda está coberta por uma fina camada de neve, como um sonho.

Descemos a colina rapidamente e atravessamos a ponte que dá no pátio interno. Ali a casa é menos imponente, mais doméstica: paredes de enxaimel, janelas com painéis em formato de losangos, uma imensa fonte de pedra. Quando chegamos à porta, ela se abre quase de imediato e um porteiro nos conduz para um saguão impressionante. Latão reluzente e lustres de cristal. Piso lustroso em xadrez preto e branco. Ricas paredes forradas de lambri com uma série de quadros a óleo. Nus de bom gosto, absolutamente nada violento. Há um particularmente bonito, de Vênus e Cupido, que ocupa quase uma parede inteira.

— *Olá!* — troveja uma voz. Olho em volta e vejo Humbert Pembroke bamboleando em nossa direção, segurando uma grande taça de conhaque. Não mudou muito desde a última vez que o vi: muito baixinho, muito corpulento, muito bem vestido com um casaco de seda colorida e calça de veludo. — O que aconteceu com vocês?

Ele nos examina. John ainda está coberto de lama. Fifer tem riscas de sujeira no rosto e capim embolado no cabelo. Tenho certeza de que minha aparência é igualmente ruim. George é o único que parece moderadamente limpo. Como ele consegue isso?

John — numa voz absurdamente alta — coloca-o a par de nosso entrevero com os guardas. Humbert assente e faz os ruídos apropriados de quem está ouvindo, mas fica bem óbvio que está distraído demais comigo para prestar atenção de verdade. Não consegue afastar o olhar de cima de mim. No segundo em que John finaliza, ele se vira para mim.

— Então você é ela, hein? — troveja Humbert.
— Quem? — pergunto.
— *O quê?*
John se vira para mim, um sorriso repuxando-lhe o canto da boca.
— Humbert é meio surdo, você precisa falar alto — sussurra ele. — E acho que ele só quer saber se você é a garota sobre quem Nicholas falou.
— Ah. — Vou até Humbert e fico bem diante dele para não ter de gritar. — Isso — digo. — Sou ela.

Humbert sorri e estala os dedos. Instantaneamente uma criada aparece. Ela dá uma olhada em nossas caras sujas e nas roupas enlameadas, e nos manda para cima para tomar banho e nos prepararmos para o jantar dali a uma hora.

Instantes depois, estou num quarto do andar de cima, esperando enquanto uma serviçal prepara meu banho. Olho ao redor, impressionada. Quartos lindamente decorados. Cortinas caras. Tapetes tão fofos que os pés afundam até os tornozelos. Camas de dossel, gordas com colchões de penas de ganso, camadas de lençóis de linho e cobertores macios com acabamento em pele. Esta casa é tão requintada quanto qualquer um dos palácios de Malcolm, melhor ainda do que a de Blackwell. Se ele soubesse que Humbert era Reformista, tomaria tudo, assim como sua cabeça.

Depois que tiro meu trapos sujos e entro na banheira, a empregada de Humbert — uma idosa chamada Bridget — entra com uma pilha de roupas.

— Imaginei que a senhorita fosse preferir um vestido para jantar. — Ela o ergue.

Não prefiro, mas acho que não posso reclamar. É uma roupa bonita: veludo azul-escuro, a saia enfeitada com arremates dourados, o corpete bordado com algum tipo de pássaro tecido em fio prateado. Ela o estende junto a um par de chinelos e brincos de ouro e safira, os quais combinam com o vestido. Há até um anel harmonizando. Encaro tudo aquilo, olhos arregalados. Nunca usei nada tão bonito na vida. Nunca tive motivo para isso.

Depois do banho, Bridget me ajuda a me vestir. Ela faz um muxoxo ao ver o estado do meu cabelo e insiste em arrumá-lo: seca-o com uma toalha de banho, tira todos os nós e depois disciplina minhas ondas desobedientes, com toda paciência, em cachos soltos, daí prende as laterais usando um par de presilhas com pedras azuis.

— Pronto, bonequinha. — Ela me coloca diante do espelho. — Não está linda?

Espio o reflexo, e meus olhos ficam arregalados. A cor voltou ao meu rosto, aos olhos, até aos cabelos. O corpete do vestido é baixo e justo, e eu não esperava ver nada ali, só pele e ossos. Fico chocada com a substituição: curvas.

Nunca tive isso. Curvas sempre foram coisas suaves e vulneráveis, e, para mim, todas essas coisas significavam a morte, por isso elas foram expulsas à custa de treino. Fiquei magra, musculosa e forte. Minha doença me derrubou, mas fui reconstruída, desta vez não pela força, mas pelos cuidados: camas macias, poções doces, mãos gentis e magia.

Não sei mais o que pensar. Sobre nada disso. A magia matou meus pais; Blackwell tentou matar a magia. Blackwell é mágico; Blackwell tentou me matar. John me salvou com magia; agora estou tentando matar a magia para salvar Nicholas. Isso vai contra tudo que já conheci, é uma traição a tudo que me ensinaram.

Mas quem traiu quem primeiro?

Bridget me leva para baixo, para a sala de jantar. Sou a última a chegar. Todos os outros estão sentados ao redor da mesa; há jarras de vinho e taças para todo lado. John se levanta quando entro, mas Humbert praticamente salta da cadeira e vem correndo para mim.

— *Elizabeth!* — ruge ele. — *Venha!*

Ele me puxa pela sala e me coloca na cadeira ao seu lado. A mesa é gigantesca; caberiam pelo menos vinte pessoas. Mas Humbert tinha de me colocar logo ao lado dele. Vou estar tão surda quanto ele antes que a noite acabe.

Do outro lado está Fifer. Também usa um vestido, de seda cor de cobre com um corpete verde bordado. Mas pelo modo como está carrancuda, daria para se achar que ele é feito de metal forrado de pregos. Mesmo assim, preciso admitir, ela está bonita.

À minha frente estão George e John, ambos limpos e vestidos para jantar. Como sempre, George tem uma aparência horrenda. Camisa amarela, colete roxo, casaco de arlequim laranja. Ao seu lado, John parece praticamente fúnebre. Camisa branca, casaco verde-escuro. Ambos já amarrotados, claro. E o cabelo. Ainda está úmido do banho, mas já fugindo ao controle. Sou tomada por uma ânsia louca de passar as mãos por ele. Dar um jeito naqueles cachos, pelo menos afastá-los dos olhos. Imagino qual seria a aparência caso fossem aparados. Se bem que gosto deles compridos. Além do mais, se fossem mais curtos, poderiam ficar mais revoltos ainda, e...

Ele ri para mim e percebo que estive encarando-o por tempo demais. Fico vermelha e me viro para Humbert.

— Desculpe se os deixei esperando.

— Vejo que valeu a pena — troveja ele. — Fico feliz porque você decidiu usar o vestido que foi mandado.

Bem, não que ele tenha me dado muita escolha.

— É lindo — digo.

— Não é mesmo? Pertence à duquesa de Rotherhithe, uma amiga querida. Ela e sua família vieram se hospedar num verão e trouxeram dez baús cheios de vestidos. Ela deixou esse e vários outros para trás. Duvido que ao menos tenha notado que estavam faltando.

Remexo-me, desconfortável. Conheço a duquesa. Ela e sua filha são amigas íntimas da rainha Margaret. Eu servi o jantar para elas uma vez, e ambas foram medonhas. Pior ainda, a neta dela é Cecily Mowbray, uma das novas amigas de Caleb. Não gosto da ideia de usar as roupas dela, não importando o quanto sejam bonitas.

— Está vendo este pássaro aí no corpete? — continua Humbert. — É o símbolo da Casa de Rotherhithe, bordado com fio de prata verdadeira. Estremeço só de pensar no custo. Mas a duquesa não é muito econômica...

A menção ao pássaro provoca minha lembrança.

— Desculpe interrompê-lo, senhor... — Percebo que não sei como me dirigir a ele.

— Pode me chamar de Humbert.

— Claro, Humbert. Mas acabo de me lembrar de uma coisa. John... — Viro-me para atrair a atenção dele, mas vejo que já a tenho. — ...você mandou Horace de volta ao seu pai? Dizendo que estamos bem? Não quero que ele se preocupe.

George e Fifer trocam um olhar.

— Mandei, sim — responde John. — Obrigado por lembrar. — Então ele passa a mão pelos cabelos e eu noto como seus olhos estão verdes esta noite. Em geral são mais castanhos do que verdes, cinzentos nas bordas, com um pouquinho de dourado no meio e...

— *Elizabeth* — trombeteia Humbert, arrancando-me do devaneio. — Espero que goste do que preparamos esta noite. Sei que você é especialista em cozinha da corte.

Um par de serviçais entra carregando várias bandejas. Pão branco e fino, carne salgada, tortas de frutas, queijo e, imagine só, um basilisco — um prato que combina metade de um animal com outro antes de ser assado e enfeitado.

Eles eram bastante comuns na corte; Malcolm, em particular, adorava. Seus cozinheiros tentavam superar uns aos outros através de combinações cada vez mais ultrajantes: corpo de frango, cauda de castor; cabeça de cervo e traseiro de javali. Este é meio pavão e meio cisne: branco como neve e de pescoço longo na frente, de um turquesa brilhante e emplumado atrás.

— E então? — pergunta Humbert. — O que acha destezinho?

Inclino-me e o examino com atenção.

— É muito bom — respondo. As penas brancas do cisne se fundem às do pavão sem emendas, sem sinal da costura cuidadosa por baixo. Essa é a parte mais difícil de apresentar num basilisco, fazer com que as penas ou pelos pareçam certos. É a diferença entre querer comê-lo ou fugir dele.

Quando os empregados reaparecem e levam os pratos, estou lutando para manter os olhos abertos. Estou exausta da caminhada, cheia de vinho e basilisco, e com uma dor de cabeça medonha de tanto Humbert gritar ao meu ouvido o tempo todo. Estou pensando em pedir licença quando ele recomeça a falar.

— A Décima Terceira Tabuleta — berra Humbert. — Ser amaldiçoado logo por isso! E que coisa difícil de se encontrar! — Ele balança a cabeça, serve sua quinta taça de conhaque. Juro, ele bebe mais do que George, e isso quer dizer muito. — Você realmente não faz ideia de onde ela possa estar?

— Não — respondo. — Realmente não sei.

Ele me olha cheio de expectativa.

— Então acho que a próxima pergunta é: o que você quer *fazer* em relação a isso?

Todos ficam em silêncio. Sinto os olhares em mim. Há uma respiração coletiva, como se estivessem esperando que eu fizesse uma proclamação súbita, como se eu fosse alguma porcaria de profetisa numa montanha.

— Não sei — respondo.

O desapontamento é palpável.

— Eu poderia sair amanhã — continuo, porque não suporto mais o silêncio. — Vocês sabem, dar uma volta por aí. Não conheço a região, por isso vou precisar de um mapa, mas que mal pode fazer? A não ser que você ache melhor eu ficar parada, creio que...

— *Não!* — uiva Humbert. — Isso não vai servir! É uma profecia, Elizabeth. Não pode haver adivinhação. Nem embromação, nem hesitação. Nem vacilação! — Ele bate o punho na mesa. — Você deve ser resoluta! Independentemente do que acontecer, precisa sentir suas decisões, querida. Conhecê-las. *Aqui.* — Ele bate o punho no peito.

— Além disso — diz George, revirando os olhos para Humbert. — Você não pode simplesmente sair andando por aí, principalmente com aqueles guardas procurando por você.

— Então o que devemos fazer até Peter chegar? — pergunto.

— Dormir? — murmura Fifer.

— Por enquanto acho que eu poderia mostrar minha catedral a vocês — diz Humbert.

Fifer se levanta abruptamente e começa a se espreguiçar. John lança-lhe um olhar de reprovação, o qual ela ignora. Eu também preferiria subir para o quarto e dormir, em vez de ser arrastada para alguma peregrinação noturna medonha. Mas realmente não posso resistir.

— Parece ótimo — digo. Fifer me lança um olhar terrível. Humbert ri de orelha a orelha.

— Não sabia que você tinha uma catedral — diz George.

— Ah, bem. Não é de fato uma catedral — retruca Humbert. — É só como eu gosto de chamá-la.

— O que é, então? — pergunta George, contendo um bocejo educadamente. — Por acaso não é uma latrina, é? Ou uma adega de vinhos? Qualquer uma das duas opções seria ótima agora...

— Certamente não, meu rapaz. A catedral é onde guardo todos os meus artefatos.

— Artefatos? — O bocejo de George aumenta.

— Ah, sim. É uma tremenda coleção. Naturalmente eu a mantive em segredo. Tenho livros de feitiços, grimórios, instrumentos alquímicos e outras coisinhas, até um alambique que já pertenceu a Artephius em pessoa! Um punhal feito de osso de baleia e algumas outras armas raras. Devo dizer que até certo ponto sou um especialista. Tenho lanças, cajados, espadas e facas...

— Espadas? — Fifer gira. — Facas?

Humbert parece surpreso.

— Não sabia que você se interessava por armas, querida.

— Claro que me interesso — responde Fifer.

John levanta as sobrancelhas.

— Desde quando?

— Desde agora. — Fifer dá de ombros. — Nunca se sabe quando a gente vai precisar se defender. — Ela me lança um olhar maligno. — É como Nicholas sempre diz: há inimigos em toda parte.

HUMBERT NOS CONDUZ PARA FORA da sala de jantar, voltando ao corredor com piso xadrez. Vai direto até o maior retrato, o de Vênus e Cupido que eu admirei ao chegar. Na parte inferior da pintura há um par de máscaras, com olhos vazios espiando a distância. Ele estende a mão e enfia o dedo nos buracos dos olhos, e eu ofego — *Há mesmo um buraco na tela desta pintura inestimável?* — então escuto um estalo minúsculo. Do outro lado do corredor uma porta se abre, só uma fresta. Fico impressionada. A porta é minúscula, estreita; as emendas tão disfarçadas pela parede esculpida de modo intricado que são quase invisíveis. É isso ou estou perdendo o jeito.

Humbert atravessa o corredor e empurra a porta, silenciosa com suas dobradiças bem lubrificadas.

— Venham então. — Ele sinaliza para entrarmos. Fifer passa primeiro, seguida por George. Vou logo atrás dele. Mas o que vejo do outro lado me faz parar. Uma escada estreita descendo para a escuridão. John passa pela porta, olha para a escada, depois para mim.

— Humbert, acho que Elizabeth e eu vamos esperar aqui em cima...

— Não, tudo bem — digo a ele.

— Tem certeza?

Confirmo com a cabeça. Estou um pouco curiosa para ver a coleção de Humbert. E mais do que um pouco curiosa para ver o que Fifer está aprontando. Acho que ela vai tentar roubar uma das armas de Humbert. Ela não pode me machucar, claro, mas estou preocupada com a ideia de Fifer colocar as mãos em qualquer coisa. A última coisa de que preciso é que ela machuque John, George ou a si numa tentativa idiota de protegê-los contra mim.

Olho para John.

— Vem comigo?

Ele assente, e juntos começamos a descer pela escadinha. Em seguida Humbert se espreme pela porta, trancando-a depois de passar. Minhas mãos começam a suar imediatamente.

— Sinta-se livre para cantar quando quiser — sussurra John. Tento rir, mas o som mais parece um gemido.

Quando chegamos lá embaixo, noto imediatamente por que Humbert chama o lugar de catedral. É uma grande sala circular com teto em arco, abobadado, mais alto do que a largura do cômodo. Uma curva da parede é feita totalmente de vitrais; outra curva abriga um armário enorme. O restante das paredes é forrado de prateleiras atulhadas com objetos, todos cheios de movimento. Frascos que borbulham e sibilam. Relógios que tiquetaqueiam e zumbem. Globos que giram e rodopiam. Livros empilhados; alguns encadernados em couro, outros com folhas soltas e amarrados com barbantes. Os instrumentos que ele mencionou estão espalhados por todo lado: tigelas, cadinhos e pilões, balanças, pacotes de ervas e frascos com vários pedaços de animais flutuando em soluções, tais como peixes grotescos num aquário. No centro de tudo há uma fornalha de tijolos, com um minúsculo fogo azul dançando ali dentro.

— Bom, não fiquem aí parados — diz Humbert. — Deem uma olhada.

George vai examinar os globos que giram, enquanto Fifer e Humbert partem diretamente para o armário. Deve ser onde estão as armas. Faço menção de segui-los, mas John me arrasta para a fornalha. Há vários frascos de vidro em suportes acima do fogo, cheios de líquidos coloridos borbulhando.

— O que é isto? — pergunto.

John examina o frasco maior, com líquido vermelho escuro fervente.

— Aqua vitæ, pelo que parece.

Levanto as sobrancelhas.

— Humbert é alquimista?

John sorri.

— Bom, ele não está tentando transformar chumbo em ouro nem nada. Só está fazendo vinho. Ou melhor, está fazendo um vinho mais forte. Aquele frasco ali — ele aponta para um menor, cheio de líquido laranja — é conhaque. Vai estar forte a ponto de derreter a tinta das paredes quando ele tiver terminado. — Ele observa o líquido borbulhar, depois estende a mão e diminui a chama. — No entanto não faz sentido querer derreter as entranhas.

Rio, depois me lembro do livro que John estava lendo na noite em que adormeceu no meu quarto.

— Você também é alquimista?

— Não exatamente. Mas estou pensando em estudar alquimia na universidade, no ano que vem.

— Onde? — A alquimia é próxima demais da magia para ser permitida na Ânglia.

— Provavelmente na Ibéria. Ou talvez na Úmbria. Não sei. Ainda não decidi.

— Então não vai haver aprendizado de pirataria para você?

Ele gargalha.

— Não, se bem que meu pai adoraria. Ele vem tentando me convencer a fazer isso desde antes de eu aprender andar.

— Não adiantou?

— Não. Quero dizer, tudo bem. É só porque prefiro curar.

— Há mais garotas no ramo da pirataria — observo.

Ele funga.

— É. Porque eu só quero saber de garotas. — Dou mais uma risada. John indica a prateleira cheia de partes de animais. — Quer dar uma olhada?

Confirmo com a cabeça, e nós dois vamos até lá, aí começamos a tirar frascos das prateleiras.

Leio o rótulo num frasco contendo o que parecem ser minúsculas passas cinzentas.

— Cérebros de camundongo!

— Ah, isso é bom. — Ele olha com atenção, depois estende um frasco para eu ver. — Olhe este.

— Olhos de sapo — digo. — Veja todos eles. Encarando a gente. São tão...

— Julgadores?

Começo a rir. Ele guarda o frasco de volta e pega um maior, este com alguma coisa amarela e molenga.

— Pâncreas de vaca. — Enrugo o nariz.

— Eca, parece queijo.

— Acredite, você não iria querer ter isto derretido em cima de nada — digo. E então estamos os dois gargalhando, e aí nos olhamos, e de repente o espaço entre nós parece muito pequeno e eu fico meio empolgada... até que me lembro do que George contou. Sobre a mãe e a irmã dele. Aí a empolgação vira uma coisa totalmente diferente, e eu dou um passo atrás.

Aparentemente John não nota. Simplesmente continua tirando frascos das prateleiras e os examinando, completamente fascinado. Provavelmente eu deveria sair. Ver o que Fifer está aprontando. Olho para ela, que está com Humbert perto do armário de armas — *Veja só todas estas armas!* —, concentrada numa conversa. George continua perto dos globos, tendo o cuidado de fingir que não está me vigiando, o que só faz deixar a intenção dele mais óbvia. Sem dúvida eu deveria sair daqui.

— Como foi que você virou curandeiro? — pergunto em vez disso.

John guarda o frasco que estava segurando com cuidado — intestinos de ovelha — e *se vira para mim*.

— Minha mãe era curandeira. Tinha uma botica perto da nossa casa em Harrow. Quando meu pai não estava me arrastando para o mar, eu a ajudava. Às vezes minha irmã também ajudava, mas em geral estava ocupada demais arranjando encrenca com Fifer para ser útil em alguma coisa.

Ele sorri um pouco.

— De qualquer modo — continua —, quando eu estava com uns 9 anos, ela suspeitou que eu também tivesse o dom da magia para ser curandeiro. Assim um dia ela me levou à loja e pediu para eu fazer poções para dois pacientes. Um tinha febre verde, o outro; fogo-selvagem. Uma doença de pele muito desagradável — acrescenta ele em reação à minha sobrancelha erguida. — E então ela saiu.

— Saiu? — Sinto meus olhos se arregalando. — O que você fez?

— Entrei em pânico, claro. — Ele sorri. — Eu vinha ajudando durante anos, mas jamais tinha preparado uma poção sozinho, e nunca nada tão complicado. Não tinha ideia do que fazer. Não conseguia alcançar as prateleiras sem usar uma escada. Nem sabia acender a fornalha. Tive certeza de que iria incendiar a loja ou, se não fosse o caso, transformar uma poção em veneno e matar os pacientes, e aí eu teria de conviver com isso para sempre. Mas então... — Ele deixa no ar, olhando o teto por um instante, perdido em pensamentos.

— O quê?

— Eu simplesmente sabia o que fazer. — Ele se vira para mim outra vez, os olhos brilhantes. — É difícil explicar. Mas havia alguma coisa na loja, o cheiro das ervas, no modo como a luz passava pelas janelas empoeiradas, naqueles frascos, livros e instrumentos. — Ele indica as prateleiras à nossa frente. — A magia tomou conta e me disse o que eu precisava fazer.

Fico calada por um instante, encantada com a ideia de ser acometida, dominada e guiada por um dom capaz de lhe dizer, com toda certeza, quem você é e qual é a sua missão.

— Parece ótimo — comento, e fico surpresa ao ver que falo sério.

— Mas eu não achei ótimo. — Ele ri um pouco. — A loja ficou um desastre. Havia ervas, raízes e pó por todo o balcão, no chão; quebrei pelo menos três frascos, de modo que também havia cacos de vidro para todo lado... A manga da minha camisa pegou fogo quando acendi a fornalha, por isso me molhei com água de rosas. Fiquei coberto com pétalas molhadas... Acho que fiquei parecendo um lunático.

Começo a rir também.

— E agora sou só eu — diz ele, então paro de rir. — Pensei em abandonar tudo, mas a magia não é uma coisa que se possa simplesmente abandonar. Além do mais, alguém precisava prosseguir com o legado depois que ela... — Ele se vira para o outro lado, ocupando-se de novo com os vidros.

Fico quieta por um minuto, sem saber o que falar.

— George me contou o que aconteceu — consigo dizer finalmente. — Sinto muito. Sei como você se sente.

E sei mesmo. Eu gostaria de poder dizer alguma coisa para consolá-lo. Mas na verdade não há nada. Eu poderia dizer que o que passou, passou, mas sei que isto jamais bastaria para alguém como ele. John é um curandeiro. Conhece a diferença entre uma bandagem e a cura.

Ele vira-se de volta para mim e confirma com a cabeça, como se soubesse o que estou pensando. Durante um minuto nos entreolhamos, os dois em completo silêncio. A empolgação que senti antes volta num ímpeto. Eu deveria sair dali. George quereria isto. Eu também deveria querer.

Só que não quero.

Ouço alguém pigarrear e dou meia-volta. Humbert está sorrindo para nós, no entanto Fifer está olhando com cara feia, e George simplesmente balança a cabeça.

— Preciso beber alguma coisa — murmura ele.

Humbert vai até o vidro com o líquido laranja e o tira do suporte.

— Tenho a coisa certa.

O DIA SEGUINTE PROSSEGUE SEM nenhuma notícia de Peter. Estou ansiosa para começar a busca pela tabuleta — ou melhor, da coisa que vai me levar à tabuleta —, mas Humbert é totalmente contra sairmos por aí sem a proteção de Peter. Está preocupado com os guardas; está preocupado conosco, em particular comigo: "a coisinha frágil", como me chama.

Não pressiono. Não porque esteja preocupada, mas porque não sei o que fazer. Passei a manhã com John, caminhando pela propriedade de Humbert, espiando a quantidade interminável de cômodos, mas não descobri nada.

Não creio que a coisa que necessita encontrar esteja aqui, pelo menos não na casa. Não é tão simples assim. Se tem a ver com Blackwell, não pode ser simples. De qualquer modo, não vou encontrar se Peter e os outros não pararem de andar atrás de mim. Preciso descobrir um meio de procurar sozinha.

À noite, depois de jantarmos, vamos para a sala de estar de Humbert. Ele convoca um músico de algum lugar, provavelmente do século passado, pela aparência do sujeito. Esquelético, cabelo branco e ralo, mãos ossudas segurando um alaúde. O sujeito se acomoda na borda de uma cadeira e começa a tocar uma música empoeirada.

George e Humbert, numa cena absurda, começam a dançar. Fifer passeia de um lado a outro diante da janela, observando as luzes espectrais que vi na noite em que chegamos; só que hoje elas estão verdes, em vez de vermelhas. De vez em quando ela olha para John, murmura alguma coisa e depois volta à janela.

O músico continua a tocar, mais errando do que acertando as notas. Olho para John, sentado na cadeira diante de mim. Sua cabeça está inclinada para trás, os olhos fechados, uma expressão de dor intensa. Por fim ele baixa a cabeça e percebe que está sendo observado.

Socorro, articula ele sem som.

Encosto a mão na boca, contendo um riso. Ele ri também e aponta para a porta. Concordo com a cabeça. Ele descruza as pernas compridas, levanta-se da cadeira e sai da sala. Espero o máximo que consigo aguentar, trinta segundos mais ou menos, e faço o mesmo. Ele me aguarda no corredor xadrez, diante de uma ampla porta dupla com painéis de vidro colorido. A biblioteca. É a única sala que não pudemos visitar de manhã, já que estava fechada para limpeza e arrumação.

— Nossa, aquilo estava completamente medonho. — Ele aponta para a porta. — Quer entrar?

— Não vamos arranjar encrenca?

— Acho que não vai ter problema — diz ele. — Além disso, qual é a pior coisa que poderia acontecer? Não creio que Humbert vá nos encarcerar.

— Não percebi que você era tão encrenqueiro — digo, mas estou sorrindo.

— Você não faz ideia. — Ele sorri de volta. — Venha. Quero mostrar uma coisa. — Ele encosta a mão na porta, e, com um rangido forte, ela se abre. — Você na frente.

Entramos numa sala enorme, cavernosa, tão larga quando alta, com paredes de pedra abobadadas cheias de estantes de carvalho lotadas de livros. O piso é de reluzentes ladrilhos verdes e azuis, arrumados num complexo padrão geométrico. O teto é uma cúpula de vidro, aberta para o céu estrelado, como um óculo.

Mas é a enorme árvore no centro da sala que atrai mais atenção. Ela brota do piso, uma coisa gigantesca, o tronco com pelo menos

1,50 metro de diâmetro, os muitos galhos desfolhados se estendendo como braços para o céu noturno.

— Era isto que você queria mostrar?

John assente. Está me observando com atenção.

— Como você sabia que isto existia?

— Meu pai me contou a respeito — diz ele. — Mas achei que ele estivesse exagerando.

Vamos em direção à árvore, as pisadas ecoando no chão de ladrilhos. Não dou mais do que alguns passos quando a sala escura irrompe em luz, as velas nos muitos candelabros presos à parede se acendendo de súbito. Encolho-me um pouco.

— É só um feitiço — diz John. — As luzes se acendem quando a sala está segura. Se ela pressentir perigo, elas se apagam. Ou não se acendem. Sistema de segurança, eu acho.

— É uma biblioteca — observo. — Por que precisa de segurança?

— Porque é uma biblioteca com uma árvore muito mágica dentro.

— A árvore é mágica? — Agora estamos diante dela. De perto possui uma curiosa cor cinzenta e é totalmente desprovida de casca. Quase parece osso.

Ele faz que sim com a cabeça.

— Se Humbert recebesse visitas, digamos a tal duquesa amiga dele, e elas por acaso entrassem aqui... — Ele dá de ombros. — Provavelmente é por isso que a biblioteca estava fechada hoje cedo, para que Bridget pudesse reabastecer o feitiço. Ela é feiticeira, você sabe.

Fico surpresa, mas acho que não deveria.

— O que ela faz? — pergunto finalmente. — Quero dizer, a árvore.

— Ah. — John passa a mão pelo cabelo. — Não sei exatamente.

— Mas algo em sua expressão me diz que ele sabe.

De repente quero tocá-la. É ousadia; até mesmo idiotice desejar algo que tenha a ver com magia, especialmente perto de John. Mas quero ver o que ela faz. E como aquelas luzes encantadas parecem achar que não sou uma ameaça, talvez eu não o seja mesmo.

Estendo a mão, hesitando, toco o tronco cinza envelhecido. Sinto a lisura da madeira sob a mão. A árvore estremece levemente sob minha palma e, emitindo um som parecido com o de fósforos sendo riscados, ela explode para a vida. Folhas nascem, brotam e depois se desenrolam, milhares — até mais — em tons de verde, tão brilhantes e vibrantes que não parecem de verdade.

Ofego com surpresa, depois começo a rir. As folhas continuam a surgir furiosamente, espalhando-se pelos galhos até que a árvore outrora morta parece tão viva quanto num dia de verão. Viro-me para John.

— Por que ela fez isso? — pergunto. — O que significa?

John passa a mão pelo cabelo.

— Elas... não sei. — De novo, algo em sua expressão me diz que ele sabe.

— O que aconteceria se você a tocasse?

Ele desvia o olhar e não responde. Eu poderia jurar que ele está ficando vermelho.

Mas não deixo para lá.

— Vai, encosta a mão nela.

Ele me lança um olhar: meio chateado, meio divertido. Depois de um momento levanta a mão e toca o tronco. A princípio nada acontece. Mas então, com um estalo súbito e um fraco farfalhar de folhas, um pássaro minúsculo aparece num dos galhos mais altos. Abre o bico e solta um chilreio absurdamente alto. John fecha os olhos, parecendo aliviado e sem graça ao mesmo tempo.

Começo a rir. Não consigo evitar.

— Agora você precisa contar — peço. — Com certeza você sabe. Eu sei que...

Então o pássaro fica quieto, para de cantar. E sem aviso as velas nos castiçais se apagam, mergulhando a sala praticamente na escuridão. Sem pensar, agarro o braço de John, giro-o e puxo-o comigo para trás da árvore.

— Não se mexa — sussurro.

— Certo. Mas... o que você está fazendo? — Ele está com as costas encostadas no tronco, e eu estou abraçada a ele, os dedos mergulhando na frente de sua camisa. Ele está tão perto que sinto seu cheiro: limpo e quente, lavanda e especiarias.

— Eu... você disse que as luzes se apagam se a sala não estiver em segurança — digo, e agora sou eu que fico ruborizada.

— Ah. — Seus lábios se repuxam num sorriso e eu espero por uma brincadeirinha, por uma vingancinha por tê-lo feito tocar na árvore. Mas ele não faz nada disso. Seu sorriso desaparece, e ele simplesmente me olha. Seu olhar vai dos meus olhos aos meus lábios, demora-se ali, depois volta para os olhos. Retribuo e, por um momento, acho que ele quer me beijar. Sinto um calor feroz quando penso nisso, um calor que dá lugar a uma onda de frio de puro medo.

Afasto-me dele. Dou um passo atrás, dois. John não se mexe, não tenta me impedir. Mas também não afasta o olhar do meu. Sustenta-o; e, depois de um longo momento, simplesmente confirma com a cabeça. Ele conhece a finalidade das ervas que estavam em minha posse quando fui presa, sabe para que as utilizei. Ocorre-me que talvez ele tenha deduzido muito mais do que isso.

Então a porta da biblioteca se abre com um estrondo, ecoando pela sala silenciosa, como um tiro. Fifer vem até nós num redemoinho de cabelos ruivos e indignação.

— Aí vem o perigo — murmura John.

— Ah, não! O que está rolando aqui exatamente? — Ela põe as mãos nos quadris e bate o pé. — Escondidos em recantos escuros e sombrios, é?

John revira os olhos.

— Não estamos escondidos.

— E não está escuro. Nem sombrio — acrescento. Só que está. Fifer me olha furiosa; John baixa a cabeça e ri baixinho. Uma mecha desgarrada de cabelos cai em sua testa, e sinto aquela ânsia de afastá-la.

— Está precisando de alguma coisa? — John olha para Fifer. — Você parece bem perturbada.

— Perturbada — berra Fifer. Há uma forte agitação de folhas acima dela, e o passarinho solta um pio alto, indignado. — Aquilo é um pássaro? — Fifer aponta como se o bicho fosse um dragão. — O que ele está fazendo aqui? E por que a árvore está cheia de folhas?

— Não sei nada sobre as folhas — respondo, um pouco alto demais. — Nós só entramos aqui para olhar as luzes. — Aponto para a chuva de fagulhas verdes que brilham através do óculo no teto.

John se encolhe.

— É. As *luzes*. — Fifer se vira para ele. — Precisamos conversar sobre isso.

— Não precisamos, não — responde ele, subitamente parecendo cansado.

— Precisamos sim. Você sabe o que isso significa. A profecia...

— Não é isso que significa.

— O que tem a profecia? — pergunto.

— É o que você diz — continua Fifer, me ignorando. — Mas e se você estiver errado?

— Não estou errado — contra-ataca John. — Você não está pensando direito...

— Ah, por favor! Você é que está com a cabeça nas nuvens desde que... — Ela para diante do olhar de alerta de John. — Ótimo. Mas por que outro motivo estamos aqui se não por isto? Não é para andar por aí sem objetivo ou ficar remexendo na catedral de Humbert, e certamente não é para ficar escondido em bibliotecas embaixo de árvores com garotas, fazendo *passarinhos*...

— Já chega, Fifer.

Os dois se entreolham irritados.

— Ótimo. Mas você precisa vir comigo agora, de qualquer modo — diz Fifer. — Humbert precisa de você. Tem algo a ver com um tônico para aquele guardião de cripta que toca alaúde.

— Você é mesmo doce como um veneno, sabia?

Ela mostra a língua para ele.

Acompanhamos Fifer de volta à sala de estar. O alaudista está caído no divã, as mãos cruzadas no colo, respirando com dificuldade. George senta-se ao lado dele, os lábios comprimidos como se estivesse lacrando um riso.

John pisca.

— O que aconteceu?

— Ele ficou meio enfeitiçado, só isso — grasna Humbert. — Foi transportado pela beleza da própria expressão artística.

John se esforça para não sorrir.

— Eu cuido disso.

— Vou para a cama agora — anuncia Fifer. E sai da sala pisando firme, quase colidindo com Bridget, que entra, trazendo uma bandeja de chá. Coloca-a na mesa e começa a servir.

Fifer para junto à porta. Vira-se. Olha para o chá, para John e de volta para o chá.

— Vai precisar da sua bolsa, John? — pergunta ela. A voz agora está gentil, solícita... e totalmente diferente do estilo dela. John não parece notar. Está ocupado demais atendendo ao alaudista.

— Ah, vou. Obrigado.

Fifer sai para o corredor e volta alguns minutos depois, carregando a bolsa. Coloca-a diante dele e sorri.

— Talvez eu beba um pouco de chá, afinal de contas. — Em seguida vai até a mesa. Para junto da bandeja. Estende a mão para uma xícara, mas não a pega. Repete o gesto. O que está acontecendo com ela? Está agindo de modo estranho, mesmo para Fifer. — Pensando bem, acho que não vou querer, afinal de contas. Vejo vocês de manhã. — E sobe a escada correndo, o cabelo ruivo voando.

— *Que garota doce* — troveja Humbert.

Não é não. E estou desconfiada. Já vi garotas nos aposentos das criadas agindo assim. Em geral porque estão com um rapaz escondido no quarto e têm medo de ser pegas. Isso não está acontecendo aqui, claro, mas o que quer que Fifer esteja aprontando, com certeza é muito pior do que um rapaz escondido embaixo de seu colchão.

Levanto-me.

— Vou para a cama também.

John me olha.

Sortuda, articula ele.

Sorrio e tomo a escada, indo direto para o quarto de Fifer. Paro diante da porta, a mão na maçaneta. Não prossigo. Talvez eu não queira saber o que ela está fazendo. Talvez as coisas entre nós piorem se eu tentar descobrir. E as coisas já estão bastante ruins.

No segundo em que me afasto da porta ela se escancara e Fifer me puxa para o quarto. Bate a porta e me empurra contra ela, apontando para mim uma arma do armário de Humbert: aparentemente uma adaga tripla acionada por molas. Segura-a junto à minha garganta.

— Você ao menos sabe usar isto? — pergunto.

— Cala a boca. Por que estava espreitando na minha porta?

— Achei que você estivesse aprontando alguma coisa. Queria ver o que era.

Fifer cutuca meu pescoço com a lâmina outra vez.

— *Você* não precisa suspeitar de nada da *minha* parte.

— Mas tem alguma coisa acontecendo, não tem? Lá fora, com as luzes espectrais. E o chá lá embaixo. O que é?

Ela se afasta e começa a andar de um lado a outro, murmurando sozinha.

— Será que devo contar? Não. Mas a profecia... e não posso exatamente aparecer com uma maníaca sedenta de sangue...

— Não sou uma maníaca sedenta de sangue.

— Cala a boca.

— Aparecer onde?

— Eu mandei se calar.

Ela vai da porta até a janela, vai e volta, roendo uma unha. Finalmente se vira para mim.

— Não gosto de você.

— Deu para notar.

— E não confio em você. Mas a profecia parece achar que eu deveria.

— O que isso quer dizer?

Fifer vai até a cama, pega um pedaço de pergaminho dentro da bolsa e coloca na minha mão. Reconheço-o imediatamente. É a profecia de Veda.

— Leia o terceiro verso.

— *Na terceira noite de inverno vá ao subterrâneo verde. O que o segura na morte vai levá-la ao número treze.* — Devolvo-o. — O que é que tem?

Ela me encara por um momento.

— Vou te contar uma coisa, mas preciso que você escute antes de dizer qualquer coisa. Você consegue?

De algum modo não creio que eu vá gostar do que vou ouvir. Mas confirmo assim mesmo.

— Noite de inverno. Nicholas, John, todo mundo acha que é uma data importante. A terceira noite depois do solstício de inverno, daqui a uma semana. Mas acho que é outra coisa. — Ela faz uma pausa. — Noite de inverno não é só uma data importante. Também tem uma festa.

— Uma festa — repito.

Ela assente.

— Acontece todo ano. Em lugares diferentes, em ocasiões diferentes. Dura três noites. Por acaso a deste ano é em Stepney Green. O mesmo lugar para onde Nicholas mandou a gente. E está vendo aquelas luzes? — Ela aponta pela janela, para as luzes verdes que piscam à distância. — Não são luzes espectrais. São luzes ninfas. Mandadas para o ar toda noite durante a Noite de Inverno. A primeira noite é púrpura, a segunda vermelha e a terceira verde. *Na terceira noite de inverno vá ao subterrâneo verde.* Entendeu?

— Acho que sim — respondo. — Mas Veda não disse nada com relação a ir a uma festa.

Fifer estreita os olhos.

— O que você é agora, especialista em vidência, é?

— E você é?

— Por acaso sou. É minha especialidade. — Ela diz isso com uma certa altivez.

— Deixe-me adivinhar — digo. — Você queria que John fosse a essa tal festa, e ele não quis ir. Era por isso que você estava brigando com ele enquanto vínhamos para cá. É por isso que ele estava com tanta raiva esta noite.

Fifer dá de ombros.

— Ele acha que é uma possibilidade muito remota. Acha que eu só quero ir à festa e que estou usando a profecia como pretexto.

— E está?

— Se estivesse não iria contar a você — argumenta Fifer.

Ignoro o comentário.

— Que tipo de festa é?

— Só uma pequena reunião. Bem, talvez não tão pequena. Um pouco de comida, de bebida, um monte de caos. É divertido. Todo mundo vai.

— Todo mundo? — Não gosto disso. — Quem é todo mundo?

— Feiticeiras, claro. Magos. Assombrações, bruxas, demônios... na maioria da variedade não perigosa, mas nem sempre. Espíritos. Nós tentamos mantê-los de fora, mas você sabe, isso pode ser difícil. Nem sempre notamos que eles estão lá, até que seja tarde demais.

— Está dizendo que quer que eu vá?

— Claro que não quero que você vá — reage Fifer rispidamente. — Acha que eu quero levar uma caçadora de bruxos a um lugar assim? Você é mais insana do que eu imaginava.

— Não sou insana. Não vou machucar ninguém.

Ela me ignora.

— Não *quero* que você vá à festa. Mas depois de ouvir o que eu falei, se você sente que pode *encontrar* alguma coisa lá... — Noto a ênfase na palavra — ... não posso impedi-la.

Estou quase dizendo para ela esquecer. John tem razão: é uma possibilidade remota. Todas as palavras fazem sentido, mas tenho dificuldade para acreditar que a profecia de Veda implica apenas um convite a uma festa.

No entanto... há um tom de verdade naquilo. No mínimo são muitas coincidências. E Blackwell sempre diz que não existem coincidências.

— É — concordo. — Acho que deveríamos ir.

Fifer fica quieta. Então seus olhos se fecham numa expressão que quase parece de alívio.

— Isso foi bom — diz ela, finalmente. — Muito decisivo. Eu poderia dizer que você sentiu de verdade. *Aqui*. — Ela bate no peito, imitando Humbert.

— Sem vacilação — concordo, e quase a vejo sorrir. — O que vamos fazer em relação aos outros? — pergunto. — Se John, que não quer que você vá, descobrir que nós duas fomos... e aí?

Uma expressão de culpa atravessa o rosto de Fifer.

— Essa é a outra coisa. — Uma pausa. — Eu droguei todos eles.

— Você *o quê*?

— Peguei uma coisa na bolsa de John e coloquei no chá.

— Isso é perigoso de verdade! Você não pode sair por aí colocando ervas na bebida das pessoas assim. Cada dose tem de ser medida com precisão! A quantidade necessária para apagar alguém do tamanho de Humbert bastaria para matar o coitado do George...

— Já envenenou um bocado de gente, não é?

— O quê? Não. Bem, mais ou menos. Mas esse não é o ponto.

Fifer balança a cabeça.

— Eles vão ficar bem. Meio grogues, talvez, mas eu sei o que estou fazendo. E por que você se importa com o que acontece a eles? Ou talvez você só se importe com o que acontece com uma pessoa em particular.

Sinto as bochechas ardendo.

— Não faço ideia do que você está falando.

Fifer dá um risinho de desprezo.

— Certo.

Dou-lhe as costas.

— Vamos logo. Não temos a noite inteira para conversar. — Vou até a janela e a abro. — Veja, há uma treliça aqui. Podemos escalar e descer.

— Espere aí — diz Fifer. — Não podemos ir vestidas desse jeito.

Olho nossas roupas. Mais vestidos da duquesa: o meu rosa-claro com brocado, o dela amarelo-mostarda e de veludo.

— Por quê?

— Porque você parece uma avó mofada. — Ela vai à cama e começa a remexer numa pilha de roupas. — Eu pensei na festa antes de sairmos e arrumei a bagagem com esse objetivo. Não consegui decidir o que usar, por isso trouxe algumas coisas. Aqui. — Ela pega um vestido e me entrega. — Vista isto.

É comprido e acompanha as formas do corpo, feito de seda branca, estampada com flores pequeninas, pretas, azuis e laranjas. A gola, os ombros e a cintura são enfeitados com contas brilhantes azuis e pretas. Nunca vi nada assim.

— É bonito — digo.

— Bonito demais para você, isso é certo. — Ela franze o nariz. — Bom. Joias. Cadê as que você usou no jantar daquela noite?

— No meu quarto.

Ela atravessa o corredor rapidamente e volta com os brincos e o anel de safira.

— Ponha isto. — Em seguida recua e me admira. — Adoro este vestido — sussurra ela, com uma expressão sonhadora. Depois faz uma carranca. — Se sujá-lo, vou matar você. Entendeu?

— Não vou sujar.

Fifer assente e começa a se vestir. Coloca uma blusa — uma coisa justa, preta, sem alças, mais como um corpete do que uma blusa —, uma saia preta longa e um par de botas pretas de cano alto. Olha-se no espelho, aprova o reflexo, vai até a janela e se inclina para fora.

— Por que a demora?

— O quê? — pergunto espantada. — O que é essa *coisa* sobre demorar tanto?

— Fica fria — diz uma voz lá fora. Uma voz masculina. *O que está acontecendo?* Ouço uma agitação de folhas, e a voz fica mais alta. — Você espera que eu largue tudo e venha correndo sempre que você chama?

— Exatamente — responde Fifer, afastando-se da janela. Num instante um rapaz passa pelo peitoril e pousa graciosamente ao lado dela.

— É ótimo ver você também. — Ele ri e lhe dá um beijo no rosto.

Certo, então Fifer não tinha um rapaz escondido embaixo do colchão. Mas tinha um escondido nos arbustos, o que é igualmente ruim. Por algum motivo fico tomada por um medo súbito, imenso.

— Schuyler, quero lhe apresentar uma pessoa.

Fifer pega o rapaz pelo braço e gira-o para me encarar. Respiro fundo. Eu já deveria saber, pela velocidade dele, pelo modo como saltou por uma janela a dois andares do chão. Mas são seus olhos que o revelam. No segundo em que encontram meu olhar: ferozes, duros e cientes — cientes demais. Reconheço o rapaz. Ou melhor, reconheço o que ele é.

Uma assombração.

E estou tremendamente encrencada.

OBSERVO-O, TENTANDO DESCOBRIR QUE TIPO de assombração ele é. Será o sétimo filho de um sétimo filho, relativamente inofensivo? Ou será que foi trazido de volta por feitiçaria, perigoso somente para quem seu necromante manda que seja? Ou será que é ressuscitado por maldição, com sepultamento em solo não consagrado e perigoso para todo mundo? Não sei. É difícil dizer só olhando.

A única coisa que sei, só de olhar, é que ele com certeza é o rapaz mais bonito — vivo ou morto — que já vi. Olhos azuis brilhantes, riso maroto, cabelo louro desgrenhado na altura do queixo. Parece ter uns 18 anos, mas poderia facilmente ter 118. Em geral os ressuscitados preferem usar roupas da época em que viveram, mas as dele são simples demais para fornecer alguma pista: calça preta, camisa preta, capa preta e comprida terminando num par de botas pretas muito gastas.

— Esta é Elizabeth — diz Fifer.

— Tudo bem, querida? — Schuyler estende a mão para mim, mas não a pego. Os ressuscitados podem saber muita coisa sobre uma pessoa só de tocá-las. Nesse sentido são como videntes, mas piores. Porque um único toque de um ressuscitado lhe garante acesso aos pensamentos e sentimentos da pessoa. Para sempre. E eu sei exatamente o que ele vai ver no segundo em que me tocar.

Fifer também sabe.

— Ande, Elizabeth. Aperte a mão dele. — Os olhos dela estão iluminados de ansiedade.

Mas que droga.

Dou a mão a ele.

— Prazer em conhecê-la. — Schuyler envolve meus dedos. Sinto sua força imensa até mesmo no aperto minúsculo que ele me dá. — Qualquer amiga de Fifer... — Ele para e semicerra os olhos para mim, com o olhar indo até minha barriga.

— Ele sabe.

Dou um passo involuntário para trás. O que ele vai fazer? Me atacar? Não tenho como me defender. Não tenho nenhuma faca nem espada, se bem que nada disso causaria dano algum a ele. O sal pode matar os ressuscitados recém-conjurados, mas, quanto mais tempo eles estiverem por aqui, mais indestrutíveis ficam. E a julgar pela força deste, Schuyler está por aqui há um bom tempo. Ele poderia rasgar minha garganta ou me desmembrar antes que eu pudesse soltar um grito.

Em vez de arrancar meu braço do corpo, Schuyler chega mais perto, espiando meus olhos. Fico olhando enquanto uma variedade de expressões atravessa seu rosto. Ele franze a testa, levanta as sobrancelhas, franze os lábios, balança a cabeça. É como ver alguém lendo um livro. Pouco antes de rasgá-lo em pedacinhos.

Por fim, ele me solta e se vira para Fifer.

— Quer que eu a mate?

— Infelizmente não. Preciso dela.

— É? — Ele lhe dá um riso deliciado. — Conte.

Fifer conta tudo: a maldição de Nicholas, a profecia. A tabuleta. Caleb nos perseguindo até a casa de Veda, os guardas nos perseguindo até a casa de Humbert. A coisa que esperamos encontrar na festa.

Schuyler fica quieto por um momento.

— Por que você me chamou então se não quer que eu a mate?

Fifer parece afrontada.

— Como assim? Nós sempre vamos juntos a essa festa.

— Da última vez que me lembro, você disse que preferiria lamber veneno em uma privada a ir a algum lugar comigo novamente.

— Da última vez que *eu* me lembro, você disse que tinha mudado — dispara Fifer de volta. — Ou será que mentiu sobre isto também?

— Você sabe que é a única para mim, querida.

Fifer revira os olhos.

— Ótimo. Mas tem uma coisa. John não queria que a gente fosse, por isso precisamos voltar antes do amanhecer. Na verdade, bem antes do amanhecer...

— Então é melhor nos apressarmos. — Schuyler salta no parapeito da janela, os movimentos tão fluidos e rápidos que ele parece ter asas. Em seguida passa pela borda, deslizando como mercúrio na escuridão.

Giro para encará-la.

— Um ressuscitado? — pergunto. — Por que você chamou um ressuscitado?

— Você me ouviu. Nós sempre fomos juntos a essa festa. Além disso, não vou a lugar nenhum a sós com você. Preciso dele para me proteger contra você.

— Proteger você contra mim? — repito. — É como pedir a um lobo para protegê-la de um camundongo!

— Você ousa se chamar de camundongo?

— Deixa para lá! O que quero dizer é que ele é perigoso. Pode arrancar minha mão só porque eu a coloquei no bolso.

— Então é melhor manter as mãos onde ele possa ver.

Solto um gemido de frustração.

— Não vou ficar esperando o dia inteiro — grita Schuyler lá de fora. Dá para ouvir o tom de diversão em sua voz. Ele provavelmente escutou cada palavra que dissemos. Malditos ressuscitados. E maldita Fifer, por trazer um para cá.

Ela pega sua bolsa no chão e a pendura no ombro. Depois se vira para mim com um brilho malicioso no olhar.

— Só porque estou levando você a essa festa não quer dizer que mudei de opinião a seu respeito.

— E qual é ela?

— Que seria melhor você estar morta — responde Fifer enfaticamente. — Torturada, enforcada, queimada na fogueira. É o que você merece. Garanto que ninguém iria sentir sua falta.

Encolho-me diante do ódio em suas palavras, da verdade que há nelas.

— Mas até que encontre a tabuleta para Nicholas, é melhor que você esteja viva. E nas próximas horas é minha função mantê-la desse jeito. Sendo assim, quando chegarmos à festa, fique perto de mim. Seja agradável com as pessoas, mas não fale demais. Nem sobre magia, maldições ou, pelo amor de Deus, sobre caçadores de bruxos. Não diga nada sobre Nicholas nem que ele está doente. Não mencione Humbert. Ou John, por sinal, ou George.

— Talvez eu simplesmente não fale nada — murmuro.

— E faça o que fizer, fique longe de outros ressuscitados — continua ela. — Posso proteger você contra Schuyler, mas você viu a rapidez com que ele descobriu a seu respeito. Se algum outro perceber quem você é, não sei o que pode acontecer.

Eu sei. Já aconteceu uma vez com um caçador de bruxos. Ele tentou dominar três deles sozinho e acabou totalmente desmembrado, eviscerado. Nem restou muita coisa para enterrar.

— Está com medo? — Fifer dá um risinho.

— Vai querendo. Agora saia da frente. — Passo por ela e vou até a janela, subo no parapeito, algo difícil de se fazer usando este vestido, daí olho para o chão. Schuyler está parado abaixo de mim, rindo.

— Ande, camundongo. Este lobo não vai machucá-la.

Faço uma careta. Schuyler gargalha. Então pulo.

Com uma pancada surda, pouso em segurança nos seus braços. Ele me encara por um momento antes de me colocar no chão.

— Não é tão pesada quanto parece, não é?

Não sei o que ele quer dizer com isso, mas não há tempo para deduzir. Ele me coloca de pé e também apara Fifer, que salta da janela sem hesitar. Então nós três seguimos pela enorme propriedade de Humbert, em direção às luzes ninfas.

Andamos vários quilômetros, Fifer de um lado de mim, e Schuyler do outro. Estou me sentindo prisioneira. Uma prisioneira torturada, ainda por cima, já que sou obrigada a ouvir o flerte imbecil dos dois. Para um sujeito que anda por aí há tanto tempo quanto Schuyler provavelmente faz, seria de se imaginar que ele teria modos mais interessantes de se falar com uma garota.

— Onde você andou escondida, meu amor?
— Não andei escondida.
— Então porque não tenho visto você?
— Você sabe por quê.
— Não sei, não.
— Sabe sim.
— Não sei, não.

E continuam. Até que começo a devanear sobre diferentes modos de matá-lo. Estou na metade de um plano que envolve um galho de árvore, uma faca, um pedaço de corda e uma meia cheia de cascalho quando Schuyler se vira para mim.

— Então, Elizabeth. — O modo como ele diz meu nome fica parecendo "Elizabef". — Você é meio *bijoux* para uma caçadora de bruxos, hein?

Não faço ideia do que ele quer dizer, mas Fifer se inclina em volta de mim e dá um tapa no braço dele.

— Você acabou mesmo de dizer que ela bonita?
Ele dá de ombros.
— Ela é meio miudinha. Não parece capaz de machucar ninguém.
— Ela é uma assassina violenta, perturbada, lunática!
Schuyler gargalha.
— Eu também. Mas, mesmo assim, você me acha bonitinho.
— Não acho, não.
— Acha sim.
— Não acho, não.

Volto a tramar a morte dele.

Por fim, as luzes ninfas parecem mais próximas e mais brilhantes. Quando uma chuva delas irrompe no céu bem acima de nós, Schuyler solta um uivo e começa a correr.

Quando o alcançamos, ele está encostado numa árvore, com um riso enorme estampado na cara.

— Espero que esteja preparada, Elizabeth. Porque isto aqui é de arregalar os olhos. — Ele me pega pelos ombros e me incita a caminhar adiante. Respiro fundo. Não consigo evitar. Já vi muita coisa na vida. Mas nunca algo assim.

Em meio às árvores há um vale, como uma tigela no meio da floresta. Dentro, há uma variedade estonteante de pessoas, criaturas, magia. E de algum modo não está escuro ali. Está claro como um dia de verão: céu azul, salpicado de nuvens brancas e fofas e pássaros multicoloridos.

Não sei para onde olhar primeiro. Para as lindas mulheres nuas na beira do lago? Para a grama viçosa que cresce ao redor da água, salpicada de flores multicoloridas que sei que só crescem na primavera? Ou para as árvores de onde brotam limões, limas e figos, frutos que não crescem aqui?

A música paira no ar, linda, diferente de tudo que já ouvi. *E aquilo são borboletas?* Olho uma passar voando, as asas azuis de um brilho incomum, mesmo comparado ao céu de um azul inusitado. Fifer olha ao redor, assentindo com aprovação.

— Como isto está acontecendo? — pergunto.

— Ninfas — diz Schuyler, ainda rindo. — Adoro quando elas ficam encarregadas da decoração.

Descemos a colina. O vasto espaço abaixo está apinhado; há feiticeiras e magos em toda parte. De onde todos vieram? Não deveriam estar escondidos em algum lugar? Por que não estão com medo? E com tanta magia num lugar só, por que nunca ouvi falar nesta festa?

— Ninguém se preocupa em ser apanhado? — pergunto em voz alta.

Schuyler dá de ombros.

— Quem em sã consciência tentaria atacar esta multidão? — Ele parece relaxado, balançando-se nas pontas dos pés e olhado ao redor. Mas Fifer está cautelosa, olhando de mim para Schuyler, para a multidão e de volta para mim, como se tivesse medo de eu partir para o ataque.

— Calma, querida. — Schuyler se vira para ela. — Ela não vai começar a esfaquear ninguém, pare de se preocupar.

— É melhor não. Mas, se ela fizer isso... — Fifer me fita, com um brilho maligno no olhar — ... você tem permissão para despedaçá-la.

Schuyler pisca para mim e me joga um beijo.

Até que Fifer avista um grupo de pessoas conhecidas. Eles a notam também e acenam.

— Fifer, onde você andou se escondendo? — diz um rapaz, quando nos aproximamos. Tem cabelo escuro e um nariz que parece ter sido quebrado várias vezes. — Estávamos preocupados achando que tinha acontecido alguma coisa com você.

Fifer gargalha.

— Estou ótima, ótima. Só tentando passar despercebida.

— Estudando, imagino — diz outra garota, baixa e loura.

— Como estão as coisas? Ele está forte como parece? — indaga uma garota gorducha de cabelo castanho. Ela olha Fifer com admiração.

— Ele está bem? — pergunta outro rapaz. — Ouvimos boatos de que ele estava doente...

Fifer segura meu braço e me puxa.

— Não apresentei minha... amiga. — Ela quase engasga com a palavra. — Esta é Elizabeth. — E passa a contar uma história que me coloca como uma espécie de pateta: idiota demais para saber até recentemente que eu era feiticeira, idiota demais para esconder tal fato assim que fiquei sabendo. A única verdade que conta é que venho de Upminster, onde aparentemente eu passava o tempo vagando pelas ruas feito uma mendiga mágica idiota, até que Nicholas me resgatou.

Eles me olham com compaixão.

— Ficamos felizes por ele ter encontrado você — diz a loura, Lark. — Imagine se você fosse apanhada! Ouvi dizer que as mortes na fogueira estão piorando...

— E todas aquelas rebeliões — acrescenta Bram, o garoto de nariz torto. — Só estão acrescentando combustível ao fogo, por assim dizer.

Outra garota, que estivera espiando Fifer com ar feroz desde que chegamos, intervém:

— Cadê John?

— Olá para você também, Chime. — Fifer oferece um olhar frio. — Este ano ele não pôde vir. Está cuidando de alguns pacientes.

Uma sombra cruza o rosto da garota, depois ela sorri.

— É a cara dele. Tão responsável! Bem, que pena. Nós nos divertimos maravilhosamente no ano passado.

Olho para ela. É alta e bonita, com cabelo comprido, preto e liso, e grandes olhos azuis. Alta a ponto de não precisar ficar nas pontas dos pés se quisesse beijá-lo. Afasto o pensamento imediatamente.

— Tenho uma carta para ele — continua Chime. — Você poderia entregar? — Ela saca um pedaço de papel dobrado cuidadosamente e o entrega a Fifer. O papel tem um lacre brilhante de cera vermelha, em formato de coração. Eca.

— Uma carta? — Fifer segura-a cautelosamente entre o polegar e o indicador, como se fosse um rato morto.

— É. Nós temos nos correspondido desde o ano passado! Ele não contou?

Fifer levanta as sobrancelhas.

— Não? Bem, John nunca foi de contar suas aventuras. Como eu disse, é muito responsável!

Tenho um leve anseio de agarrar um punhado daqueles cabelos pretos, arrastá-la para o mato e enfiar-lhe a carta goela abaixo, mas ouço Fifer dizer:

— Ah, Chime. Não acredito que John não contou a você. Bem, são tantas coisas acontecendo, tantos preparativos. Tudo tem estado uma confusão... mas afinal de contas, é isso que torna a coisa tão romântica! — Ela me espia com um brilho nos olhos. — Ande, conte a novidade a ela!

Olho para Fifer com ar inexpressivo. Sem dúvida ela não quer que eu fale, não é? Principalmente quando não faço ideia do que ela está dizendo.

— Ah, Elizabeth — diz Fifer. — Você sabe que estou falando do seu casamento com John!

Meu queixo cai. Parece que mil daquelas borboletas azuis voaram pela minha garganta e entraram no estômago, batendo asas ali dentro. Lark e Reverie berram de alegria e começam a me abraçar.

Chime olha para mim com um ódio indisfarçável.

— Não acredito.

— Não? Mostre o anel, Elizabeth! — Fifer agarra minha mão e a empurra na cara da outra.

Chime estende o braço, arranca a carta odiosa da mão de Fifer e sai pisando firme. Lark e Reverie nos assediam com perguntas.

— Quando vai ser o casamento?

— Vamos ser convidadas, não vamos?

— Não posso revelar todos os segredos! — Fifer gargalha. — Garanto que todos vocês vão saber logo, logo. Agora, se nos derem licença, quero apresentar Elizabeth a mais algumas pessoas!

Fifer engancha o braço no meu e me arrasta para longe.

— Argh, odeio aquela garota — rosna ela assim que saímos do alcance dos ouvidos alheios. — Eu a vi com John no ano passado, mas não sabia que eles estavam se correspondendo. E o ano inteiro. — Fifer estremece, depois explode numa gargalhada. — Não acredito que contei a ela que John ia se casar. Foi o anel que me deu a ideia. Ele vai me matar quando descobrir! É bem feito por não ter me contado nada sobre essazinha.

— O que você vai dizer a eles quando não houver casamento?

Fifer para de rir, depois me empurra, como se tivesse esquecido com quem estava falando.

— Não esquente. Além disso, se você não encontrar a tal tabuleta, vou ter problemas maiores do que um casamento falso. — Ela me dá as costas. — Cadê Schuyler?

Nós o flagramos parado junto ao lago, conversando com as ninfas seminuas, todas usando apenas um pedaço de tecido amarrado estrategicamente nos quadris. Elas riem e jogam o cabelo para ele.

— Juro, não posso deixá-lo sozinho um minuto! — Fifer vai andando até ele. Schuyler a vê chegando e se afasta das ninfas.

— Por que está conversando com elas? — pergunta Fifer.

— O quê? Não posso?

— Por que as garotas com quem você conversa têm de necessariamente estar nuas?

— Nem sempre. Você não está.

— Hoje, não!

— Fifer, eu estava simplesmente admirando as...

— Não diga!

— Decorações. Eu ia dizer decorações.

Os dois continuam discutindo. Fico imóvel, sem saber o que fazer e esperando que parem, quando Bram e outro rapaz se aproximam. Os dois estão carregando taças com algum líquido que solta vapor roxo.

— Estão assim de novo, é? — Bram gargalha. — Talvez você fique aqui um tempo. Achei que poderia precisar de uma bebida. — Ele me entrega uma taça.

— Obrigada. — Dou um gole hesitante.

— Que gosto tem? — pergunta ansioso o amigo de Bram.

Paro de beber imediatamente.

— Por quê? O que é?

Bram gargalha.

— Relaxe. Ele só quer dizer que o gosto é diferente para todo mundo. Deve ser a essência de quem ou do que você mais deseja. O meu, por exemplo, tem gosto de gengibre. — Noto o olhar dele voar para Fifer enquanto diz isto.

— O que é, algum tipo de poção do amor? — Olho dentro da taça.

— É mais como uma poção da verdade. A parte divertida é descobrir qual é a verdade. — Os dois bebem goles demorados. — Mas tenha cuidado. É uma bebida forte, e um pouquinho já causa um grande efeito.

Dou de ombros. Sei uma ou duas coisas sobre bebidas fortes. Venho tomando a cerveja de Joe desde que eu tinha 11 anos. Mas uma poção da verdade? Preferiria beber veneno. Mesmo assim, tomo mais um gole só para ser educada.

— Parabéns pelo casamento — diz Bram, e os dois se afastam.

— Obrigada — repito, e tomo mais um gole. Devo admitir que o sabor é bom. Temperado e picante, quase como a cerveja com gengibirra e limão que Joe serve às vezes. Caleb sempre brincou dizendo que era a coisa mais normal do cardápio.

Caleb. Será isto que a poção está tentando me dizer? Que eu o desejo mais do que qualquer coisa? Antigamente poderia ser verdade. Não sinto que seja verdade agora. Não consigo esquecer que ele não voltou para me resgatar na Fleet, ou das coisas que ele disse a meu respeito na casa de Veda. Não consigo esquecer que, quando mais precisei, ele não estava por perto.

Jogo o resto da poção na grama.

Sento-me no chão para esperar. Examino o anel, levantando-o à luz, com o sol penetrando na pedra de um azul profundo. Quando o inclino para os lados sob a luz, noto algum tipo de marca no fundo. Tiro o anel e viro-o de cabeça para baixo, e ali, desenhado na parte de baixo da pedra, há um coração minúsculo. Coloco-o de volta no dedo. Uma pena Fifer não saber que o coração estava ali. Isto teria deixado Chime louca.

Volto a pensar na atração da cerveja com gengibirra quando Fifer se aproxima, bufando.

— Qual é o problema? — Levanto-me e espano a poeira.

— Ele é impossível — fumega ela. — Impossível! Sempre diz que vai mudar. Mas nunca muda. — Ela olha minha taça vazia. — O que era aquilo?

— Bram me deu. Disse que era uma espécie de poção da **verd**ade.

— Ah. Qual era o gosto?

— Limão. E especiarias. — Fifer me lança um olhar afiado. — Por quê? Você já bebeu disso?

— Já. — Ela faz uma careta.

— E?

— E nada. A minha só tem um gosto péssimo.

Levanto as sobrancelhas.

— Por falar em péssimo, para onde foi Schuyler? Ele não vai nos ajudar a procurar?

— Quem sabe? — pergunta ela irritada. — Como se eu pudesse adivinhar o que ele vai fazer, ou por quê. Ele disse que eu estava sendo irracional.

— Você? Irracional? — Luto contra a ânsia de gargalhar. — Não imagino como.

— Foi o que eu disse! Eu disse a ele: se você acha que levar uma garota a uma festa e ir para casa com outra é racional, vai ver só. Aí ele disse: por que você foi para casa com outro rapaz no ano passado? Aí eu disse: John *não* é outro rapaz. É como meu irmão, e Schuyler sabe muito bem disso. Aí *ele* disse...

Enquanto Fifer prossegue enfurecida, examino a multidão a fim de encontrar Schuyler. A maioria dos rapazes está vestida de modo normal, mas como ele parece ter acabado de sair do próprio enterro, não deve ser difícil encontrá-lo. Vejo alguns rapazes vestidos de preto em volta de uma fogueira, mas, olhando com atenção, todos têm olhos injetados. Não são ressuscitados, mas sem dúvida são algum tipo de demônio...

Já estou prestes a desistir quando noto uma figura de preto subindo o morro perto do lago cheio de ninfas, com a aba da capa comprida balançando ao vento.

Schuyler.

Viro-me para Fifer.

— Aí *eu* disse: se você quer ir para casa com uma ninfa, não se incomode em me procurar de novo. Como se eu me importasse com o que elas conseguem fazer embaixo d'água...

— Fifer.

— O quê?

— Ele está ali. — Aponto para o morro. Observamos durante um minuto enquanto Schuyler contorna a margem da água, com as árvores à esquerda, o lago à direita.

— Aonde ele acha que vai? — murmura Fifer.

Dou de ombros.

— Quem sabe? Mas realmente precisamos começar a procurar por aí. Se ele não vier conosco, tudo bem, mas só temos poucas horas e este lugar é enorme, e... o quê?

Fifer está balançando a cabeça e murmurando. Seu rosto lembra um trovão.

— O que foi?

— Ah, nada. Só estou pensando em Chime de novo. — Ela abre a bolsa e começa a remexer ali dentro. — Sabe qual é a especialidade dela? *Feitiços de amor.* Dá para acreditar? — Fifer tira dois colares da bolsa e a fecha. — Que desperdício de magia! Aposto qualquer coisa que aquela carta para John tinha um feitiço de amor. Bem, eu avisei a ele para não se meter com ela. Jamais confie numa garota que tem três sobrenomes.

Pisco.

— Fifer, não faço ideia do que você está falando.

Ela estende a mão e passa um colar por cima da minha cabeça, depois coloca o outro. E solta uma bufada de alívio.

— Até que enfim. Agora podemos conversar.

— Como assim? O que é isto? — Levanto o colar. É comprido e delicado, com uma série de talismãs estranhos pendurados numa extremidade.

— Você faz ideia do que é estar envolvida com um ressuscitado? — pergunta Fifer.

— Ah, não.

— Eles ouvem tudo que a gente diz, sabem tudo que a gente pensa. Sabem o que você vai fazer antes mesmo de você fazer. Podem até manipular suas atitudes. Eles detêm todo o poder, e você não tem nenhum. Acho que você vai concordar que isso não está certo, não é?

Há cerca de um milhão de motivos pelos quais envolver-se com um ressuscitado é um problema, e isso sem acrescentar este à lista, mas não digo a ela.

— Certo.

— É por este motivo que eu trouxe isto aqui. — Ela levanta o colar. — Corrente de latão. Ampolas cheias de sal, mercúrio e cinzas. Sozinhas estas coisas não causam nada, principalmente no caso de um ressuscitado com o poder de Schuyler. Mas juntas agem como uma espécie de escudo. Uma barreira. Com isso, ele não pode me ouvir, me sentir ou penetrar nos meus pensamentos. Nem nos seus.

— Certo... mas por que você precisa disso agora? Quero dizer, por que não usa o tempo todo?

— Não uso o tempo todo porque não quero que ele saiba que tenho isto. E estou usando agora porque vou segui-lo.

— Por quê?

Ficamos observando Schuyler subir o morro até ele desaparecer no meio das árvores.

Fifer faz uma careta.

— Porque ele está aprontando alguma coisa. E eu quero saber o que é.

22

FIFER COMEÇA A CAMINHAR EM volta do lago. Vou correndo atrás.
— Tem certeza de que é uma boa ideia? Segui-lo assim? — Tropeço num galho e quase caio. Meu vestido é tão apertado que fica difícil acompanhá-la.
— Boa para nós, não tanto para ele.
— Como assim?
Fifer não responde.
Chegamos ao outro lado do lago. Aqui o silêncio é fantasmagórico: o barulho da multidão ficou para trás, abafado pelas árvores mais densas. Está ficando mais escuro, o halo de luz de sol diminuindo à medida que entramos na floresta.
— Você disse que acha que ele está aprontando alguma coisa — continuo. — O que é?
Poderia ser qualquer coisa. Os ressuscitados não são exatamente conhecidos por ter passatempos muito saudáveis. Antes de começar a recrutar e treinar caçadores de bruxos, Blackwell usou ressuscitados para encontrar bruxos. Foi um desastre. Indignos de confiança na melhor das hipóteses, terrivelmente violentos na pior, eles os matavam, desmembravam e traziam de volta pedaços de corpos como troféus. Blackwell dizia que eles eram como gatos largando a caça diante de sua porta, a fim de receber aprovação.

Por fim ela diz:
— Roubando.
— Ah — digo, um tanto aliviada.
— Ele prometeu que pararia. E parou durante um tempo. Mas aí fiquei meses sem notícias e descobri que ele tinha sido preso. Foi colocado na Fleet. — Ela me espia com olhos arregalados. — Achei que nunca mais iria vê-lo. Fiquei preparada para o pior... mas então ele foi solto. Bem, ele disse que escapou, mas não sei se acredito.

Também não sei se acredito nisso. Ninguém consegue fugir da Fleet. Ninguém, exceto eu, e eu contei com uma bela ajuda. E Blackwell nunca permitiria que um ressuscitado escapasse. A menos que...

— Você acha que ele foi solto para roubar alguma coisa?

Ela confirma com a cabeça.

Penso por um instante.

— Você acha que Blackwell quer que ele roube alguma coisa?

Ela confirma de novo.

— O quê, por exemplo?

— Quem sabe? No caso de Schuyler poderia ser qualquer coisa. Ele já roubou dinheiro; já roubou cavalos; até já roubou um caixote de galinhas uma vez.

— Só que Blackwell não iria mandá-lo roubar galinhas.

— Não — responde ela. — E é disso que tenho medo. — Ela olha na direção de Schuyler. Agora só seu cabelo brilhante é visível; o restante se mistura à escuridão das árvores ao redor.

Fifer se vira para mim.

— Eu não trouxe Schuyler aqui simplesmente para me proteger contra você. Há outro motivo também. — Ela respira fundo. — A profecia. Lembra-se do verso que diz: *confie naquele que enxerga tão bem quanto escuta*? Bem, acho que é Schuyler. E acho que Blackwell quer que ele roube a mesma coisa que viemos procurar aqui.

Agora suas palavras chegam rápidas, como se ela tivesse medo de ser interrompida, contrariada, desacreditada, assim como John fez com ela.

Só que eu não falo nada.

— A princípio eu não tinha certeza. Mas quando o vi falando com aquelas ninfas... — Fifer para. — Elas também sabem de coisas, entende? São ligadas à terra tanto quanto os ressuscitados. Se houver alguma coisa escondida aqui, alguma coisa fora do comum, elas vão saber.

— Foi por isso que você trouxe dois colares? Porque sabia que teríamos de segui-lo e não queria que ele percebesse?

Fifer dá de ombros.

— Eu sempre carrego dois colares. Se precisar falar com alguém que ele tocou, não adianta muito ter apenas um, não é? Schuyler é inteligente o bastante para deduzir o que estou falando, mesmo a partir de meia conversa.

Sorrio um pouco, pensando nas coisas que ela é capaz de fazer para esconder coisas dele.

— De qualquer modo, mesmo que eu esteja errada em relação a Schuyler fazer parte da profecia, e não estou, o que quer que Blackwell tenha mandado ele fazer, o que quer que ele queira que Schuyler roube, não pode ser bom, pode? — Fifer silencia. E quando fala de novo, sua voz sai bastante baixa. — Sempre penso em Schuyler como insuperável. Mas acho que desta vez ele passou do ponto.

Pergunto-me imediatamente se Schuyler sabe sobre Blackwell. Então descarto tal hipótese. Os ressuscitados precisam tocar na pessoa para acessar seus pensamentos: quanto mais contato eles têm com uma pessoa, mais profundamente podem lê-la. Duvido que Blackwell tenha permitido ao menos um aperto de mão.

Penso em revelar a Fifer que Blackwell é um mago, mas Nicholas pediu para não contar a ninguém, disse que a verdade será revelada na hora certa. E, se Fifer estiver certa em relação a Schuyler, essa hora chegará em breve.

— Acho que você está certa — digo.

Se Fifer fica surpresa com minha concordância, não demonstra. Continuamos subindo o morro, abrindo caminho pelas árvores cada vez mais densas, até que a estradinha se estreita gradualmente, depois desaparece. Perdemos Schuyler de vista, e não há nada ao redor, a não ser árvores. Não há como saber em que direção ele pode ter ido.

— O que você acha? — pergunta Fifer.

Olho em volta. Apesar de estar acostumada a caçar à noite, quase sempre tive alguma fonte de luz ao fazê-lo. Se não fosse da lua, pelo menos de uma tocha. Agora a lua é apenas uma lasca minúscula, fraca demais e baixa demais no céu para ter utilidade. Continuo andando mesmo assim. Fifer vem atrás, em silêncio. Mas não vejo nada. Só um típico chão de floresta, esponjoso por causa do musgo, marrom com folhas molhadas e galhos caídos. Comum.

Começo a imaginar se o colar de Fifer talvez seja inútil. Que Schuyler nos ouviu, foi mais esperto do que nós e nos levou para o caminho errado de propósito, mas aí meu dedão chuta uma pedra e a faz bater numa árvore próxima. Abaixo-me e a recolho do chão. Também está cheia de musgo, só que num tom diferente de verde. Verde brilhante. Parece não fazer parte deste lugar.

Não faz parte deste lugar.

Logo vejo mais uma pedrinha verde, e mais outra. Estão ficando maiores, acumulando-se de modo que em algum momento o chão da floresta desaparece embaixo delas. Seguimos até não haver mais pedras e chegamos à entrada de um pequeno túnel cuidadosamente talhado na lateral da colina.

Fifer me lança um olhar. Há um desafio por trás dele.

Dou de ombros, mas sinto o coração acelerando. Odeio espaços pequenos e escuros, mas não vou recuar agora. Respiro fundo e entro, Fifer me segue. Há uma luz fraca no final, reluzindo suave e verde. Ela tem uma qualidade estranha, tremeluzente, quase como água.

Seguimos o túnel até o fim, onde ele vira bruscamente à esquerda, daí olhamos a esquina com cautela. A uns 3 metros à nossa frente há uma enorme laje de pedra, aberta como uma porta. Ouço barulhos lá dentro. Um barulho raspado, como pedra sobre pedra. Um arrastar, como de passos.

Schuyler.

Viro-me para Fifer.

— Fique atrás de mim. Não sei o que Schuyler está fazendo aí dentro, mas ele com certeza não vai gostar de ser surpreendido. — Ocorre-me que, apesar de não crer que Schuyler vá machucar Fifer, ele não terá problemas em me machucar.

Fifer enfia a mão na bolsa, pega a adaga de Humbert, aquela com acionamento de mola, e a entrega a mim.

— Não creio que isto vá ajudar — digo.

— Talvez não. Mas não faz sentido entrar de mãos vazias.

Pego a adaga e aperto o botão do cabo. Com um estalo minúsculo a lâmina única se divide em três. Fifer tira um saquinho de lona de dentro da bolsa e o amarra na cintura.

— Sal — sussurra ela. — Só para garantir. Isto não vai impedi-lo, mas vai deixá-lo mais lento caso precisêmos fugir.

Passamos pela abertura estreita, entrando numa sala pequena, diferente de tudo que já vi. Um grosso tapete de musgo cobre o piso e as paredes. Longos tentáculos do mesmo musgo pendem do teto, e o ar tem cheiro de umidade e terra, como uma floresta depois de uma tempestade. No centro da sala há um túmulo simples, também coberto de musgo. Schuyler está diante dele, segurando uma espada enorme. Ele vira a cabeça quando entramos e golpeia imediatamente com um giro.

Fifer grita, e eu me jogo no chão, sentindo o vento quando a lâmina passar pouco acima do topo da minha cabeça.

— Pelo inferno flamejante, Elizabeth! — Schuyler baixa a espada. — Eu poderia tê-la matado. E você! — Ele olha para Fifer. — O que estão fazendo aqui?

— O que estou fazendo aqui? O que *você* está fazendo aqui? — Fifer passa por mim e avança para cima dele, apontando o dedo em seu rosto. — Explique-se!

Uma inconfundível expressão de culpa lampeja no rosto de Schuyler.

— Ah. Sim. Bem, isso é meio que uma bobagem, de verdade...

— Para mim parece bem simples. — Ela aponta para a espada. — Você está roubando isto, não é?

Schuyler coça a nuca.

— Não é o que parece.

— O que é, então?

Schuyler não responde.

— Diga — insiste Fifer.

— Não posso.

— Diga agora — repete Fifer. — Ou juro que vou sair daqui e você nunca mais vai me ver. — Suas palavras são raivosas, só que ela não parece estar com raiva. Parece chateada.

Schuyler a observa por um segundo, depois avança e segura sua mão. Ela não reage. Os dois ficam imóveis, de mãos dadas, encarando-se de um modo que me faz pensar que eu não deveria estar ali.

Ela fica nas pontas dos pés e inclina-se para ele, os lábios indo de encontro aos dele, como se fosse beijá-lo. Os olhos de Schuyler estão arregalados como os meus devem estar; parece que ele vai devorá-la ali mesmo. Então, num átimo, ela lhe arranca a espada da mão.

Ele demora um instante para sair do torpor.

— Que diabos você está fazendo?

Fifer afasta-se dele, apontando a espada para seu peito.

— Pegando isto. Até você me contar para que precisa dela.

Os olhos de Schuyler brilham de raiva, e sinto uma pontada de medo. Não consigo concluir se Fifer é ridiculamente corajosa ou ridiculamente idiota.

Então Schuyler gira — o movimento é tão súbito e rápido que faz com que eu me sobressalte — e enfia a mão no túmulo. Puxa uma bainha de espada. Acho que ela já foi de couro marrom, mas agora está tão verde quanto todo o restante ao redor.

— Sabe o que é este lugar? — Ele prende a bainha à cintura.

Fifer balança a cabeça. Agora ela está perto de mim; posso senti-la tremendo.

— É o túmulo do Cavaleiro Verde — diz Schuyler. — Já ouviu falar?

Fifer balança a cabeça de novo.

— E isto aí? — Schuyler aponta para a espada. — Ela é chamada de Azougue. Há um monte de contos de fadas nos quais ela é citada. Elizabeth certamente ouviu um ou dois.

Fifer me olha, e nós duas examinamos a espada. A lâmina é enorme: feita de prata, gravada com redemoinhos de bronze, tem no mínimo 1 metro de comprimento. O punho é de bronze maciço, incrustado com esmeraldas de todos os tamanhos, formatos e nuances de verde.

— Blackwell não passou muito tempo me colocando na cama e lendo histórias para eu dormir, portanto não. Nunca ouvi falar.

Schuyler levanta as sobrancelhas.

— Engraçado. Porque foi Blackwell que me contratou para levá-la até ele.

Fifer e eu trocamos um olhar breve.

— Talvez contratar seja a palavra errada — continua Schuyler. — Acho que as palavras exatas dele foram "traga-a para mim ou eu o arrasto ao cadafalso acorrentado, penduro-o até você praticamente morrer, depois corto-o da garganta até a barriga, tiro suas entranhas e as incendeio enquanto você assiste...

— Pare — sussurra Fifer, com o rosto pálido. — Pare.

— O que Blackwell quer com esta espada? — pergunto.

— Dizem que a espada é a mais poderosa desse tipo que existe — responde Schuyler. — Pode cortar qualquer coisa. Pedra, aço, osso... — Ele para de falar, dando uma risada maligna. — Dizem que quem a possuir não poderá ser derrotado. Nem por armas, nem por magia, nem por nada.

— A mais poderosa desse tipo que existe? — Fifer olha para a espada. — Que tipo?

Schuyler lança-lhe um olhar.

— Do tipo amaldiçoado, claro.

Fifer solta um guincho.

— Você não pode ser amaldiçoada só por segurá-la — diz ele. — É preciso usá-la. É assim que a espada funciona. Quanto mais você a usa, mais poderoso fica, até se tornar invencível. E é aí que a maldição toma conta.

— Como assim? — pergunto.

— A espada começa a tomar o poder de volta. Fica mais forte, o homem fica mais fraco, até que passa a depender dela para sobreviver. Quando nosso cavaleiro aqui percebeu isso, já era tarde demais. Porque o único jeito de se livrar da maldição é se livrando da espada. Mas a condição é que ela seja perdida numa batalha. Só que ele não conseguia fazer isso. Era poderoso demais.

Estou atraída pela história, mesmo contra a vontade.

— E como ela veio parar aqui?

— Existe um outro jeito de quebrar a maldição: morrer junto à espada. Por isso o cavaleiro encontrou uma feiticeira, fez com que ela o enterrasse aqui, e até mandou que ela colocasse um feitiço no lugar, para que ninguém pudesse libertá-lo enquanto ele ainda estivesse vivo. Acho que isso foi para o caso de ele mudar de ideia.

Sinto um calafrio involuntário.

— O que Blackwell quer com uma espada amaldiçoada? — pergunta Fifer.

Schuyler dá de ombros.

— Não creio que ele se incomode em ser amaldiçoado. Pelo menos não mais do que deseja ser invencível.

— Você não pode entregar a espada a ele — digo.

— Pedido interessante, vindo de uma caçadora de bruxos — diz Schuyler.

— Ela está certa — intervém Fifer. — Você não pode.

— Quer que eu morra? — dispara ele de volta.

— Claro que não!

— Então o que quer que eu faça?

— Deixe-a! Simplesmente deixe-a e vá embora.

— Para onde? Se eu não levar esta espada para ele...

— Você pode viver — diz Fifer. — Mas, se levar, ele vai matá-lo de qualquer jeito. Sem dúvida você sabe disso.

— Ele me deu a palavra.

Fifer gira para me encarar.

— Elizabeth, o que você acha disso? Quanto vale a palavra de Blackwell?

Hesito. Fui leal a Blackwell por tanto tempo que mesmo agora — mesmo depois de ele me jogar na prisão, me condenar e me virar as costas, depois de ele mentir para mim — ainda hesito em testemunhar contra ele.

Por isso apenas balanço a cabeça.

— Schuyler xinga baixinho.

— E é isso mesmo que você quer? — pergunta Fifer. — Que Blackwell fique invencível?

— Não importa o que eu quero. Eu preciso fazer isso.

— Não precisa, não!

Schuyler vem até nós. Os olhos semicerrados, estendendo a mão para a espada. Um arrepio de medo me atravessa quando mergulho a mão na sacola de sal pendurada na cintura de Fifer e jogo um punhado na cara de Schuyler.

Ele solta um berro de agonia — que desagradavelmente me faz lembrar do som que aquele morto-vivo emitiu quando joguei sal nele também —, daí cai no chão, cobrindo o rosto e rolando, o movimento lento e desajeitado por causa do sal.

Fifer parece momentaneamente atordoada. Pega mais um punhado de sal e joga em cima dele, depois abaixa-se e arranca do chão um punhado de uma coisa verde e de cheiro adocicado — *hortelã-pimenta?* — e enfia por baixo da camisa dele, nas botas, até por dentro da calça. Por fim, Schuyler para de gemer e fica imóvel.

Ela encosta a boca no ouvido dele.

— Estou fazendo isso pelo seu bem — sussurra. Depois fica de pé. — Temos uns vinte minutos antes que ele volte a si. Acredite, vamos querer estar bem longe antes disso. Portanto, pegue aquela tocha e vamos. — Pegando a espada, ela corre para a porta e sai.

Retraio as lâminas da adaga e a enfio na bota. Quando passo pelo túmulo para pegar a tocha, paro e olho. Ali dentro está o corpo de um cavaleiro perfeitamente preservado. Fiel ao seu nome, ele é completamente verde: cabelo verde, pele verde — até a armadura é verde.

Fascinante.

Fifer enfia a cabeça pela fresta da saída.

— Elizabeth!

— Estou indo. — Pego a tocha na parede, e, enquanto me afasto, a chama ilumina a laje de pedra que fecha o túmulo do cavaleiro e vejo algo que não havia notado. Marcas. Algum tipo de gravação. Algumas são letras, algumas são símbolos. Alfabeto de runas, acho, magia muito antiga. Não as compreendo, mas o simbolismo todo é bastante claro: este cavaleiro foi enterrado embaixo de uma tabuleta de maldição.

Saio pela porta, e Fifer e eu começamos a correr, saímos do túnel, passamos por cima das pedras e descemos o morro.

— Foi um pensamento rápido — diz Fifer. — Com o sal. Achei que estivéssemos acabadas.

— O que você enfiou na calça dele? Hortelã-pimenta?

Ela confirma.

— Dá uma urticária terrível. Ele vai ficar coberto por uma erupção durante semanas. E num lugar muito doloroso, ainda por cima.

Então começo a rir. Não consigo evitar. Depois de um momento, Fifer me acompanha.

Paramos um momento para nos orientarmos. Estamos em algum lugar na metade da colina. Abaixo de nós está o lago, e depois a festa, ainda tremendamente animada.

— E então? — Fifer levanta a Azougue. — É isto, não é? A coisa que você deveria encontrar?

Balanço a cabeça.

— Não. Nicholas disse que eu saberia quando visse, e esta espada não significa nada para mim.

Fifer olha de mim para a espada, e então para mim outra vez.

— Tem certeza? Aqui. Olhe de novo. — Ela estende a espada para mim; dou um rápido passo atrás.

— Cuidado — digo rispidamente.

— Desculpe — responde ela, mesmo não parecendo arrependida. — Mas... a profecia. *O que ele segura na morte vai levá-la ao número treze.* O cavaleiro estava segurando a espada. E é o motivo para Schuyler estar aqui. — Fifer faz um som exasperado. — Tem de ser.

— Desculpe. Mas não é. — Fifer está tão desapontada que quase sinto pena dela. — Olha, não é tão ruim, é? Blackwell queria a espada, e agora não vai consegui-la. Especialmente se ela faz aquilo que Schuyler falou.

— Acho que sim. — Fifer dá de ombros. — O que vamos fazer com ela? Precisamos continuar procurando, mas não quero arrastar esta coisa por aí, com todas essas pessoas. Mesmo que elas não saibam o que é, podem se interessar, nem que seja só por causa de todas estas joias. — Ela gira a Azougue na mão, com as esmeraldas brilhando mesmo à luz fraca da tocha.

— Vamos levá-la para a casa de Humbert — digo. — Podemos deixá-la na catedral e voltamos depois. Quanto tempo mais a festa vai durar?

— Um bom tempo. Principalmente na última noite. Pode ir pelo menos até o amanhecer.

— Certo. Não sei o que vamos fazer em relação a Schuyler...

— Tenho mais hortelã-pimenta. E mais sal. Trouxe o suficiente para desestabilizar um exército de ressuscitados. E estou completamente furiosa. Se ele sabe o que é bom, vai ficar bem longe de nós.

RETORNAMOS PELA FLORESTA, SEGUINDO EM direção à casa de Humbert. Jogo a tocha no chão e piso nela para apagá-la: se Schuyler voltar a si, não há sentido em facilitar para que ele nos siga.

Fifer anda ao meu lado, balançando Azougue. Talvez eu devesse estar pensando em Blackwell, no fato de ele querer a espada, se ela realmente faz o que Schuyler diz. Mas, por algum motivo, minha mente está no cavaleiro, imóvel e verde no túmulo.

— Por que você acha que ele estava tão verde? — pergunto. — Quero dizer, o cavaleiro. Nunca vi nada assim, antes.

— Nem eu. Mas sem dúvida foi uma maldição. Ou da espada ou da feiticeira que o colocou na tumba. Você viu a laje em cima? Todas aquelas marcas?

— Vi — digo, voltando a atenção para as copas das árvores. Acabei de ver um par de corujas se lançar para o céu. Pode não ser nada; as corujas caçam à noite. Mas pássaros voando das árvores também são um jeito de a natureza dizer que há gente por perto. Talvez sejamos somente nós. — Era uma tabuleta de maldição.

Fifer confirma com a cabeça.

— Elas nunca são dispostas daquele jeito. Em geral são jogadas em poços, em lagos, rios. No oceano. Você sabe. Mas colocar uma num túmulo...

Sinto um arrepio de alarme descendo pela coluna.

— Túmulo? — Paro e agarro o braço de Fifer. — O que acontece se você colocar uma tabuleta num túmulo?

Fifer franze a testa.

— Para começar, a maldição fica mais eficaz. A tabuleta atrai a energia sombria do morto e reforça a magia. Principalmente se a pessoa morreu de forma violenta.

— Violenta? — Sinto-me fria, enjoada.

— Mas é loucura — continua Fifer. — Quero dizer, em teoria, enterrar uma tabuleta de maldição junto a um cadáver é uma coisa. Na prática, é totalmente diferente.

— Na prática? — Estou começando a parecer um papagaio, aqueles ridículos pássaros falantes que os piratas costumam carregar. Eles não falam de verdade, claro. Só repetem as últimas palavras que a gente diz. Criaturas idiotas, inúteis.

— Bem, é. Pense bem. Para fazer isso, você praticamente tem de planejar tudo: realizar a maldição, matar alguém e depois enterrar a tabuleta junto à pessoa que você acaba de matar. Que outro jeito teria de fazer se não fosse assim? Não é todo dia que alguém sai por aí procurando sepulturas recém-cavadas para depositar uma tabuleta de maldição, cruzando os dedinhos e torcendo para que a pessoa tenha tido uma morte violenta. Ninguém vai querer sujar as mãos tanto assim, desculpe o duplo sentido.

Minha cabeça está girando, as palavras flutuam ao redor, desconjuntadas e sem sentido. Tabuleta de maldição. Túmulo. Morte violenta. Plano. Cadáver. Sepultura. Mãos sujas. Mas então elas começam a se entrelaçar como uma tapeçaria, formando uma imagem que eu gostaria de não ter visto.

Na terceira noite do inverno, vá ao subterrâneo verde. O que o segura na morte vai levá-la ao número treze.

Fifer estava certa, mas também estava errada. Não era o que o cavaleiro segura na morte; era o que *o* segura na morte. Não a espada. A tabuleta. A laje de pedra que o prendeu na tumba. Como a laje de pedra que quase me prendeu numa tumba.

De repente eu sei. Sei onde está a Décima Terceira Tabuleta.

— Fifer — sussurro. Minha boca está seca como areia. — A Décima Terceira Tabuleta. Sei onde está. Eu...

Ouço o assobio antes de sentir o punho do guarda me acertando em cheio no rosto. Há um estalo nauseante quando meu nariz se quebra e um jato de sangue quente começa a jorrar.

Perto de mim, Fifer dá um grito.

— Quase foi fácil demais — resmunga o guarda, me empurrando de lado antes de partir para cima de Fifer. A saia do meu vestido é tão apertada que perco o equilíbrio e tropeço, caindo no chão, esparramada de cara numa pilha de folhas e terra. Meu estigma dispara quente contra o abdômen enquanto meu nariz estala voltando ao lugar. Quase não percebo.

Antes que eu consiga me levantar, dois guardas me viram e agarram meus pulsos, ao passo que um terceiro me prende com um par de algemas. Reconheço-os imediatamente: são os guardas que encontramos na estrada quando íamos para a casa da Humbert.

— Agora não é tão perigosa, é? — murmura um deles.

Luto feito louca, tentando me levantar. Mas minhas mãos estão presas em ferro, as pernas em seda. Os guardas me forçam de volta para o chão, um deles apertando o joelho na minha coluna, com força.

— Você não vai a lugar nenhum — diz ele. — A não ser para a prisão, que é o seu lugar.

Luto mais. Ele bate meu rosto no chão; a força do golpe faz minha cabeça girar.

— Vamos ficar com ela! — Ouço-o gritando. — Vá ajudar com a outra.

Escuto uma agitação de folhas, depois o grito de Fifer, em pânico. Viro a cabeça de lado e vejo os guardas em volta dela, provocando e gargalhando.

— Saiam de perto de mim! — berra Fifer, segurando a espada à frente do corpo. Tenta golpear os dois homens, mas erra sempre.

— Vejam só a garotinha com a espada grandona!

— Sabe, *feiticeira*, você tem sorte que a encontramos, e não os garotos do Blackwell. Seu rosto bonitinho estaria assando no espeto antes de o sol nascer.

— Isso não vai acontecer de qualquer modo? — pergunta o outro guarda.

Eles riem mais um pouco.

Preciso dar um jeito de tirar a gente daqui. Vejamos... Tenho um guarda às costas, o outro parado ao meu lado. Tenho aquela adaga tripla na bota, mas como minhas mãos estão presas embaixo do peito, de que adianta? Quase me sinto tentada a berrar por Schuyler. Então me lembro do colar e percebo que ele não vai ouvir. O que significa que estou por conta própria. Preciso me livrar das algemas, mas não sei como.

Então tenho uma ideia.

Em silêncio, devagar, quebro meus polegares. Primeiro um, depois o outro, trincando os dentes por causa da dor. Tiro as mãos das argolas, ouço um estalo baixo quando os ossos se encaixam de volta. Depois fico parada. Será que os guardas notaram? Não; estão ocupados demais gritando incentivos para os que ainda provocam Fifer. São uns tremendos idiotas. Agora vão pagar por isso.

Achato as mãos embaixo do corpo. Num átimo, dou um tranco, golpeando o guarda às minhas costas. Pouso agachada e arranco a adaga da bota. Agarro pelos cabelos o guarda que rolou de cima de mim e dou-lhe uma facada no pescoço. Ele desaba, morto. Antes que o outro possa abrir a boca e protestar, tiro a adaga do pescoço do morto e a atiro contra ele. Ela crava bem entre os olhos, e o sujeito cai no chão. Também morto. A coisa toda acaba em segundos.

O silêncio súbito atrai a atenção dos outros guardas. Seus olhares vão de mim para os dois mortos, daí voltam a mim. Parecem atônitos. Arranco a adaga da cabeça do terceiro guarda e avanço para cima deles.

— Fifer, fique atrás de mim.

Ela permanece imóvel, atordoada.

— Fifer! Agora!

Lentamente, ela contorna os guardas, baixando a espada um pouco enquanto caminha.

— Não! — grito, mas é tarde demais. Um deles salta para a frente, agarra um tufo dos cabelos de Fifer e lhe dá um soco no rosto. Depois lhe dá outro soco na barriga, e ela cai. A espada tomba de sua mão.

O outro guarda a pega e vem para cima de mim.

Salto adiante e agarro seu braço livre, giro-o às costas dele e puxo para cima com força. Sou recompensada por um estalo alto quando o osso quebra. Ainda segurando seu pulso, puxo-o para mim e cravo a adaga em sua barriga. Ele cai no chão ao mesmo tempo que mais um guarda salta e agarra a espada antes que eu possa alcançá-la. Ele tenta me golpear, e eu recuo. Vem de novo, e de novo, errando nas duas vezes.

Abaixo-me rapidamente, dando-lhe uma rasteira. Assim que ele tomba de joelhos, parto para cima dele e chuto a lateral de seu joelho. Ouço um estalo, e ele grita de dor. Cai na minha direção e dá um último golpe com a espada.

A lâmina corta meu abdômen, a prata fria parecendo incandescente ao rasgar a seda, até chegar à carne. O sangue começa a jorrar imediatamente. Sinto o jato de calor no abdômen e aguardo pela sensação familiar de formigamento que vem no ato da cura. Mas ela não vem. Apenas mais calor. E muito mais sangue. Aperto a mão na lateral do corpo e sinto o sangue jorrar por entre os dedos.

Não estou me curando.

Um dos guardas está caído desajeitadamente no chão, com os membros feridos esparramados inutilmente sob o corpo. Vou cambaleando até ele, pego a espada em sua mão e cravo-a em seu peito. Ele solta um grunhido abafado e cai de volta no capim. Morto.

Ouço Fifer gemendo. Cambaleio até ela.

— Você está bem? — Seu olho está começando a inchar, e mesmo sob o céu pálido pré-alvorecer vejo um hematoma brotando sob a pele.

Ela me olha, as pupilas tão dilatadas que seus olhos parecem quase pretos.

— Você está ferida.

Confirmo com a cabeça.

— Acho que a espada tem algum poder, afinal de contas.

— Você vai conseguir voltar?

— Acho que sim. — Agora o sangue está correndo quente e rápido, escapando entre meus dedos. Estou começando a tremer. Fifer envolve meus ombros com o braço e, lentamente, voltamos para a casa de Humbert.

Não falo. Não sei se de dor ou pavor. Só sei que meu estigma não está me curando. O que isso significa? É só este ferimento que não vai se curar? E se Azougue de algum modo acabou com o poder do estigma para sempre? Se eu perdi meu estigma, não tenho chance de recuperar a tal tabuleta.

É melhor morrer aqui mesmo.

O alvorecer vem chegando, débeis fiapos de luz penetrando no grosso cobertor de nuvens que já preenche o céu. Quando chegamos aos limites da propriedade de Humbert, Fifer está praticamente me carregando. Perdi muito sangue e estou tão tonta que mal consigo andar. O terreno se mexe em ondas gigantescas embaixo de mim, e tudo começar a turvar diante dos meus olhos.

Logo vemos as torrezinhas da casa de Humbert a distância, aparecendo através das copas das árvores, como dentes minúsculos. À medida que nos aproximamos, vejo empregados no pátio, já cuidando das tarefas matinais. E ouço Humbert gritando.

— Fiquem de olhos abertos! Se os encontrarem, tragam-nos a mim, depressa! Não quero que eles arruínem minhas rosas de novo, subindo pela porcaria da parede...

Fifer me lança um olhar. Pela primeira vez, desde que saímos da festa, começo a me preocupar com o que nos espera lá dentro. Isso pode ser ruim.

Bridget está no pátio quando chegamos. Então ela me vê e grita:

— Senhor Pembroke! Venha depressa! — Ela corre até mim. — Ah, meu Deus, senhorita, o que aconteceu? Tanto sangue... — Ela cacareja em volta de mim, como uma galinha agitada demais.

Humbert passa pela porta violentamente, o rosto gorducho vermelho de raiva. Ainda está usando as roupas da noite anterior, um brilhante gibão de seda por cima de uma camisa de linho com babados, ambos amarrotados e murchos. Seus parcos cabelos grisalhos se projetam em todos os ângulos, revelando trechos de careca por baixo. Parece completamente alucinado. Eu poderia rir se não estivesse a ponto de desmaiar.

Ele dá uma boa olhada na gente e para subitamente.

— Meu Deus — gagueja. — O que... o que aconteceu? Meu Deus — repete, o olhar saltando entre mim e Fifer, horrorizado. Parece não notar a espada imensa que ela segura.

Olhando para nós duas, há muita coisa com que se horrorizar. O cabelo ruivo de Fifer está embolado e sujo, com capim, gravetos e folhas quebradas. A blusa dela está enlameada, e a saia, esfarrapada. Mas nada disso se compara ao rosto. O olho, inchado e agora quase fechado, é de um tom brilhante de roxo. Destaca-se como um farol na pele clara.

Mas, por mais que a aparência dela seja ruim, eu estou cem vezes pior. Vejo-me refletida numa das muitas vidraças em formato de losango e levo um susto. Meu rosto está coberto de sangue e sujeira. Os braços cobertos de musgo e lama. O pior é a barriga. O lindo vestido branco de Fifer foi totalmente aberto, revelando um corte enorme na cintura. Ela disse que iria me matar se eu arruinasse o vestido, mas estou me perguntando se a espada pode superá-la nisso. Meu estômago se revira, e o chão desliza precariamente sob meus pés.

— John! — Humbert corre para o meu lado. — George! Venham depressa! Precisamos de ajuda! — Ele e Fifer me guiam lentamente para dentro de casa.

John e George chegam ao corredor. Levanto a cabeça para olhá-los. Diferentemente de Humbert, eles puseram roupas limpas, ambos com capas compridas de lã, luvas grossas e botas. Seus rostos estão vermelhos de frio, como se tivessem passado um tempo do lado de fora.

— Ah — sussurro. Estou surpresa ao ver como minha voz sai fraca. — Vocês também passaram a noite fora?

— Estávamos procurando por vocês — diz George. Ele não consegue afastar o olhar da minha barriga, do sangue que pinga no limpíssimo piso preto e branco de Humbert. Depois olha para Fifer, para a espada na mão dela. — Você fez isso?

— Não seja ridículo — reage ela rispidamente. Damos mais um passo, e eu cambaleio. — John, ajude-a.

John avança e me pega no colo.

— Leve-a à sala de jantar — instrui Humbert. Ouço fracamente quando ele chama Bridget. Ela vem correndo, e John lista rapidamente as coisas de que precisa. Não escuto direito. Será que ele não pode fazer o que precisa lá em cima, para eu poder dormir? Estou cansada demais. Encosto a cabeça em seu peito e fecho os olhos. Ele tem cheiro de ar livre. De folhas e ar frio, limpo.

— Traga as agulhas de costura que você tiver e um carretel com a linha mais forte. Não, não importa a cor — acrescenta ele. Em seguida me carrega para a sala de jantar, com Fifer e George logo atrás.

— Você vai costurar meu vestido? — Abro um olho e o espio. — É muita gentileza sua.

— Não. Vou costurar sua pele.

— O quê? — Fifer e eu trocamos um olhar frenético. O ferimento fica logo acima do estigma. Se John tentar me ajudar, vai vê-lo. Posso sentir o calor dele chamejando na pele, ainda tentando me curar. — Não. Você não pode.

— Eu preciso — diz ele.

— Não precisa, não. Só me coloque no chão. Vou ficar bem. — Começo a lutar em seus braços. Mas a dor é tão intensa que eu arquejo.

— Pare de se mexer — ordena ele. — Está piorando as coisas.

Na sala de jantar, John me coloca na mesa, agora coberta com um pano branco e limpo, depois tira sua capa preta e pesada. Bridget aparece rapidamente, carregando bandejas com coisas e arrumando-as para ele. Fifer e George ficam atrás dela, com expressões de medo idênticas.

— Não — repito. — Você não pode fazer isso. — Rolo de lado, tentando me afastar dele. Mas John aperta meus ombros contra a mesa e se inclina sobre mim. Seu rosto está a centímetros do meu.

— Se não me deixar fazer isso, você vai sangrar até morrer — sussurra ele. — Entendeu? — Olho em seus olhos escuros e vejo o medo espreitando. E sei que ele está dizendo a verdade.

Solto um suspiro trêmulo.

— Certo. Mas tem uma coisa que preciso contar.

— Mais tarde. — John pega uma garrafa de bebida alcoólica na mesa, depois rasga mais as bordas esgarçadas da seda sobre minha cintura ensanguentada. — Isto vai arder um pouco — diz ele. Depois joga o líquido límpido e frio sobre minha barriga.

A dor é forte e penetrante. Contenho um gemido, mordendo o lábio com tanta força que sinto gosto de sangue. Ele aperta um pano limpo na lateral da minha cintura e começa a remover a terra e o sangue. A qualquer segundo vai ver meu estigma.

Olho para Fifer. Ela sustenta meu olhar por um momento, com uma expressão resignada. Depois assente.

— John. — Ela avança e toca no braço dele.

— Fifer, por favor, agora não. — Ele levanta o pano.

— Preciso te contar uma coisa.

— Fifer, eu já disse... — Ele olha para minha barriga. Franze a testa. Olha com mais atenção. Depois arqueja subitamente. Não preciso olhar para saber o que ele vê: um XIII preto, rabiscado no meu abdômen, ardendo, reluzente contra a pele clara.

John cambaleia para longe da mesa, os olhos arregalados, a cor sumindo do rosto.

— Isto é... você é uma... — Ele não consegue dizer.

Abro a boca para falar alguma coisa, qualquer coisa, mas nada sai. Começo a estender a mão para ele, depois penso melhor.

— Sinto muito — diz Fifer baixinho. — Não era para você saber.

John não responde.

— Nenhum de nós deveria saber — acrescenta George. — Foi ordem de Nicholas. Fifer e eu só descobrimos por acidente.

John continua sem responder. Só fica parado, olhando o chão à frente, sem enxergar. Um silêncio interminável se passa e eu me pergunto por um momento se ele simplesmente vai me abandonar ali. Se vai sair da sala e me deixar sangrar até morrer.

— Sei o que você está pensando — diz Fifer. — Mas ela não é como os outros. Ela salvou minha vida esta noite. — Fifer relata rapidamente nosso encontro com os guardas. — Se ela não estivesse lá, eles teriam me levado. Ou me matado. Ou coisa pior.

Encaro-a, chocada com suas palavras, pela defesa que faz de mim.

— E ela sabe onde está a tabuleta — continua Fifer.

— Sabe? — perguntam Humbert e George ao mesmo tempo.

George chega perto de mim.

— Onde ela está?

— Está... *ah*. — Um lampejo de dor me atravessa, me deixando ofegante. — Na propriedade de Blackwell.

— O quê? — Humbert parece atônito. — Como é possível?

Abro a boca de novo, mas apenas para gemer de dor mais uma vez.

— Ela pode contar mais tarde — diz Fifer. — Mas não vai conseguir se estiver morta. — Em seguida, olha para John. Mas agora ele está me encarando, o queixo trincado, as bochechas coloridas por um rubor furioso. As pupilas tão dilatadas que os olhos ficam quase pretos.

— Dê-me a agulha e a linha.

George solta um pequeno suspiro de alívio.

Bridget chega perto de John, parecendo pedir desculpas.

— Tentei enfiar a linha, mas minhas mãos estavam tremendo demais. Não suporto ver sangue. — Ela coloca a agulha e a linha na mão dele, depois se afasta rapidamente da mesa, como se eu fosse pular e atacá-la.

John enfia a linha na agulha sem hesitar, como se tivesse feito isso mil vezes, trespassando-a e amarrando as pontas num nó apertado. Percebo um levíssimo tremor em suas mãos. Se eu já não tivesse visto como elas podem ser firmes, talvez nem notasse. Sem dizer uma palavra, ele pega a garrafa de bebida alcoólica outra vez e me oferece.

Bebo dois goles caprichados. O líquido forte queima a boca e a garganta. Estremeço quando a bebida bate no estômago vazio e revirado.

John levanta a agulha com uma linha comprida. Verde. O mesmo tom do cavaleiro em sua tumba.

Fecho os olhos no instante em que a agulha fina penetra minha pele.

MEUS OLHOS SE ABREM NUM adejo. John está inclinado junto a mim, as mãos espalmadas na mesa, a cabeça abaixada. Devo ter desmaiado por um momento, mas não creio que ele tenha notado. Posso ouvi-lo respirar: respirações longas, lentas, como se estivesse lutando para controlá-las.

— Sinto muito — digo. Minha voz está fraca e rouca, mas preciso dizer. — Sinto muito.

John levanta a cabeça bruscamente. Pega o carretel na mesa, joga-o do outro lado da sala. O rolo de linha acerta a parede e cai no chão com um barulho forte. Depois John dá meia-volta e sai intempestivamente.

George faz menção de segui-lo, mas Fifer segura seu braço.

— Deixa — diz ela. — Só... deixe-o.

Fifer e George se viram para mim, e Humbert chega atrás deles. Ficam parados ali perto, me olhando em silêncio. Sinto-me vulnerável deitada assim. O vestido em frangalhos, a barriga exposta, o segredo exposto. Estou tremendo de frio, de medo, devido à perda de sangue e uma centena de outras coisas que não quero contemplar por estar extenuada demais. Mas preciso contar sobre a tabuleta. Preciso dizer que não faço ideia de como destruí-la. E preciso contar sobre Blackwell.

— A tabuleta — começo.

— Está mesmo na casa de Blackwell? — pergunta George.

Confirmo com a cabeça.

— Essa é uma acusação muito séria. — Humbert franze a testa. — Eu conheço Blackwell há muito tempo. Ele é capaz de coisas desagradáveis, sem dúvida. E certamente tem motivos para se livrar de Nicholas. Mas violar as regras do sobrinho para fazer isso, as regras que ele mesmo criou... Você tem certeza absoluta?

— Tenho. — Respiro fundo, o que é difícil de fazer sem causar dor nos pontos, daí olho para cada um deles. — E tem outra coisa a respeito dele que vocês também precisam saber.

— O que é? — É Fifer quem fala. — O que é que tem?

— Blackwell é um mago.

As palavras parecem se modificar assim que saem da minha boca. Alteram-se e crescem até virar monstros, um híbrido de verdade, horror e mentiras: estendendo as patas, agarrando, sacudindo-se, berrando. Ninguém fala. Ninguém se mexe. Só ficam imóveis, permitindo-se ser devorados.

— Nicholas... acho que ele desconfiava disso há um tempo — continuo. — E depois do que aconteceu na casa de Veda, depois que ela contou a ele o que eu era, depois que eu lhe contei todas as coisas que tinha feito, as coisas que fiz... — Paro, engolindo o nó na garganta. — Ele soube.

Então conto tudo.

Conto sobre Caleb. Sobre meu treinamento, meu teste final na propriedade de Blackwell. Conto como os guardas nos levaram um a um para a escuridão, talvez para viver, talvez para morrer. Como Guildford me levou para a floresta e para dentro do túmulo, onde Blackwell tentou me enterrar viva junto ao meu terror pessoal.

— Depois que tudo acabou, quando a terra recuou e o túmulo voltou a ser como antes, já era de manhã. Eu vi a luz entrando pelas bordas daquela porta e me lembro de ter pensado que ela parecia diferente. Não parecia a mesma porta de antes. Não era de madeira, e sim de pedra. Mas não achei que isso importasse. Eu só queria sair. Meus olhos estavam fechados. Eu ainda estava cantando. Ainda encolhida numa bola. Não estava com a cabeça no lugar.

— Como na casa de Veda — sussurra George finalmente. Seus olhos estão redondos feito a boca de um poço. O rosto de Fifer tem a palidez de um pergaminho, e ela passa muito tempo sem piscar.

Confirmo com a cabeça.

— Quando saímos, eu abri os olhos para espiar uma última vez. Não sei por quê. Talvez quisesse ver o local onde quase morri, talvez quisesse uma prova de que ainda estava viva. Mas, quando abri os olhos, eu vi. Era a Décima Terceira Tabuleta.

Fifer suga o ar com força. Continuo:

— Claro, só percebi que era a Décima Terceira Tabuleta quando estávamos com a espada e vi o túmulo do Cavaleiro Verde. Não sabia que era possível colocar tabuletas de maldição em túmulos, até que Fifer me contou... — Estremeço. — Mas agora eu sei. E, se quiser destruí-la, preciso voltar ao túmulo na propriedade de Blackwell para pegá-la.

— Como você vai fazer isso? — pergunta George. — Blackwell tem mais proteção na casa dele do que na propriedade do rei. Guardas, portões, fosso, e isso somente para chegar à entrada principal. Dentro ele tem arqueiros de vigília nas torres em período integral. E os disparos não são de alerta.

Humbert se deixa afundar numa poltrona. Parece desinflar diante dos meus olhos: o rosto afrouxando, a postura afrouxando, o choque se estabelecendo.

— Pensei que você fosse uma feiticeira — sussurra ele. É uma surpresa ouvi-lo falar num tom inferior a um grito. — Nicholas disse que você estava com ervas, e eu simplesmente presumi... — Ele deixa o resto no ar, balançando a cabeça.

— Sinto muito — digo. — Ninguém deveria saber. Nicholas achou melhor assim.

Humbert pensa, depois assente.

— Entendo a necessidade do sigilo. Eu deveria entender; eu convivo com o sigilo. É desagradável, talvez. Mas necessário.

Ele indica Bridget, que está parada junto à porta, observando-nos com olhos arregalados.

— Por favor, prepare um banho para Elizabeth, alguma comida e roupas limpas. — Ele se vira de volta para mim. — Precisamos curar você. Depois podemos pensar em como entrar na casa de Blackwell.

George me ajuda a ficar sentada, e Fifer envolve meus ombros com uma coberta. Seguimos pelo corredor, subimos a escadaria e entramos no meu quarto. John saiu, não está à vista. Eu notei a expressão dele quando percebeu o que sou. Provavelmente nunca mais vai querer olhar na minha cara de novo.

Depois que Bridget termina de preparar o banho, ela e George pedem licença. Fifer me ajuda a me despir, e eu entro na água quente e perfumada. E imediatamente, num constrangimento total, começo a chorar.

Estou fraca. Estou cansada. Estou ferida. Estou confusa. Estou envergonhada do que fiz, com medo do que preciso fazer. Estou como sempre temi estar: sozinha. Vou sozinha para aquela tumba; vou morrer sozinha. E Nicholas sabia disso; era isto que ele recusava-se a revelar. Não precisava. Porque bem no fundo, eu também sabia.

— Você não vai morrer — garante Fifer baixinho. Ela está ajoelhada perto da banheira, segurando as bordas. Observando-me. — Sei que é isso que você acha. Mas não vai. Eu li a profecia mil vezes. Parece ruim, eu sei. Mas você não vai morrer.

— Por que você se importa? — digo com a voz embargada. — Contanto que eu encontre a tabuleta, que diferença faz para você se eu morrer? Você disse que era melhor se eu morresse. Disse que era isso que eu merecia.

— Eu não... não foi isso que eu quis dizer. Bem, é, foi. Mas não mais. Não acho que você mereça isso. — Ela fica em silêncio por um instante. — Sei como é, você sabe — diz finalmente. — Ter a vida destruída pela magia.

Levanto minha cabeça para ela bruscamente.

— O quê?

Ela suspira.

— Comecei a estudar com Nicholas quando tinha 6 anos. Todo mundo... bom, todo mundo fora desta casa acha que isto se deu porque sou excepcional. Um prodígio. Para ele aceitar ser o tutor de alguém tão jovem, esta seria a explicação mais lógica, não é? — Ela baixa os olhos, tamborilando os dedos na banheira. — Quer saber o verdadeiro motivo?

Assinto, mas ela não vê.

— Quero.

— É porque minha mãe me deu a ele. Ela não era feiticeira e tinha medo de mim. Das coisas de que eu poderia ser capaz de fazer. Meu pai tinha acabado de morrer; ela achava que, de algum modo, eu o havia matado. Não sei se matei. Até hoje não sei. Só sei que ela um dia topou com Nicholas, me entregou e nunca mais voltou.

Estremeço diante da história de mais uma família destruída.

— Sinto muito.

Fifer dá de ombros.

— O que eu poderia fazer? Eu chorei, gritei, fugi. Mas isto não a trouxe de volta. Eu odiava ser feiticeira. Odiava a magia. Odiava o fato de a magia ter virado minha família contra mim. Se Nicholas não tivesse me acolhido, se não tivesse me criado como filha, as coisas poderiam ter sido muito diferentes. Eu ainda poderia odiar a magia, como você.

— Eu não odeio. Não mais. Vi o pior que ela pode fazer, mas também vi o bem que ela pode fazer. O que Nicholas faz, o que John faz... — Paro. — Acho que não sei mais o que pensar.

Fifer concorda com a cabeça.

— Nicholas diz que a magia não é inerentemente boa nem má; o que a define é o que as pessoas fazem dela. Demorei muito tempo para entender isso. Quando entendi, percebi que não é a magia que nos separa deles, ou que separa você de mim. É a falta de compreensão.

Fifer levanta um dedo, depois mergulha-o na água tépida. Imediatamente, ela fica deliciosamente morna.

— Além disso, às vezes a magia é bem útil: não posso mentir. — Ela sorri para mim. — Acho que a árvore lá embaixo estava certa sobre você, afinal.

— Como assim?

— É uma árvore da vida. John não contou?

Balanço a cabeça.

— O fato de as folhas terem aparecido na sua presença significa que... bem, significa duas coisas. É principalmente um sinal de força e poder. Mas também significa mudança. Acho que você poderia dizer que é um recomeço.

— Ah. — Talvez eu devesse ficar satisfeita com isso, com a chance de recomeçar. Qualquer que seja o significado da palavra. Mas fico imaginando o quanto isso ainda importa. Depois me lembro de outra coisa. — Qual é o significado do pássaro?

Fifer levanta as sobrancelhas, um sorriso minúsculo atravessando o rosto.

— Acho que esta explicação precisa ficar por conta de John.

Balanço a cabeça, uma dor súbita enchendo meu peito. Não creio que John vá querer conversar comigo sobre qualquer coisa.

Fifer me ajuda a sair da banheira e a vestir uma camisola limpa. Olho para ela e sinto uma pontada de culpa. Ela está um horror, ainda com a roupa da festa, o cabelo embolado e sujo, o olho num tom de roxo forte. Está tão cansada que oscila de pé.

— Você deveria ir dormir — digo.

— Certo. — Ela boceja e vai para a porta. — Você também deveria. Você está péssima. Não pode tentar destruir a tabuleta nessas condições. — Ela sai e fecha a porta.

A tabuleta. É a última coisa na minha cabeça quando caio num sono entrecortado, revirando-me na cama o tempo todo, e é a primeira coisa que tenho em mente quando acordo.

Saio da cama — a dor na lateral do corpo está consideravelmente menor em relação ao dia anterior —, vou à janela e abro a cortina. Lá fora o chão está coberto por uma névoa densa. Mais um dia de inverno na Ânglia. Penso em me arrastar de volta para a cama quando há uma batida à porta.

— Sou eu — diz Fifer. — Deixe-me entrar.

Abro a porta e solto um gritinho. Fifer está parada no corredor segurando uma taça, usando uma máscara preta e brilhante arrematada com um chumaço de plumas de um rosa berrante.

— O que você acha? Gosta? — Ela entra e saracoteia, fazendo poses ridículas. O tom ruivo do cabelo se choca horrivelmente com as penas cor-de-rosa.

Torço o nariz e balanço a cabeça.

— Eu sabia! — Ela arranca a máscara e a joga na cama. — Foi ideia de George. Ele disse que não suportava olhar para minha cara sem ela. É um tremendo bebezão.

Entendo o que ele queria dizer. Mesmo com o inchaço em volta tendo sumido, o olho dela ainda é um borrão roxo horroroso.

— Aqui. — Ela coloca a taça na minha mão. — É remédio. John preparou. Beba tudo sem reclamar, fui encarregada de informar que você bebeu.

Estremeço. Não dá para saber o quanto ele deixou o remédio com gosto ruim. Bebo um gole hesitante. Mas em vez de algo azedo e pungente, sinto sabor de morangos. Penso na noite em que jantei com Nicholas pela primeira vez, quando enchi o prato de morangos e bolo. John deve ter notado e lembrado. Sinto aquela dor no peito outra vez.

— O que foi? Por que está fazendo esta cara? — pergunta Fifer.

— Sem motivo — respondo. Fifer levanta a sobrancelha. — De qualquer modo, onde você conseguiu isto? — Pego a máscara. É bonita, de cetim preto com minúsculas joias pretas costuradas. As penas são um exagero, mas já vi coisa pior.

— Humbert tem um baú cheio delas. A tal duquesa amiga, você sabe. Sobraram de algum baile de máscaras ao qual eles compareceram. Não imagino como essas festas podem ser estranhas. Quero dizer, qual é o sentido de se enfeitar toda se ninguém te reconhece? — Ela estala a língua — Você já foi a alguma?

Confirmo com a cabeça.

— Duas, na verdade. Seriam três se eu não tivesse sido presa. Malcolm dá festas assim em todos os Natais. A deste ano deve acontecer logo.

Demora um instante para tal fato assentar na minha cabeça. O baile de máscaras de Malcolm está próximo. O baile para o qual Caleb ia convidar Katherine, para o qual eu convidei George, bêbada.

Tiro a camisola e procuro algumas roupas pelo chão.

Fifer me espia com olhos arregalados.

— O que foi?

Visto uma calça e uma camisa, enfio os pés num par de botas e vou até a porta.

— Aonde você vai?

— Lá embaixo eu explico — digo, já descendo a escada. — Cadê Humbert?

— Na sala de estar.

Arrastando os pés pelo corredor, capto um vislumbre de meu reflexo no espelho. Minha camisa está abotoada torta, o cabelo embolado. Pareço louca, desconjuntada.

Por fim chego à sala de estar, com Fifer no meu encalço. Humbert está à sua escrivaninha, escrevendo uma carta.

— *Elizabeth!* — grasna ele. — Que bom ver você de pé e...

— Humbert, que dia é hoje? — pergunto, interrompendo-o.

— Desculpe, querida... que dia?

— É. Que dia do mês?

— Bem, quarta-feira, claro. Quatorze de dezembro. — Ele sorri. — Ah, você deve estar falando do clima. Parece que o inverno chegou mais cedo este ano, não é?

Ignoro-o, pensativa. Hoje é dia 14. Neste ano o baile de máscaras de Malcolm vai acontecer na terceira sexta-feira do mês de dezembro. Que dia será que vai cair?

— Preciso de um calendário — digo.

— Sim, bem, sem problemas. — Humbert abre uma gaveta e pega um livro-caixa. — Aqui está.

Tiro-o das mãos dele e viro as páginas até chegar a dezembro de 1558.

— Ai, meu Deus — sussurro.

— O que está acontecendo? — pergunta George, entrando na sala.

— Eu sei como entrar na propriedade de Blackwell. — Levanto o calendário, aponto o dedo para uma data: sexta-feira, 16 de dezembro de 1558. Daqui a dois dias. — Vou ao baile de máscaras de Malcolm.

— Do que você está falando? — pergunta Fifer.

— Todo ano, na época do natal, Malcolm dá um baile de máscaras. Ele convida todo mundo. Uma multidão enorme. Há apresentações, música. Comida e dança. Pessoas de toda a Ânglia comparecem. — Viro-me para Humbert. — Você vai, não é?

— Ultimamente não tenho ido — admite ele. — Para mim, é difícil dançar, do jeito que minhas costas estão. E meu pé... — Ele para. — Mas sim, eu recebi um convite há um tempo. Guardei-o em algum lugar, não pensei muito a respeito. — Ele faz uma pausa. — Mas em geral os bailes de máscaras de Malcolm acontecem em Ravenscourt, não é?

— É, normalmente — respondo. — Mas, com todas as rebeliões, ele achou mais seguro fazer em outro lugar. Manter em segredo até a véspera. Então todos os convidados receberiam um segundo convite com o local.

— Então como você sabe onde vai ser? — pergunta George. — Eu não sei.

— Eu... — Sinto as bochechas ardendo. — O rei me contou.

Os três franzem a testa, confusos. Claro, eles não entendem como ou por que o rei me contaria algo assim. E não vou explicar, pelo menos por enquanto.

— De qualquer modo — continuo —, tenho muita coisa na qual pensar em dois dias. O maior problema é como chegar lá. É longe demais para ir a cavalo, por isso terei de tomar um barco. Posso entrar a bordo escondida. Já fiz isso; não é terrivelmente difícil. Certo, vai dar um trabalho considerável convencer o capitão a deixar uma clandestina junto à porta de Blackwell, mas... o quê?

Fifer, George e Humbert estão me encarando como se eu estivesse tão louca quanto pareço.

— Não sei, Elizabeth — diz Humbert. — Entrar na casa de Blackwell sem ser convidada...

— Não vou sem ser convidada. Vou levar o seu convite.

— Mas ficar revirando a propriedade dele com todas aquelas pessoas por perto? Não sei. Parece potencialmente perigoso.

— É perigoso de qualquer jeito — digo. — Mas o baile de máscaras é de longe minha melhor oportunidade. Haverá centenas de pessoas em volta. Meu rosto vai estar coberto. Blackwell vai estar distraído. Ninguém vai notar uma convidada desgarrada.

Olho para George e Fifer em busca de apoio, mas eles evitam meu olhar.

Humbert se levanta da cadeira.

— Elizabeth, nós quatro conversamos muito sobre isso na noite passada e achamos que você deveria cogitar esperar até que Blackwell vá à corte. Ele programou uma visita para daqui a uma semana, presumivelmente depois de oferecer o baile. Aí, quando a casa dele estiver vazia, você vai poder entrar. Peter vai com você, e vai levar homens.

— Não — digo. — É exatamente isso que Blackwell esperaria que nós fizéssemos. Ele vai esperar que tentemos entrar quando ele estiver fora. Vai montar uma armadilha, e tudo estará acabado. Ele nunca vai esperar que a gente apareça no baile.

Atrás de mim alguém pigarreia. Viro-me e vejo John parado junto à porta. Está com a mesma aparência de quando o conheci: rosto pálido, olhos sombreados, roupas amarrotadas como se tivesse dormido com elas. Ou não tivesse dormido nadinha. A visão faz meu estômago dar cambalhotas loucas.

— Como está se sentindo? — pergunta ele.

— Eu... estou bem. — Fico surpresa por ele ter se dado o trabalho perguntar. — Obrigada.

Ele assente e vira-se para Humbert.

— Horace voltou com novidades. — Ele estende uma carta. — Não é coisa boa.

Humbert pega a carta e a examina brevemente. Então se deixa afundar numa poltrona, de cabeça baixa.

— O que é? — pergunta Fifer. — O que está acontecendo?

— É Nicholas — responde John. — Ele está morrendo.

FIFER IRROMPE EM LÁGRIMAS IMEDIATAMENTE.

— O que aconteceu? — pergunto.

— Ele piorou — responde John. — Os curandeiros em Harrow dizem que ele não passa desta semana.

— Precisamos fazer alguma coisa — choraminga Fifer. — Não podemos deixar que ele morra!

— Ele não vai morrer — assegura. — Porque eu vou ao baile destruir a tabuleta.

— Elizabeth — começa Humbert outra vez.

— Não. Vocês precisam cumprir meu desejo, lembram-se? É assim que a profecia funciona. O que eu quiser fazer, nós fazemos. E eu quero ir ao baile.

Humbert fica quieto por um minuto. Depois assente.

— Ótimo — declaro. — Vou precisar de um vestido, uma máscara e do seu convite. E de um cavalo para chegar ao porto. — Viro-me para John. — Onde fica o mais próximo?

John pensa por um momento.

— Tem dois. Hackney é o mais perto, mas Westferry é a melhor opção. É um porto seguro para navios piratas que atracam para pegar provisões antes de ir para o sul. Meu pai conhece todos os capitães, e eu conheci alguns. Provavelmente posso encontrar um deles sem muito problema. Se partirmos esta noite, poderemos pegar um navio de manhã.

— *Poderemos?* — pergunto. — Não existe *nós*. Só eu.

— Errado — diz John. — Eu vou com você. — Abro a boca para discutir, mas ele levanta a mão. — Ouvi o que você disse. Mas, se você tentar entrar escondida a bordo de um navio e eles a descobrirem e decidirem torná-la um exemplo, não chegar à casa de Blackwell será o menor dos seus problemas.

— Sei me cuidar.

— Ótimo — diz ele rispidamente. — Mas quem vai cuidar dos seus pontos? Quem vai fazer seu remédio? Quem vai impedir você de morrer? — Há uma tensão na voz dele, algo entre raiva e frustração.

— Ninguém! — grito, também impelida à raiva e à frustração. Talvez porque eu saiba que é verdade.

A sala fica em silêncio enquanto nos encaramos.

— Eu vou com você — repete John.

— Eu também — fala Fifer.

— Não vai, não — dizemos John e eu ao mesmo tempo.

— Eu vou, e não ousem tentar me impedir — contra-ataca ela. — Eu tenho uma espada, e a não ser que Elizabeth queira mais um bocado de pontos e você também, eu vou com os dois.

George levanta a mão.

— Contem comigo também.

— Isso é ridículo. — Viro-me para Humbert e não preciso levantar a voz para ele porque já estou gritando. — Eles não podem ir, e você precisa impedi-los. É perigoso demais. Você sabe, e eu sei. Eles podem ser capturados. Podem ser mortos e... o quê?

Humbert está balançando a cabeça.

— É Nicholas — diz ele simplesmente. — Todos nós nos importamos demais com o destino dele para ficarmos sentados sem fazer nada. Então para mim, seria errado tentar impedi-los de ir, isso sem mencionar que seria injusto.

Começo a discutir, mas Humbert fala primeiro.

— E você vai precisar de ajuda — lembra ele gentilmente. — Você não pode fazer isso sozinha.

Fecho a boca, trincando os dentes em resistência a toda essa idiotice; em resistência à ideia de que eles podem ajudar, em resistência à ideia de que não estou sozinha. Mas sei que, nesse momento, discutir não vai me levar a lugar algum.

Então tenho uma ideia.

— Acho que isso resolve a situação — digo. — Você pode nos ajudar a nos prepararmos?

Humbert assente, depois sinaliza para John e George o acompanharem ao andar de cima. Quando eles saem, viro-me para Fifer. Ela não está mais chorando, porém continua fungando e agora seus dois olhos estão inchados e vermelhos.

— É um plano terrível vocês me acompanharem — digo. — Claro que você sabe disso.

— Sei. Mas Humbert está certo. Você vai precisar de ajuda.

— Mas vocês não podem me ajudar. E, se acontecer alguma coisa com vocês enquanto eu estiver lá, não vou poder ajudar.

— Deixe que nos preocupemos com isso. — Ela vai para a porta. — Acho que devemos nos preparar.

— Vá em frente. Preciso fazer uma coisa primeiro.

Vou à mesa de Humbert, pego uma pena e papel. Ainda que talvez eu não possa impedir os outros de ir à casa de Blackwell comigo, pelo menos posso garantir que saiam de lá.

Quando termino, dobro as páginas com cuidado e lacro, pingando cera derretida nas bordas e lacrando com o sinete de Humbert: um falcão, carimbado na cera carmim.

Encontro Bridget.

— Entregue este bilhete a Humbert assim que sairmos — digo. — É muito importante. Compreendeu?

— Sim, senhorita, entendo — responde ela, alarmada com minha urgência. — Entendo.

— Ótimo. E certifique-se de que Horace não vá a lugar nenhum. Humbert vai precisar dele.

Horas mais tarde estamos todos no estábulo de Humbert, colocando as bolsas em quatro de seus cavalos. Estamos vestidos com a libré dos empregados de Humbert, calças cinzentas e túnica com um falcão laranja bordado na frente.

— É meio suspeito vocês viajarem à noite — diz Humbert. — Assim, se alguém os parar no meio da estrada, digam que estou esperando um carregamento de frutas que chega da Ibéria ao amanhecer, e que vocês vão ao porto aguardar por ele.

— Frutas? — pergunta George, subindo no bloco de montaria. Ele é tão baixo que não consegue montar no cavalo sem isso.

— Claro! De que outro modo eu conseguiria laranjas, limas e limões no auge do inverno? — Ele dá um tapinha no ombro de John. — Recebi um carregamento na semana passada. É uma coisa boa, hein?

John lhe oferece um sorriso débil e monta em seu cavalo.

— Há uma estalagem em Westferry chamada Casca de Noz. Meus serviçais sempre ficam lá. Perguntem por Ian. Ele vai lhes dar dois quartos e não fará muitas perguntas.

Humbert nos leva para fora. São apenas quatro horas da tarde, mas a noite está caindo. Já consigo ver a lua, um crescente brilhante no crepúsculo. Quando nos preparamos para partir, sinto a mão de alguém no meu braço. Viro-me, e ele sinaliza para eu chegar mais perto. Inclino-me.

— O que é?

— Você ainda está com o anel? — sussurra ele.

— Estou. — Fico sem graça por ter colocado o anel na bagagem. Provavelmente é valioso, e acho que ele percebeu que, se eu morrer, nunca mais vai tê-lo de volta. Estendo a mão para a bolsa. — Está aqui, só me dê um minutinho para encontrar...

— Não. — Ele aperta minha mão. — Eu gostaria muito que você o usasse no baile. Pode fazer isso?

— Acho que posso. Mas por quê?

— É um anel da sorte. Eu sei, é uma superstição boba de um velho. Mas eu me sentiria melhor se soubesse que você está com ele.

Humbert está certo; é uma superstição boba. Mesmo assim aceito toda a sorte que puder reunir.

— Certo. Vou usar — prometo. — Obrigada. — Ele aperta minha mão uma última vez, e, quando estou prestes a partir, percebo. — Espere aí. Você está me ouvindo bem. Eu sussurrei o tempo todo, e você conseguiu ouvir. Não conseguiu? — Encaro-o ao mesmo tempo em que me dou conta. — Você não é surdo, é?

Humbert dá uma piscadela.

— Ah, não sei. Todos nós temos alguma dificuldade de ouvir, não é? — Ele ri da minha expressão chocada. — É uma deficiência maravilhosa, vou lhe contar. Dá para aprender muita coisa sendo surdo. Você ficaria surpresa com o que as pessoas dizem quando acham que ninguém está ouvindo.

Confie naquele que enxerga tão bem quanto ouve. Fifer pensou que isso tivesse a ver com Schuyler, e de certa forma tinha. Mas também tinha a ver com Humbert. Pergunto-me se ela se deu conta disso.

Balanço a cabeça e rio também. Não consigo evitar.

— Nosso segredinho?

Faço que sim.

— Boa garota. Agora é melhor ir andando.

Nós quatro partimos. Mas antes mesmo de chegarmos ao final da imensa propriedade de Humbert, vejo um falcão circulando no céu. Ele paira acima de nós antes de se afastar, com um bilhete enrolado nos pezinhos.

— Aquele não é Horace? — pergunta George.

— É — confirma John. — Imaginei que Humbert escreveria ao meu pai para avisar sobre nosso destino. Mas pensei que ele esperaria pelo menos até sairmos de sua propriedade.

Sorrio. Até agora as coisas estão correndo de acordo com o planejado.

Está escuro quando chegamos a Westferry. Encontramos Ian, o amigo de Humbert, com facilidade. Ele coloca nossos cavalos em seu estábulo, nos dá comida e nos leva aos quartos, tudo isso sem perguntas. Fifer e eu caímos nas camas imediatamente. Estou exausta, e meu ferimento lateja dolorosamente. John o apertou bem firme num curativo antes de sairmos, mas três horas a cavalo despertaram a dor.

Quando abro os olhos, já é de manhã. Para minha surpresa, o sol está brilhando. Fifer e eu nos vestimos e vamos ao quarto de John e George. John está parado junto à janela, admirando os navios enfileirados no porto. Está totalmente vestido e pronto para ir.

— Está vendo nosso navio? — pergunta Fifer, colocando sua bolsa no chão.

— Ainda não — responde John, protegendo os olhos contra o sol brilhante.

— *Nosso* navio? — repito. — Pensei que você disse que poderíamos pegar qualquer um.

John dá de ombros, mas não se volta para nós.

— Poderíamos. E talvez tenhamos de fazer isso. Mas prefiro pegar um que eu conheça. Isso torna a coisa mais fácil, considerando o local até onde queremos que eles nos levem.

George chega com o desjejum, e nós três comemos enquanto John continua a monitorar pela janela. Então Fifer e George começam a jogar cartas na cama e eu me sento numa cadeira no canto, tentando repousar. Mesmo tendo dormido bem à noite, continuo cansada. Acho que são os pontos. Não me lembro da última vez em que um ferimento me deixou tão exausta.

Quando me dou conta há alguém sacudindo meu braço gentilmente.

— Elizabeth. Acorde. — Pisco e vejo George parado perto de mim. — É hora de ir. — Ele me ajuda a ficar de pé e me entrega minha bolsa.

John está esperando junto à porta. Não falou comigo, pelo menos não voluntariamente, desde que saímos da casa de Humbert. De vez em quando flagro-o me olhando, quando acha que estou distraída. Mas, quando tento encará-lo, ele desvia o olhar.

Lá fora o cais está apinhado de gente, estivadores em sua maioria, carregando e descarregando caixotes dos navios enfileirados no cais. Por um momento fico parada, deixando o calor do sol penetrar na pele. Eu devia estar me sentindo em segurança — pelo menos no máximo de segurança que alguém como eu pode sentir. Mas por algum motivo os pelos da minha nuca começam a se eriçar, como fazem quando sei que estou sendo vigiada.

— Qual é ele? — pergunta George. Há vários navios ao longo do píer. Alguns são enormes, volumosos, cheios de mastros e cordame, velas bojudas e pilhas de carregamentos. Outros são baixos e esguios, sem nada a bordo além de canhões se projetando das troneiras como minúsculos olhos pretos.

— Ali. Bem no final. — John aponta para um dos navios menores atracados na extremidade.

— É menor do que eu imaginei — diz Fifer. — Não acha melhor irmos num daqueles? — Ela indica um dos navios maiores.

John balança a cabeça.

— A casa de Blackwell fica perto do rio. Uma coisa tão grande assim nunca poderá nos deixar suficientemente perto sem encalhar. Eu não quero chegar remando, você quer?

Fifer balança a cabeça.

Penetramos na multidão e vamos na direção do navio. Estamos na metade do caminho quando alguém esbarra em mim, derrubando a bolsa do meu ombro. Paro para ajeitá-la. Nesse momento o ombro pesado de um homem bate no meu, ao mesmo tempo em que outro sujeito se posiciona na minha frente e perco meus companheiros de vista.

A luz do sol se reflete na água e bate nos meus olhos, tão brilhante que não vejo para onde eles foram. Giro, examinando a multidão. Quando continuo sem encontrá-los, sinto um pequeno calafrio de pânico, até que alguém agarra meu braço. Dou meia-volta, pensando ser George, talvez John. Mas não é.

É Caleb.

— Olá, Elizabeth — diz ele, calmo como se tivéssemos nos encontrando no pátio do palácio, na estalagem O Fim do Mundo ou em qualquer lugar que não fosse este cais, o último lugar na terra onde eu esperaria encontrá-lo.

— Caleb — ofego. — O que você... como foi que você...

— Como foi que encontrei você?

Assinto, atônita demais para falar.

— Foi difícil, não vou mentir. Ficou mais fácil, talvez, quando encontramos os guardas mortos em Stepney Green. Assim que os vi, soube que tinha sido você. Eu reconheceria seu trabalho em qualquer lugar. — Então ele sorri, mas o sorriso não chega aos olhos.

Começo a tremer.

— Caleb, eu...

Ele levanta uma das mãos.

— Preciso falar com você e não temos muito tempo. Marcus está aqui; Linus também. Eles não viram você, pelo menos por enquanto.

Giro a cabeça, examinando a multidão. E se eles encontraram os outros?

— Não se preocupe, eles não estão aqui para pegar seus amigos. Eu disse especificamente para deixá-los em paz.

Congelo.

— Não fique com esta cara. Fico feliz porque você fez amigos. Fico feliz por ver que cuidaram de você. O altão em particular, parece que está cuidando muito bem.

Solto um som ofegante.

— Elizabeth, quero que você volte comigo.

Demoro um momento para recuperar o fôlego.

— O quê? — digo finalmente. — Não, não posso ir para a prisão, Caleb. Não vou...

— Você não vai para a prisão. Agora eu sou o Inquisidor, não ficou sabendo? O que eu digo é lei. Quero que você volte e seja caçadora de bruxos outra vez.

— O quê? — repito. Não acredito no que estou ouvindo. — Não, Caleb, não posso fazer isso.

Ele franze a testa.

— Por quê? O que mais você vai fazer? Não pode dizer que quer ficar aqui... — Ele acena cheio de desdém — ... com eles.

— Quero. Não. Não sei. — Então percebo que não sei o que quero fazer. Ou o que posso fazer.

— O que ele contou a você? — Caleb estende a mão, segura meu braço. — O que Nicholas Perevil lhe disse para fazer você pensar que ficaria em segurança com ele? Que estaria mais segura com ele do que comigo? O que faz você pensar que ele não vai matá-la assim que você tiver feito... o que quer que ele a tenha mandado fazer?

Desvencilho-me dele.

— Não é Nicholas. É você. — Sinto uma ardência de lágrimas atrás das pálpebras. — Você não voltou para me ver. Na Fleet. Você me largou lá para morrer. Me deixou sem escolha, a não ser fazer isso.

— Quem disse isso? Nicholas? — Os olhos azuis de Caleb cintilam de raiva. — Eu ia ver você. Mandei você me esperar. Você prometeu que ia esperar. — Ele agarra meu braço de novo. — Mas, quando voltei, você já tinha fugido.

As lágrimas ameaçam cair. Não sei em quem acreditar. Não sei no que quero acreditar.

— Eu quase morri lá dentro. Você sabia disso? Peguei febre da prisão e quase morri. — Então penso em John, em como ele salvou minha vida. Em Caleb, em como não tenho certeza de se ele faria o mesmo. — Se você ia voltar mesmo, por que demorou tanto?

— Porque sabíamos que Nicholas ia aparecer para pegá-la. O vidente de Blackwell disse que ele faria isso. A coisa toda foi uma trama. Sua prisão, tudo. Sou prisão foi para atrair Nicholas. Blackwell me contou quando fui pedir clemência por você.

Meu estômago dá uma reviravolta enjoativa diante da traição dele.

— E você concordou? — sussurro. — Você devia saber como eu estava apavorada. Eu quase morri, Caleb. — Repito porque isto precisa ser repetido. — Você quase deixou isso acontecer.

— Eu fiz o que Blackwell mandou. Sou seu melhor amigo. Você acha mesmo que eu ia deixá-la morrer?

Não respondo.

— Está dizendo que não acredita em mim?

Olho para ele. É o mesmo Caleb que sempre conheci. Inquieto, ambicioso, sempre desejando mais. Só agora percebo a profundidade com que essa peste de ambição se espalhou dentro dele. Como uma doença, ela agora o domina: seus pensamentos, suas atitudes, as coisas que ele escolhe enxergar, as coisas que ele escolhe ignorar. E, tal como uma doença, um dia ela significará sua morte.

Quase significou minha morte.

— Acredito em você — digo. — Mas não acredito em Blackwell.

— O que você está falando? Estaríamos perdidos sem ele. Ainda estaríamos na cozinha, ou Deus sabe onde. Ele nos deu uma oportunidade quando ninguém mais daria. — Sua voz se exalta, cheia de convicção. — Você deve sua vida a ele. Nós dois devemos.

Balanço a cabeça. Não quero pensar no que devo a Blackwell.

— Por que ele o nomeou Inquisidor? — pergunto em vez disso.

Caleb não responde, pelo menos não imediatamente. Desvia o rosto por um momento, mas não sem antes eu ver alguma coisa lampejar nele, uma expressão que reconheço, mas que não via há muito tempo: incerteza.

— Ele me fez Inquisidor porque sou seu melhor caçador de bruxos — diz finalmente. — Porque sabe que pode confiar em mim. Porque...

— Porque sabia que, se tornasse você Inquisidor, você poderia me encontrar.

Caleb me olha com ar estranho, mas nós dois sabemos que é verdade.

— Existem coisas sobre Blackwell, coisas que você não sabe — digo. — Coisas que, se você soubesse, talvez o fizessem mudar de ideia em relação a ele, em relação ao que você está fazendo por ele.

— Do que você está falando?

— Estou falando que Blackwell é um mago.

Caleb fica imóvel. E subitamente, inexplicavelmente, começa a gargalhar.

— Você não acredita mesmo nisso.

— Não acreditava. Não no começo — digo. — Mas isso explica muita coisa. Explica tudo. Nossos estigmas, nosso treinamento, os planos dele.

— E que planos seriam esses? — Ele ainda está rindo.

— Os planos de assumir o poder. Derrubar Malcolm e tomar o trono. E ele pretende usar magia para isto.

Caleb para de rir abruptamente.

— Isso é traição — diz. — Nicholas fez você cometer traição. O que você acaba de dizer poderia colocá-la na fogueira antes de o sol nascer.

— Blackwell já tentou fazer isso, lembra-se?

Caleb bufa, com chacota.

— Eu já disse, tudo fazia parte do plano.

Balanço a cabeça, mas ele continua:

— Volte comigo. — Sua voz é grave, persuasiva. — Podemos chegar em Upminster amanhã de manhã, e vai ser como sempre foi. Só você e eu.

— Não.

— O quê? — Ele arregala os olhos, atônito. É a primeira vez que recuso um pedido dele para acompanhá-lo.

— Não posso voltar — repito. — E também não quero que você volte. Temo por você, Caleb. Tenho medo do que Blackwell está fazendo e tenho medo do que ele está fazendo com você. — Engulo em seco. — Tenho medo de que esteja correndo perigo.

— Não estou correndo perigo. Mas você vai estar, a não ser que me acompanhe.

O aviso é claro, mas, mesmo assim, recuo. Por um momento acho que este é meu verdadeiro teste: um teste de força, vontade e domínio do medo, tão real quanto o da tumba. Um teste que não foi projetado por Blackwell, mas que de qualquer modo foi criado por ele, para fazer com que eu escolhesse entre meu melhor amigo e minha liberdade, minha família e minha vida.

— Se você não voltar comigo não vou poder ajudá-la — diz ele com a voz tensa. — Não importa o que acontecer, não poderei salvá-la. Não desta vez. Entende?

Confirmo com a cabeça. Entendo.

Ele avança e segura meu braço por um momento, depois baixa a mão rapidamente, quase como se não tivesse mais o direito de tocar em mim. E é isso: esta breve perda da custódia é o que me faz perceber que ele está me liberando. Permitindo que eu vá. Que agora, depois de passarmos metade da vida juntos, vamos passar o restante dela separados.

Ele recua, assente num cumprimento rápido. Um adeus.

— Vou dizer aos outros que a perdi. — Sua voz está séria, e nela posso ouvir toda a emoção que ele despreza, toda a emoção que ele está se esforçando tanto para conter. — E não vai ser mentira.

26

HÁ PESSOAS PARA TODOS OS lados, me espremendo. Mas estou tão atordoada que não me mexo. Estou tão atordoada que não faço nada. Só fico imóvel. Olhando a multidão ao redor, sem enxergar de fato, com as palavras de Caleb ecoando na cabeça.

Sinto alguém tocando meu braço e dou um pulo.

— Aí está você. — É George. Está parado à minha frente, com John e Fifer ao lado. Os três franzem a testa. — O que aconteceu? Nós nos viramos, e você havia sumido.

— Eu... desculpe, eu... — Balanço a cabeça, ainda incapaz de pensar. — Está claro aqui fora demais — consigo dizer finalmente. — Acho que fiquei confusa.

George faz um muxoxo.

— Bem, então venha. Precisamos pegar um navio. — Ele e Fifer partem pelo cais. Mas John fica parado, me olhando, com as sobrancelhas erguidas. Um questionamento.

Eu poderia contar que Caleb apareceu, revelar o que ele me disse. Mas de que adianta? Isso não muda o fato de que dei adeus ao meu melhor amigo. Provavelmente para sempre. Lágrimas enchem meus olhos de novo, e desta vez não me dou ao trabalho de contê-las.

Os olhos de John se arregalam numa compreensão súbita.

— Ele está aqui, não é? — E gira, examinando o cais. — Estava sozinho? Eles vão mandar mais gente?

— Estava. Mas eles não estão... ele não estava. — Minha voz embarga. — Ele me deixou ir.

John se vira de volta para mim, com surpresa delineada no rosto. Depois de um momento, assente.

— Vamos. — Ele encosta a mão nas minhas costas e me guia pela multidão até a prancha de embarque, onde Fifer e George estão à espera. Eles nos lançam um olhar de curiosidade, mas não dizem nada.

Nós quatro começamos a subir a estreita prancha de madeira. Um pirata barbudo e atarracado está parado no topo, com uma espada na mão.

— Parem aí mesmo — ordena. E aponta a espada para o peito de John.

— Quero falar com o capitão — diz John.

O sujeito gargalha.

— Todos querem falar com o capitão. Eu digo não a todos. O que torna você diferente?

— É que este navio é meu — responde John. Lanço um olhar de surpresa para George, e ele dá de ombros. — Presumo que isso me torne diferente o bastante, não é?

O homem olha para John. Em seguida seus olhos se arregalam e ele solta um berro súbito.

— John Raleigh! — Ele segura o braço de John e o arrasta alegremente pelo convés. — Eu já devia saber. Você é seu pai cuspido e escarrado. O que está fazendo aqui? Não diga que decidiu trocar a vida de virtude pela vida de farra!

John sorri.

— Não exatamente. Meus amigos e eu precisamos de uma carona até Upminster. À Torre Greenwich.

O homem levanta as sobrancelhas.

— Espero que você tenha vindo preparado.

John tira um pacotinho da bolsa e o sacode. Pelo tilintar, percebo que está cheio de moedas.

— Claro.

O homem se vira e sinaliza para John acompanhá-lo.

— Venha. Você pode fazer seu pedido pessoalmente. Seus amigos aguardam aqui.

John acompanha o homem até o convés superior, entrando nos aposentos do capitão. Esperamos junto à amurada, tentando ignorar os olhares exageradamente interessados dos outros marinheiros.

Por fim John retorna. Parece furioso, e meu coração se encolhe. O capitão deve ter se recusado a nos levar. Não entendo como isso é possível, especialmente se o navio é mesmo de John. Dou um passo, pronta para encontrar o capitão e obrigá-lo a nos levar, quando vejo por que John está com tanta raiva.

O rapaz sai da cabine atrás de John, totalmente vestido de preto, com cabelos louros revoltos, olhos azuis brilhantes e riso maligno.

Schuyler.

Voltou para pegar a espada, e Blackwell o mandou. É a única explicação para ele estar aqui. Giro, pego Azougue pelo punho, tirando-a de baixo da capa de Fifer, e avanço para ele, apontando a lâmina diretamente para sua garganta. Atrás de mim, Fifer está ofegante.

Schuyler nem se encolhe.

— Ah, meu camundongo, meu *bijoux*. Eu sabia que íamos nos encontrar de novo um dia. Mas não é como eu esperava. Imaginei menos armas, menos hostilidade, menos roupas...

— Cala a boca — ordeno. — Dê meia-volta e vá embora. Se você conseguir fazer isso sem abrir a boca outra vez, talvez eu deixe sua cabeça continuar em cima do pescoço.

— Elizabeth, baixe isso — diz John.

— Não! — reajo. — É isso que ele quer. Ele quer a espada, e não pode tê-la. Ele vai levá-la para Blackwell. Não podemos deixar que ele...

— Ele não está aqui por causa disso — interrompe John. — Está porque Fifer o chamou. Ontem à noite. Disse para nos encontrar aqui. — Ele lança um olhar furioso para ela. — Schuyler roubou um caixote de limões de Humbert e subornou os homens para subir a bordo.

George contém um riso.

— Limões?

Schuyler dá de ombros.

— Escorbuto.

Mantenho a espada na garganta de Schuyler, fico encarando o rosto dele.

— Fifer, por que você o chamou? — Penso por um instante. — E como? Os ressuscitados precisam estar perto para ouvir o pensamento da pessoa. Se ele estava em Stepney Green ontem à noite, não podia ouvi-lo daqui.

John faz uma careta e nos dá as costas, como se não pudesse suportar o que viria em seguida.

— Ele... bom, ele não ouviu exatamente meus pensamentos, ele... é... sentiu — consegue dizer Fifer por fim. O rosto dela fica tão vermelho quanto seu cabelo ruivo. — Nós temos uma ligação.

— Uma ligação? — Imediatamente me lembro de como eles se olharam dentro da tumba do cavaleiro. O modo como ela quase o beijou, como ele parecia a ponto de devorá-la viva. Meu rosto fica vermelho como o dela. — Ah.

Schuyler balança a cabeça.

— Como você faz pouco do nosso amor!

— Cala a boca ou ela vai ganhar um estímulo para atravessar você com esta espada — rosna Fifer. Depois se vira para mim. — Eu o chamei porque acho que ele pode ajudá-la a pegar a tabuleta.

— Eu já disse...

— Sei o que você disse — reage Fifer. — Mas tem uma coisa que precisamos lhe contar.

— Então conte.

George dá um passo à frente.

— Posso sugerir que façamos isso em outro lugar? Talvez em algum lugar em que não tenhamos metade do navio escutando?

Giro e vejo pelo menos duas dúzias de marinheiros amontoados ao redor, segurando punhados de moedas.

— Não parem — diz um deles com a boca cheia de dentes escuros. — Apostei dez coroas que o ressuscitado vai arrancar seu braço.

— Aposto o dobro que ela vai cortar a cabeça dele.

— Aposto um soberano que o ressuscitado vai arrancar o braço dela primeiro, e *depois* ela vai cortar a cabeça dele.

Eles começam a torcer e apostam mais moedas.

— Venham — diz John. — Precisei entregar quase tudo que tinha ao capitão só para ele deixar que subíssemos a bordo. Se continuarmos assim, ele vai nos expulsar. — Ele olha ao redor. — Vamos para a popa. Você — John aponta para Schuyler —, se houver ao menos uma sugestão de encrenca da sua parte, eu mesmo jogo você deste navio. Entendeu?

— Sempre tão agradável, John! — murmura Schuyler. — Não é de se admirar que ela goste tanto de você.

Um tremor de surpresa passa pelo rosto de John. Em seguida ele faz uma carranca.

— Vá.

Afasto a espada do pescoço de Schuyler, e nós cinco passamos por entre os homens que vaiam e assobiam atrás de nós, aí contornamos caixotes e canhões até chegarmos à popa. Um a um, subimos pela escada estreita de madeira até o tombadilho superior. Aqui está calmo, não há nada além de pilhas de cordas, mais canhões e barris de pólvora.

Olho para todo mundo ao redor.

— O que está acontecendo?

Fifer senta-se num rolo de corda.

— Tem a ver com o seu teste.

— O que é que tem?

— Na noite depois de você contar como foi, e depois de você ir dormir, Humbert, John, George e eu conversamos. Sobre como a coisa toda funciona. A magia que foi utilizada.

— E?

— Bem, pelo que você contou, o teste parece uma combinação de feitiços. Ou melhor, um feitiço dentro de um feitiço. O primeiro era uma ocultação, obviamente; esconder a tabuleta atrás de uma porta de madeira simples. E havia a ilusão.

— Não foi ilusão — digo. — Foi real.

— Foi ilusão — retruca Fifer. — Mas isso não quer dizer que não tenha sido real. Você viu, sentiu, reagiu a ela. Isto a tornou real. O que a tornou real foi seu medo.

— Então não tem diferença.

Fifer balança a cabeça.

— Tem, sim. Uma diferença bem grande. Porque quando você está dentro de uma ilusão, se você for muito hábil ou tiver muita sorte, pode se obrigar a crer que aquilo não é real. Ao fazer isso você elimina o medo, que por sua vez elimina a ilusão. Não era esse o objetivo do teste? Eliminar seu medo?

— Era.

Fifer assente.

— Foi o que aconteceu quando você cantou. Você se acalmou o suficiente para ver que aquilo não era real. Foi por isso que você viu a tabuleta no lugar da porta. Você enxergou através da ilusão. E vai precisar fazer isso outra vez.

— Certo — digo. — Então eu faço exatamente o mesmo que fiz antes, só que agora sabendo como o feitiço funciona.

Observo os outros ao redor. Agora George está sentado, os joelhos enfiados embaixo do queixo. John está olhando para a água, os braços cruzados, o queixo trincado. Schuyler olha de Fifer para mim, arregalando os olhos.

— Tem alguma coisa que eu não sei?

Fifer respira fundo.

— Você sabe se os outros caçadores de bruxos fizeram o mesmo teste que você?

— Eu... não. Cada um teve alguma coisa diferente.

Nenhum de nós conversava sobre os testes, mas não era difícil descobrir como eram. As coisas que as pessoas gritavam durante o sono, as coisas que evitavam quando estavam acordadas. Caleb nunca me contou sobre o dele, mas supus que tivesse a ver com afogamento. Levei um mês inteiro para convencê-lo a tomar banho, e até hoje ele estremece quando chove.

— Isso significa que o teste é um feitiço que reage especificamente ao medo da pessoa. Isso é realmente magia avançada. Blackwell deve ser extremamente poderoso... — Ela para, com uma careta. — Qual era o seu? Quero dizer, o seu medo?

— Já contei.

— Eu sei, mas... você tem mesmo medo de ser enterrada viva?

— Bem, agora tenho — reajo bruscamente. — Mas não. Na ocasião eu... — hesito. Não quero revelar meu maior temor a eles. Parece que estou admitindo alguma coisa maior.

— O que era? — pressiona Fifer.

Dou as costas para eles, voltando-me em direção à água. Mesmo assim posso sentir seus olhares.

— Eu tinha medo de ficar sozinha. — Minha voz sai baixa, fraca. Não sei se eles podem me ouvir acima do som dos homens gritando no convés ou das ondas batendo no casco, mas continuo: — De morrer sozinha. Caleb diz que todos nós morremos sozinhos, mas não creio que seja verdade, de fato. É diferente encarar a coisa sozinha. Saber que ninguém virá, que ninguém virá nunca. Saber que é só você, e será sempre assim...

Então paro, giro e encontro os quatro me encarando, um coro de horror, medo e compaixão nas carinhas de todos.

— Você ainda tem medo disso? — pergunta Fifer. Sua voz sai tão baixa quanto a minha.

— Não sei. — Fecho os olhos diante dos olhares implacáveis. — Não sei mais do que tenho medo. Não sei por que isso importa, afinal.

— Importa muito — diz ela. — E se a tumba não for a mesma desta vez? E se o seu medo não for o mesmo? Não há como dizer o que você terá de enfrentar lá. O que acontece se o canto não funcionar?

Sinto meus olhos se arregalando. Eu não tinha pensado nisso. Nunca havia imaginado que a tumba pudesse estar diferente. Nunca imaginei que poderia estar pior.

— Não sei em que situação você vai estar depois que tudo acabar — continua Fifer. — Além disso, agora você está mais fraca do que naquela ocasião, quando treinava todo dia, e está ferida. Se Schuyler estiver lá, ele pode ajudá-la a destruir a tabuleta. Além de você, ele é o único que tem força suficiente para isso.

Viro-me para ele.

— Você concordou em fazer isso? Por quê?

Schuyler suspira. E pela primeira vez não está com ar engraçadinho nem indiferente. Pela primeira vez vejo que os anos e as coisas que ele conhece lampejam em seu olhar, uma sombra escura atrás do azul.

— Porque Fifer me pediu — responde ele. — Porque não quero que ela entre lá sozinha. Porque não quero que Nicholas morra. Porque acho que Blackwell é mais perigoso do que qualquer um de nós imagina. Porque, se eu não fizer isso, vou ser caçado tanto quanto vocês. — Ele dá de ombros. — Tenho uma vida muito longa pela frente. Não quero passá-la fugindo.

Sento-me no convés e puxo os joelhos para o queixo. Ninguém diz nada; não há o que dizer. Mas depois de um minuto George se abaixa perto de mim e passa o braço pelo meu ombro.

— Você vai ficar bem — observa ele com firmeza. — Eu disse aos outros: qualquer um que enfrenta Hastings, e sobreviva para contar, pode suportar qualquer coisa.

Solto um riso trêmulo.

— Talvez o teste seja este. Um fantasma, um cesto de farinha e um bocado de aves mortas. — Fifer e Schuyler sorriem.

Mas, quando olho para John, ele não está sorrindo nem um pouquinho.

O sol começa a se pôr. As águas ao redor se acalmam, no entanto os marinheiros ficam mais ruidosos. Alguns pegam instrumentos, um violino e um alaúde, e começam a tocar músicas desafinadas. Outros iniciam um barulhento jogo de cartas no convés. Outro grupo começa a jogar dados.

George se levanta.

— Acho que vou entrar naquele jogo de cartas — diz. — Tentar ganhar de volta o dinheiro da nossa passagem. Alguém quer colaborar?

John pega algumas moedas e joga para ele.

— Só tenho isso. Tente não perder tudo na primeira partida.

George parece chocado.

— Eu? Perder? Acho que não. Vou recuperar nosso dinheiro em uma hora, espere só. — Ele pisca para mim e desce a escada correndo.

— Acho que vou dar uma volta pelo convés — diz Schuyler. — Admirar o luar e coisa e tal. Se não for problema para vocês. — Ele olha para John. — Não quero irritar o chefe.

John dá de ombros.

— Desde que Fifer vá com você. E desde que ela aponte a espada para você o tempo todo.

Fifer pega Azougue no convés e cutuca a lâmina nas costas de Schuyler.

— Irritadinha, hein? — Schuyler ri. — Vamos? — Em seguida estende o braço para ela. Os dois descem a escada e atravessam o convés, as cabeças juntas, sussurrando.

Viro-me para John.

— Você deixa os dois saírem juntos?

Ele dá de ombros.

— Sem dúvida os dois saem juntos o tempo todo. Ainda não consegui impedir, e provavelmente não vou conseguir. Pelo menos posso garantir que ela esteja armada.

Sorrio. Então percebo que ele foi deixado a sós comigo. Sem dúvida é o último lugar no mundo onde ele gostaria de estar.

— Acho que vou dormir — digo.

John levanta uma sobrancelha.

— Está tentando me expulsar?

— Eu... não. Acho que só estou dizendo que você não precisa ficar.

— Tudo bem — diz John. — Mas estou com fome. E você?

— Acho que estou. Talvez. Não sei.

Ele sorri um pouco.

— É uma pergunta, do tipo que se responde com sim ou não.

— Sim.

— Certo. Já volto. — Fico observando-o se afastar. Não sei por que ele se importa se estou com fome ou não. Acho que é porque sabe que, para manter Nicholas vivo, precisa me manter viva. O que inclui me manter alimentada. Não posso presumir que signifique nada além disso.

Ele volta alguns minutos depois, carregando uma trouxa. Desamarra-a e põe o conteúdo diante de mim. Queijo, figos, maçãs, presunto, um pão, uma garrafa d'água.

— Não tem bolo — diz. — Desculpe. Mas eu pedi.

Pisco.

— Não, isto está perfeito.

— Então manda ver.

Depois de comermos, ele guarda tudo e se acomoda no convés, ao meu lado, as costas na amurada de madeira. Bebe um gole d'água do cantil e o entrega a mim. Ficamos em silêncio por um tempo, ouvindo a música no convés e o som da água batendo no casco.

— Como Caleb soube que você estava aqui? — pergunta John, finalmente.

— Ele disse que Blackwell tinha um vidente.

John confirma com a cabeça.

— Já sabíamos disso. Ou pelo menos deduzimos. Ele sabe que vamos ao baile? Era por isso que estava aqui? Para tentar impedi-la?

— Não. E também não creio que Blackwell saiba. Se soubesse não teria enviado Caleb. Teria simplesmente esperado. Caleb veio porque queria que eu caçasse bruxos para ele de novo. Disse que, se eu fosse contra Blackwell, ele não poderia me salvar. Disse... — paro.

— O quê?

— Falou que se eu não voltasse com ele, estaria por conta própria.

— O que você disse?

— Eu... — Engulo em seco. — Eu disse adeus. — Olho para meus pés e fico em silêncio. John não fala nada. Mas posso sentir seu olhar em mim sob a luz da lua.

— Você o ama? — pergunta ele de repente.

A pergunta me assusta a ponto de eu largar o cantil, e a água espirra nos meus pés. John o recolhe rapidamente e coloca a rolha de volta no bico.

— Ele era minha família — digo. — Claro que eu o amo.

— Não quis dizer nesse sentido.

Penso nisso. Caleb era meu melhor amigo; era toda a minha vida. Houve uma época em que pensei que o amasse mais do que como amigo, e tive esperanças de que ele me amasse de volta. Mas eu sabia que ele me considerava limitada. Não era bonita o suficiente, nem ambiciosa o suficiente. Não era suficiente, ponto final. Por mais que eu lutasse contra, sabia que estávamos nos distanciando. Que a única coisa que nos mantinha juntos era minha dependência dele e seu sentimento de dever para comigo. E, quando me despedi dele hoje, eu soube — bem no fundinho eu soube — que ele ficou aliviado ao me ver partir.

Olho para John. Seu olhar está fixo no convés à frente, mas sei que está escutando. Sua quietude, a postura dos ombros, o modo como aperta o cantil, são indicativos de que ele está escutando.

— Não.

Então ele levanta os olhos, e por um minuto nos entreolhamos.

— Por que você perguntou isso?

Ele respira fundo. Olha para a água, uma ruga se formando entre as sobrancelhas. Quando se vira para mim de novo, suas pupilas estão dilatadas, imóveis e profundas como o mar ao redor.

— Eu queria saber. Só isso. Acho que eu só precisava saber.

— Ah — digo. Ficamos calados de novo. E mesmo no silêncio parece que ele está tentando me dizer algo e que estou tentando dizer alguma coisa a ele, mas nenhum de nós sabe o quê. Ou, se sabemos, estamos com medo demais de falar.

— Você devia dormir um pouco — diz ele finalmente. Sua voz está muito baixa. — Eu trouxe um cobertor. — Ele o retira da bolsa e me entrega. É grosso, cinza e cheira a sal e cedro, como o navio.

— Certo — digo com a voz igualmente baixa. — Obrigada.

Deito-me no convés. Meus pensamentos estão tomados por Caleb, John, Blackwell e a tumba, imaginando o que vai acontecer. Mas não adianta. Toda vez que imagino uma coisa, algo pior vem e a substitui. Não quero pensar mais nisso. Abro os olhos e espio John. Ele ainda está sentado com as costas na amurada, as pernas estendidas, a cabeça inclinada para trás, admirando o céu.

— Este navio é mesmo seu? — pergunto.

Ele baixa a cabeça para me olhar.

— É.

— Como? Quero dizer, achei que você não quisesse ser pirata.

— Não quero. — Ele dá de ombros. — Mas, quando meu pai se uniu aos Reformistas, livrou-se de todos os navios. Menos deste. Era o predileto dele. Ele me deu o navio, acho que esperando que eu mudasse de ideia. Não mudei, mas, mesmo assim, eu não quis abrir mão dele. Por isso contratei alguém para comandá-lo.

— Ah. — Penso por um minuto. — Mas, se o navio é seu, por que você precisou pagar ao capitão para subir a bordo?

Um sorrisinho cruza o rosto dele.

— Porque o sujeito ainda é um pirata. É implacável e crasso, e não é conhecido por fazer caridade. Mas eu confio nele e gosto dele. No fim das contas, é isso que importa.

Fecho os olhos de novo. Finalmente, com o balanço suave do navio, os esforços da música desafinada e a presença firme de John ao meu lado, caio no sono.

SOU ACORDADA BRUSCAMENTE, COM O balanço repentino do navio me fazendo rolar de cima da minha bolsa. Abro os olhos e espio acima da amurada. O céu está nublado e cinzento, as águas, revoltas. Perto de mim, os outros estão começando a se mexer. Fifer e Schuyler estão encolhidos juntos, conversando em voz baixa. George boceja, enterrado embaixo do cobertor e tremendo.

Sento-me e puxo o cobertor, apertando-o em volta dos ombros. Um vento forte e frio sopra no convés, levantando meu cabelo e chicoteando-o no meu rosto.

— Cadê John?

— Foi pegar comida — responde George. — E descobrir quando vamos chegar. Espero que seja logo. Se este barco não parar de balançar, acho que vou ficar enjoado.

Então John aparece, o barco se sacudindo enquanto ele sobe a escada. Ele se encolhe e agarra o corrimão para se firmar. Coloca a comida na nossa frente e me entrega uma taça.

— Remédio — diz ele. — Não é muito saboroso, mas eu não tinha muita coisa com que trabalhar. Talvez seja bom tomar enquanto ainda está quente. Não garanto que o sabor vai melhorar quando esfriar.

— Obrigada. — Pego a taça das mãos dele. — O que você descobriu?

— Estamos a umas duas horas de Upminster. Mas tem uma tempestade chegando, então pode ser que demore mais. De qualquer modo, devemos chegar ao pôr do sol.

John distribui a comida — um pouco de pão e queijo duro — e senta-se ao meu lado.

— Pedi ao capitão para nos deixar a 1,5 quilômetro da casa de Blackwell, rio abaixo — diz ele. — Sei que outros navios estarão por perto, e provavelmente poderemos nos misturar, mas não faz sentido correr riscos. — Ele me olha. — Espero que esteja tudo bem.

Confirmo com a cabeça.

— Tudo bem. Obrigada. — Parto um pedaço de pão, mas não como. Estou nervosa demais para ter apetite. A julgar pelo modo como os outros pegam a comida, acho que também não estão com fome.

— Deve ser fácil entrar — digo. — Só temos um convite, mas podemos passá-lo de um para o outro. Quando estivermos dentro, vocês só precisam se misturar com todo mundo.

Todo mundo.

Malcolm, Blackwell, Caleb. Todos os caçadores de bruxos que conheci. Isso sem mencionar os guardas, serviçais e uma centena de outras pessoas que poderiam me reconhecer. Contenho um tremor e continuo:

— Uma vez que estivermos lá dentro, não tentem se esconder. Blackwell vai ficar alerta para esse tipo de coisa. Fiquem em terreno aberto, mas tentem ao máximo evitar conversas com outras pessoas. O espetáculo começa às 9 horas, e é aí que vamos para a tumba.

Schuyler passa o braço em volta de Fifer. Não sei o que ela está pensando, não com a mesma precisão que ele sabe. Mas pelo jeito como ela morde os lábios, consigo adivinhar.

— Então vocês esperam — digo. — Não poderão fazer nada além disso. Fiquem por perto, mas não perto demais. Ajam como convidados e vão ficar bem. Ninguém vai incomodá-los. Há muitas pessoas importantes no baile para que Blackwell se arrisque a perturbar alguém. Mas, se houver algum sinal de problema enquanto eu estiver lá dentro, Schuyler, leve-os para fora.

— Mas e se alguma coisa acontecer enquanto você ainda estiver lá dentro? — pergunta George.

— Então ele vai voltar e me buscar. — Olho para Schuyler. — Certo?

Schuyler me encara, as pupilas brilhantes dilatando-se numa compreensão súbita.

— O que você quiser, *bijoux*.

Viro-me para os outros.

— Não é o melhor plano do mundo, mas é bom o suficiente. Contanto que todo mundo o siga direitinho, vai ficar tudo bem.

Só que tudo isso é mentira.

Tudo que estou dizendo a eles é mentira, e somente Schuyler sabe a verdade. Ele me ouviu pensando ontem à noite, ouviu meus pensamentos, exatamente como eu queria. Ele conhece meu plano verdadeiro. Sabe o que fazer para mantê-los em segurança, é a única solução possível.

Nós ficamos sentamos, em silêncio, durante um tempinho. O navio continua a balançar, as velas se sacudindo furiosamente. Um punhado de homens corre pelo convés, amarrando barris, caixotes e canhões para impedir que escorreguem para o mar. Então John se põe de pé abruptamente e se afasta, caminhando depressa pelo convés e entrando na cabine do capitão. Olho para George, mas ele apenas dá de ombros.

Logo vejo a forma escura da terra a distância e sei que vamos chegar em pouco tempo.

— Acho que a gente deve se preparar— digo. — Fifer, vamos ter de trocar de roupa, mas não sei onde...

— Pode usar a cabine do capitão. — Viro-me e vejo John parado perto de mim, segurando sua bolsa. Está com a aparência péssima. Seus olhos estão injetados, e o rosto, pálido. Até os lábios estão pálidos. — Mas primeiro preciso verificar seus pontos. Podemos fazer aqui, mas acho que você ficaria mais confortável lá dentro.

— Certo. — Atravessamos o convés, o barco ainda se sacudindo de um lado a outro. Preciso parar algumas vezes para me firmar, mas John continua andando. Acompanho-o até a cabine.

Lá dentro é simplesmente um luxo. Um tapete cobre o chão, cortinas de veludo emolduram as amplas janelas quadradas. No meio há uma enorme mesa de carvalho, cercada por cadeiras. Do lado oposto da cabine há uma cama presa à parede, coberta com colchas luxuosas em diferentes tons de azul. Ao lado, uma pequena escrivaninha, com um espelho na parede adjacente.

— Onde quer que eu fique? — pergunto.

— Na mesa está bem.

Subo em cima dela e me deito, e John fica de pé ao meu lado. Ele me olha por um momento e pigarreia.

— Eu, ah... vou precisar ver.

Faço uma pausa, depois levanto a bainha da túnica, expondo a barriga. Ele já me viu antes. É o curandeiro; já viu um monte de pessoas. Mas isso é diferente. A cabine parece quente, mas talvez seja o rubor que sinto subindo pelo pescoço e chegando às bochechas. Viro-me para a janela, de modo que ele não veja meu rosto.

John se inclina acima de mim e começa a desenrolar a bandagem, os dedos tocando minha pele, como uma carícia. Meu coração está martelando tão furiosamente que é um espanto ele não escutar. Ou talvez escute.

— Isto parece bom — diz ele depois de um minuto. — Eu esperava algo pior. Talvez seu estigma tenha ajudado, afinal de contas. Não sei. Mas para alguém com 32 pontos...

— *Trinta e dois?* — Viro-me para encará-lo. — Você me deu 32 pontos?

Ele confirma com a cabeça.

— Estava feio. Achei que você fosse morrer. Se a lâmina tivesse penetrado mais um centímetro, você teria morrido. Se tivesse, eu... — Ele para, voltando a enrolar a bandagem.

— O quê?

— Não sei. Eu só não queria que você morresse. — Ele me olha. — Agora sei o que você é, mas isso não muda nada. Ainda não quero que você morra.

Então o navio dá uma sacudida enorme, inclinando-se para a frente e balançando para os lados. Agarro a borda da mesa para não rolar. John agarra o tampo com firmeza, a cabeça abaixada. Ouço-o respirando. Respirações fundas, lentas, tranquilas, do mesmo jeito que ele fez depois de me costurar.

— O que foi? — pergunto. — Qual é o problema?

Ele não responde. Mas há uma nova sacudida e ele se deixa tombar numa cadeira ao meu lado.

— Você se importa se eu me sentar? — sussurra ele. Em seguida enfia a mão embaixo da mesa, pega sua bolsa e começa a remexer nela. Pega uma faca e, imagine só, um limão. Parte-o rapidamente ao meio, segurando uma das metades junto ao nariz e respirando fundo.

Observo-o com olhos arregalados.

— O que você está fazendo?

Ele ainda não responde. Simplesmente fica sentado ali, respirando perto do limão. O cheiro forte, ácido, preenche a cabine pequenina. Por fim ele fala:

— Lembra-se de quando você perguntou por que eu não era pirata, como meu pai?

— Lembro.

— É porque eu enjoo no mar. — Então ele me olha, o rosto pálido como o céu e o mar lá fora. — Tenho enjoos horríveis, violentos. Na verdade, estou fazendo um esforço enorme para não vomitar em cima de você agora mesmo.

Ele põe o limão na mesa e sorri um pouco, por isso sei que está brincando. Mas provavelmente não muito. Sua aparência é péssima.

— Meu pai e eu tentamos de tudo. Bebidas, especiarias, ervas. Mas nada deu certo. A única coisa que melhora um pouco é um limão. Quando eu era criança, costumava espremer o sumo nas minhas roupas. Ajuda um bocado, mas provoca manchas terríveis. Minha mãe ficava louca.

Lembro-me da bebida que Bram me deu na festa. A que ele disse que teria o gosto da coisa que eu mais desejava no mundo. A que tinha gosto de limão e especiarias, que eu achei que tivesse gosto de cerveja com gengibirra. Que eu achei que fazia me lembrar de Caleb. Mas não era de Caleb. Era de John.

Então sinto um enjoo que não tem nada a ver com o mar. Há uma agitação no meu estômago e uma dor terrível, oca, no peito. Preciso dizer uma coisa a ele, mas não sei o quê.

— Independentemente do que aconteça esta noite, só quero agradecer — consigo falar finalmente. — Por cuidar de mim. Por salvar minha vida. Sei que isso não pode compensar o que fiz, mas eu gostaria... — Paro. Não adianta dizer do que eu gostaria. — Chime é muito sortuda — digo em vez disso.

— O quê? — John levanta a cabeça bruscamente. Uma mecha do cabelo cai em seus olhos, mas ele não se dá ao trabalho de afastá-la. — O que você disse?

— Chime — repito. — Eu a conheci na festa. Fifer nos apresentou. Ela disse que você era... — Paro. Uma onda de ciúme puro me atravessa, tão forte que me deixa tonta.

— Não. — Ele balança a cabeça. — Ela não é. Nós não somos... — Ele deixa o restante no ar.

— Tudo bem. Eu entendo.

— Entende?

Não. Não sei o que está acontecendo. A única coisa que sei é que, quando olho para John, para seu rosto pálido e macilento, para os olhos sombrios e escuros, ele parece tão arrasado quanto eu. Sem pensar, levo a mão ao seu rosto e lhe afasto o cabelo da testa.

Ele arregala os olhos de surpresa ao meu toque. Congelo, sentindo-me idiota. O que estou fazendo? Começo a me afastar, mas, antes que eu possa fazê-lo, ele envolve minha mão entre as dele, entrelaçando os dedos nos meus e segurando-os com força.

Ficamos assim. Não tenho aquela sensação familiar de medo nem a necessidade de me afastar. Desta vez sinto algo desconhecido: a necessidade de me agarrar com mais força ainda.

Alguém pigarreia. Levanto os olhos e vejo Fifer parada junto à porta, segurando nossas bolsas. Olha de John para mim e assente, como se tivesse chegado a algum tipo de entendimento.

— Desculpe interromper — diz ela. — Mas precisamos começar os preparativos.

John larga minha mão. Inclina-se por cima de sua bolsa e enfia tudo dentro rapidamente: o limão, a faca, a bandagem. Então, sem dizer palavra alguma, levanta-se e sai, passando por Fifer sem olhar para nenhuma de nós.

Fifer entra na cabine e fecha a porta. Larga nossas bolsas no chão e começa a tirar dali coisas: roupas de baixo, vestidos, chinelos e joias.

Ajudo-a a se vestir, colocando o mesmo vestido que ela usou na primeira noite na casa de Humbert, o de seda cor de cobre com corpete verde. Ela vai até o espelho ao lado da cama e ajeita o cabelo, afastando-o do rosto, deixando pequenos cachos caindo ao redor das bochechas sardentas. O hematoma ainda é evidente, mas ela consegue esconder a maior parte com pó.

Fifer gira para me encarar.

— E então?

— Você está bonita — digo.

— Mas temos algum trabalho a fazer com você. — Ela me olha com expressão crítica. — Está pálida, e seu cabelo está um horror. — Fifer pega minhas coisas no chão: o vestido azul com o pássaro bordado na frente, os pentes de cabelo combinando, as joias. — Vejamos o que posso fazer.

Depois do que parece uma eternidade, Fifer termina. Olho meu reflexo no espelho e, admito, não estou nada mal. Por algum milagre ela conseguiu domar meu cabelo. Está liso, brilhante e cai nos ombros em ondas suaves. Prendeu as laterais com os pentes, exatamente como Bridget fez, até acrescentou um pouco de cor às minhas bochechas e aos lábios para esconder minha palidez.

— Não se esqueça disto aqui. — Ela me entrega os brincos de safira e o anel combinando. Aquele que Humbert me pediu para usar. Enfio-o no dedo. À luz fraca da cabine consigo vislumbrar levemente o coração minúsculo gravado embaixo.

— Obrigada — digo. — Para alguém que em última instância vai para a morte, não estou muito mal. — Digo isto como uma piada, mas Fifer faz um muxoxo.

— Não vamos deixar você lá — diz ela.

— Talvez eu não consiga sair.

— Mas não vamos deixar você lá. — Ela indica a porta. — Venha. Os outros estão esperando.

Lá fora o crepúsculo se aproxima, e as nuvens estão começando a se dividir, revelando a lua brilhante. John, George e Schuyler estão perto da porta.

Schuyler usa preto como sempre. George está todo de azul. Sem todas as penas, os broches e as roupas multicoloridas, quase não o reconheço. John veste calça preta e uma camisa branca sob um paletó preto com acabamento em vermelho. Mas o cabelo ainda está revolto, o vento soprando cachos sobre a testa e os olhos. Percebo que o estou encarando, mas, daí, ele está me encarando de volta.

Schuyler inclina a cabeça para trás e geme.

— Isso de novo, não — diz. — Não sei o quanto mais consigo tolerar.

— Do que você está falando? — Viro-me para ele.

— De você. Dele. Disto. — Schuyler balança a mão entre mim e John. — Todos esses *sentimentos*. Batendo asas no navio, como pássaros frenéticos numa gaiola. Amor! Ódio! Luxúria! Medo! *Argh*. Parece que estou preso numa tragédia egeia. — Ele olha para George. — Você não vai começar a cantar, vai?

George ri. Mas eu desvio o olhar, o rosto em chamas.

— Cala a boca, Schuyler — diz Fifer baixinho. — Vamos mostrar a eles e acabar logo com isso.

Schuyler retira vários pedaços de papel de dentro de seu casaco. Um pedaço de pergaminho, um tíquete velho, fragmentos de um mapa.

— Quantos? — pergunta Fifer.

— Quatro — responde Schuyler. Depois pega o pergaminho e rasga ao meio. — Agora cinco.

— Ótimo. — Ela enfia a mão na bolsa e pega um pedaço de papel creme grosso. Reconheço-o de imediato. A letra preta e delicada na frente, a rosa vermelha estampada em cima: o convite para o baile de máscaras de Malcolm. Ela pega os pedaços de papel rasgado na mão de Schuyler e os empilha no convés. Depois pega o convite e coloca no topo.

— O que você está fazendo?

— Precisamos de um convite para entrar no baile — diz Fifer. — Sei que você disse que podíamos passar um entre nós, mas pensei num jeito melhor. — Ela enfia a mão na bolsa outra vez e pega seu amuleto. — Restam dois nós. — Ela segura o pedaço de barbante de seda. Um deles vai ser bem útil agora.

— *Ah* — diz George. — Boa ideia.

— Foi o que pensei. — Fifer desamarra o nó e coloca a mão em cima da pilha de papéis. — *Altere.*

Vejo o mapa, o tíquete e os dois pedaços de pergaminho rasgado se mexendo e crescendo, mudando de formato e de cor até se tornarem cópias exatas do convite original. Fifer começa a distribuí-los.

— Que tipo de feitiço é este? — pergunto. — É parecido com aquele você fez na estrada para a casa de Humbert, transformando o capim numa cerca viva?

— O princípio é o mesmo, sim. — Ela me entrega um convite. O papel está ligeiramente quente ao tato. — A ideia de pegar uma coisa e transformar em outra é que é semelhante. É a chamada transferência. Na verdade é um feitiço muito útil. Mas precisa de muita energia. Eu não conseguiria fazer sem a ajuda de Nicholas. — Ela levanta o cordão e dá uma pequena sacudida nele. — Ele consegue transferir praticamente qualquer coisa para qualquer outra coisa. É incrível.

Nesse momento surge um homem atrás de nós. Dá tapinhas nas costas de John, e os dois se apertam as mãos. Deve ser o capitão do navio.

— Vamos atracar em cerca de quinze minutos — avisa ele. — É melhor pegarem suas coisas e esperarem perto da prancha. Vai ser uma parada rápida. Não precisamos ficar aqui por mais tempo do que o necessário. — John agradece, e então o capitão se afasta, caminhando pelo convés e rosnando ordens para seus homens.

Pegamos as bolsas e Azougue. Escolhi prendê-la debaixo da saia; é tão comprida que a lâmina quase raspa no chão — e atravesso o convés até a amurada, olhando a casa de Blackwell surgir ao longe.

Do rio, ela parece uma fortaleza. Quatro enormes lajes de pedra, impossivelmente altas e retas formam a muralha externa. Em cada canto há uma torre mais alta ainda, com cúpula, encimadas por bandeiras minúsculas, cada qual com o brasão contendo uma rosa vermelha. O estandarte de Blackwell. Fica perto do leito do rio, estendendo-se pelo que parecem quilômetros antes de virar para o interior e envolver o restante da casa.

No meio da muralha há um pequeno portão de ferro, que vai do rio até o fosso do lado de dentro. Fica fechado na maior parte do tempo. Mas nesta noite está vazio, como uma enorme mandíbula escancarada, com dentes de ferro. Quase posso senti-la esperando para me devorar.

Normalmente a casa de Blackwell fica vazia. Agora está apinhada de navios de todos os tamanhos e formatos, levando passageiros de toda a Ânglia. Mais adiante, rio acima, há barcas menores carregando pessoas de suas casas em Upminster. À medida que se aproximam, ouço os remadores acompanhando o ritmo de seus tambores. *Tum. Tum. Tum.* Parecem batidas de coração.

Deslizamos para o porto. Dois homens correm e baixam rapidamente a prancha de desembarque, que bate com uma pancada surda no cais abaixo.

— Depressa, por favor — diz um dos homens, instigando-nos.

— Certo — sussurra George. — As máscaras. — Ele coloca a sua: preta e simples. Foi necessária uma certa persuasão para convencê-lo. A máscara que ele queria usar era turquesa e coberta de penas de pavão. "Se usar isto, todo mundo vai levar cinco segundos para perceber que é você", observara John.

Tiro minha máscara da bolsa, a preta com penas cor-de-rosa, e a amarro no rosto.

Nós cinco descemos pela prancha. No segundo em que colocamos os pés no cais, a prancha é puxada de volta e o navio desliza para longe, desaparecendo rio abaixo, de volta ao mar.

28

— CONVITES? — UM GUARDA de uniforme escuro estende a mão enluvada para nós.

Estamos no topo de uma escadaria larga, que vai do cais até a entrada da casa de Blackwell. A muralha se ergue acima, úmida e preta de mofo.

John entrega nossos convites alterados magicamente. Sinto um aperto de medo — *e se ele descobrir, de algum modo?* —, mas o sujeito apenas assente.

— Aproveitem a noite.

— Obrigado — diz John. Em seguida pega meu braço, guiando-me pelo caminho adiante.

Olho ao redor, impressionada, mesmo contra minha vontade. Antes desta noite, este desembarcadouro jamais fora algo especial. Só uma vastidão de terra e pedras espalhadas, um monte de nada que levava do portão do rio até o segundo portão, o da guarda interna. Mas agora está coberto de grama e com um caminho de cascalho recém-aplicado, ladeado por árvores imensas, plantadas em vasos, e iluminado por mil velas. Há músicos no centro da clareira, tocando alaúdes e flautas. A música leve e alegre parece completamente deslocada.

John espia ao redor, olhos arregalados através da máscara. A dele é preta e simples, tal como a de George. Humbert conseguiu apenas duas assim. Todo o restante era coberto de penas, joias ou pele. George pegou a primeira máscara simples; John e Schuyler jogaram dados para disputar a segunda. Schuyler perdeu. Em algum lugar atrás de mim vem um ressuscitado cheio de irritação, usando a máscara tenebrosa em formato de cara de gato e forrada de pele.

Por um momento sinto alívio por termos entrado em segurança. Eu meio que esperava que os guardas de Blackwell já estariam em cima de nós a essa altura, algemando-nos com ferros e puxando-nos para longe, para a masmorra, ou Deus sabe onde, para jamais sermos vistos de novo. Mas não é assim que ele age. Se ele souber que estamos aqui, vai esperar. Vai esperar até ficarmos encurralados e impotentes, e então — só então — vai atacar. Rápida e violentamente para nos deixar de joelhos, para nos obrigar a implorar, para fazer com que desejemos estar mortos.

Esse é o estilo dele.

Passamos pelo segundo portão e entramos no jardim de rosas. Este jardim é a posse mais preciosa de Blackwell. Há mais de cem espécies de rosas, cuidadosamente cultivadas para florescer o ano todo, mesmo no inverno. Normalmente são mantidas sob cobertas nos meses frios para não congelar. Mas esta noite foram descobertas, lindas e intensas nos tons de vermelho, rosa, amarelo e laranja.

Convidados passeiam nos caminhos de cascalho que serpenteiam no meio das plantas, apontando boquiabertos para a variedade de topiarias que brotam do chão. Arbustos enormes podados cuidadosamente em pirâmides altíssimas, círculos perfeitos, quadrados atarracados, às vezes as três coisas juntas, empilhadas. Outros têm formatos de animais: corujas, ursos, até elefantes, e seus enormes olhos verdes encaram sem piscar enquanto passamos. O labirinto de cercas vivas gera um bocado de empolgação também. Mas depois do treino eu perdi o gosto por ele.

Logo os serviçais aparecem e começam a nos levar para dentro. Nós os acompanhamos desde o jardim, seguindo por um longo caminho calçado de seixos e passando por um enorme arco de pedras, até o corredor principal. Subimos a longa escadaria, passamos por uma das muitas portas duplas que se abrem no grande salão.

O grande salão é exatamente isso: grande. Cem metros de comprimento, 30 de largura. Nem consigo adivinhar a altura do pé direto. As paredes são cobertas por tapeçarias elaboradas: cenas de caçadores a cavalo, carregando lanças, arcos e flechas. Mas em vez da caça de sempre — cervos, javalis ou lobos — estão caçando pessoas. Especificamente feiticeiras e magos. Há até mesmo uma obra que mostra os caçadores de bruxos assando a caça num espeto.

Eu gostaria de poder poupar John de tal visão.

Entramos. Uma música enérgica preenche o ambiente, mas é quase abafada pelo som de centenas de convidados circulando, fofocando, dançando ou amontoados em grupinhos nos assentos junto às janelas.

Há máscaras de todos os tipos e formatos. Algumas são simples ou pouco enfeitadas, como as de George e John. Outras lembram cabeças de ursos, lobos e tigres, de boca escancarada em rosnados cheios de dentes. Algumas máscaras são cobertas de penas de todas as cores imagináveis, outras adornadas com pedras preciosas: rubis, esmeraldas, safiras e até diamantes. Vejo inclusive algumas máscaras de rosto inteiro, com expressões fixas, grotescas e quase sinistras. Principalmente porque não dá para saber quem pode estar por baixo delas.

Olho o relógio ornamentado acima do palco. Oito e quinze. Em meia hora vou colocar meu plano em ação. É o momento em que pedirei licença, direi aos outros que vou ao toilete. Na verdade, irei até o túmulo. Às nove, exatamente quando o espetáculo começa, Schuyler dirá aos outros que eu os chamei. Vai levá-los para fora, só que em vez de me encontrar, eles vão encontrar Peter, que já vai estar à espera com um navio a postos. Em seguida Schuyler terá se afastado deles para me encontrar, e ele e eu vamos destruir a tabuleta. Depois, se eu estiver viva, Schuyler e eu vamos alcançá-los.

Mas não conto com a possibilidade de estar viva.

— Não gosto disso — diz Fifer. — Estas pessoas, sinto como se todas estivessem olhando para nós.

— Não estão — retruca John. — Só parece assim porque você está nervosa. Tente se acalmar.

— Como posso me acalmar? Você já olhou estas tapeçarias? — Fifer rói as unhas. — Acho que vou vomitar. Talvez se eu tomar um pouco de ar...

— Não pode — responde John. — Vamos seguir o plano. E isso significa ficar quietinhos no lugar até o início do espetáculo.

— Vamos encontrar um lugar para sentar — digo. — Algum lugar perto de uma porta, assim podemos sair sem ser notados. — Vejo uma área livre perto da porta por onde entramos. De tão longe não dá para ver nem ouvir grande coisa, mas não faz mal.

Atravessamos a multidão e sinto os olhares em mim enquanto passamos. Fifer está certa: eles estão mesmo nos observando. Então um rapaz — ou um homem? É difícil dizer por causa da máscara — depois do outro se adianta, faz uma rápida reverência e me convida para dançar. Recuso do modo mais educado possível. Mas a atenção está começando a me deixar nervosa.

— O que está acontecendo? — sussurra George.

— Não sei — sussurro de volta. — Talvez eles pensem que sou outra pessoa. Não sei bem...

— É o seu vestido — diz John. — O pássaro na frente. É o símbolo da tal duquesa. Da amiga de Humbert. Lembra-se?

Claro. O pássaro de prata bordado na frente do vestido, símbolo da casa dos Rotherhithe. Como posso ter esquecido? É quem todo mundo acha que eu sou: Cecily Mowbray, neta da condessa de Rotherhithe. Dama de companhia da rainha Margaret, também uma dama por direito, amiga de Caleb. Loura e baixinha, como eu.

Mais um rapaz se aproxima. Mas antes que ele termine a reverência, John segura minha mão e me puxa para a multidão de pessoas dançando. Põe uma das mãos nas minhas costas, segura minha mão com a outra e me puxa para perto. Juntos nos movemos lentamente, calmamente, no ritmo da música.

Eu deveria estar pensando em Malcolm, que está em algum lugar nessa multidão. Deveria estar pensando em Blackwell, em Caleb, que também está aqui. Deveria estar pensando no meu plano, na tumba, na tabuleta... Em vez disso, só consigo pensar em John. No cheiro de lavanda e especiarias, no leve traço de limão. O modo como ele me olha, a pressão do seu corpo contra o meu, tão perto que sinto as batidas rápidas de seu coração. No mesmo ritmo do meu.

— Lamento — digo bruscamente.

— Pelo quê? — pergunta ele baixinho.

Balanço a cabeça. Lamento por nada, lamento por tudo; lamento pelo modo impossível como me sinto em relação a ele, pela esperança impossível de que ele possa sentir o mesmo. Mas sei que não posso lhe dizer tais coisas.

— Sei como deve ser difícil ajudar uma pessoa que você odeia — digo em vez disso.

Ele recua um pouco, inclina a cabeça e me olha.

— Não odeio você — sussurra. — Talvez devesse. Mas não consigo. Porque agora eu a conheço. E a pessoa que eu conheço, corajosa e forte, mas ainda tão amedrontada e vulnerável, não é alguém que eu seja capaz de odiar. Esta pessoa eu só consigo... — Ele para, incapaz de encontrar as palavras.

— Tudo bem — sussurro de volta. — Entendo.

— Entende? — Ele me olha. Passa a mão no meu rosto e o ergue para encará-lo, nossos lábios separados por míseros 2 centímetros. Menos. Ele baixa a cabeça. Sinto seu hálito na minha pele.

Então ele me beija.

Esqueço-me de tudo: do meu medo, do meu plano, esqueço-me até da tabuleta. Só importa a sensação dos lábios dele nos meus, das suas mãos no meu rosto e no meu cabelo, o sentimento de segurança que ele me desperta. Não quero que isso termine jamais.

Ao ouvirmos aplausos, nos separamos com um sobressalto; eu não tinha percebido que a música havia terminado. John me encara, os olhos bem abertos por trás da máscara, os lábios entreabertos, o choque evidente no rosto. Choque por quê? Por ter me beijado? Ou por sentir alguma coisa, a mesma coisa que eu senti? Ainda sinto: empolgação, desejo, esperança, tudo embolado num nó pequeno e ofegante.

Ele estende a mão para mim; dou um passo até ele. Sinto um tapinha no ombro, mas ignoro, não querendo lhe dar as costas. E, quando sinto de novo, dou meia-volta já com uma recusa nos lábios, achando que é mais um estranho me confundindo com outra pessoa. Mas não é um estranho. Porque no momento em que vejo seus olhos, negros como os de uma cobra mesmo sob a máscara de lobo, sei quem é. Eu o reconheceria em qualquer lugar.

Blackwell.

Sinto o sangue sumir do rosto, dos braços, das pernas. O sangue empoça ao redor dos meus pés, como cimento, enraizando-os no chão.

— Srta. Mowbray, presumo? — diz Blackwell. — Sei que não é certo dizer seu nome antes da hora de tirar as máscaras. Mas simplesmente não poderia deixar uma convidada querida se afastar sem oferecer minhas condolências.

John inala rapidamente.

— Obrigada — digo. Mantenho a voz suave, esperançosa de que ele não a reconheça.

— Fiquei tristíssimo ao saber sobre sua avó — continua ele. Assinto, lembrando-me de que Humbert havia mencionado que a duquesa estava doente. — Uma pena. — Meneio a cabeça de novo, esperando que Blackwell peça licença e se afaste. Mas ele não o faz. John dá um passo e segura meu braço, mas Blackwell não se abala.

— Posso convencer este jovem a me conceder uma dança?

John hesita um pouco além do necessário.

— Claro — responde ele com a voz tensa.

— Vou devolvê-la num instante — acrescenta Blackwell despretensiosamente. Em seguida toma meu braço e me puxa para a multidão. Olho para meus companheiros cujas máscaras não conseguem esconder o pavor em suas faces.

— Está gostando da noite?

— Hum — respondo, horrorizada demais para falar. Só fico me perguntando se ele de fato acredita que está dançando com uma das damas da rainha. Ou será que sabe que sou eu? Será que de algum modo descobriu? Percebo como fomos idiotas em achar que poderíamos ser mais espertos do que ele. Blackwell sabe de tudo que acontece em sua casa. Sabe de tudo que acontece em todo lugar. Sinto-me como uma mosca voando pertinho de uma teia de aranha. Eu poderia escapar incólume. Mas basta um movimento em falso e estou morta.

— Ótimo — diz ele, aparentemente sem perceber meu terror. Dançamos pelo salão e me esforço ao máximo para parecer hábil. Ou pelo menos para não tropeçar nos próprios pés. Mas ele parece não perceber isso também. Mal parece me notar. Olha ao redor, esticando o pescoço como se procurasse alguma coisa. Finalmente a música vai terminando. Ele me leva de volta para perto da porta, só que do lado oposto onde meu grupo me aguarda no salão. Consigo notar as expressões ansiosas em meio à multidão, procurando por mim.

— Foi um prazer — diz ele, soltando-me. — Agora, se me der licença, tenho algumas coisas para resolver. — Assinto e faço uma reverência; e Blackwell se vira para sair. Enquanto recuo, ele gira. — Ah, Srta. Mowbray?

— S... sim? — gaguejo, apavorada demais para me lembrar de disfarçar a voz.

Ele pausa e vejo um lampejo em seus olhos.

— Se quiser sair para tomar ar, tenha cuidado. Eu soube que temos alguns convidados indesejados nesta noite. Mas não se preocupe. Meus homens estão trabalhando nisso. — E então ele se vai.

Por um momento minha mente fica vazia de tanto medo. Será que ele sabe que estamos aqui? Somos nós os convidados indesejados? Não sei. Mas sei que preciso tirar os outros daqui logo. Agora. Não dá mais para aguardar pelo início do espetáculo e nem pela chegada de Peter. E, se ainda tenho alguma esperança de destruir a tabuleta, preciso fazer isso agora.

Olho para a direção onde meu grupo está e flagro John me olhando através da multidão. *Sinto muito*, articulo. Em seguida me viro. E corro.

Desço a escadaria a toda velocidade, chegando ao saguão de entrada. Ladeando as paredes há uma série de arcos, engastados uns 30 centímetros na pedra. São puramente decorativos, exceto um. Vou ao terceiro arco, encosto as mãos na superfície de pedra e empurro. Ele se abre, revelando um amplo túnel de pedra que acompanha toda a extensão do grande salão e vai mais além, até o outro lado do palácio.

Junto a saia do vestido e atravesso a porta, fechando-a em seguida.

— Schuyler — digo. — Blackwell sabe que estamos aqui. Leve os outros para fora e me encontre no bosque em dez minutos.

O túnel termina numa porta simples de madeira. Do outro lado há outra escada que desce para o dormitório. Paro um momento, tentando escutar vozes. É só uma precaução; ninguém mais mora aqui. Mas nunca se sabe.

Não ouço nada, por isso desço a escada correndo e vou para o meu antigo quarto. De certa forma é um choque vê-lo de novo. Minúsculo, sem janelas, escuro. Nunca percebi como se assemelha a uma cela de prisão. Não venho aqui há quase um ano, mas não parece. Minha cama continua desarrumada; um dos meus uniformes está amarrotado no chão. Há algumas armas sobre o baú ao pé da cama. É quase como se eu nunca tivesse saído.

Tiro Azougue da bainha da saia rapidamente. Tiro também o vestido, arranco os brincos e os pentes do cabelo, pego o uniforme no chão. Na verdade não sinto vontade alguma de voltar a usá-lo, mas não posso destruir a tabuleta usando um vestido. E a última coisa de que preciso é de mais alguém me confundindo com Cecily Mowbray.

Visto a calça preta e justa, a blusa branca amarrotada, as botas que vão até os joelhos. Coloco o casaco comprido de couro marrom, prendo as tiras de couro no peito. Depois de recolocar Azougue à cintura, prendo o cinto de armas sobre o ombro e enfio nos coldres tudo que consigo encontrar. Duas facas grandes e serrilhadas, um punhado de adagas. Um machado e um furador. Não são tantas quanto eu gostaria, mas é melhor do que nada.

Enquanto encaixo a última adaga, minha mão se prende em alguma coisa. Olho para baixo e vejo que ainda estou usando o anel de safira de Humbert. Começo a tirá-lo, então me lembro do que ele disse. *É um anel da sorte.* Deixo-o onde está, só para garantir.

Subo a escada e sigo pelo túnel até uma das várias portas que dão na parte externa do casarão. Ouço o carrilhão do relógio do pátio começando a tocar.

Nove horas.

Caminho silenciosamente pelo terreno sombreado, passo pela quadra de tênis, pelos alvos de tiro com arco, pelo estábulo e pelo labirinto de cercas vivas até chegar aos limites do terreno. Ele se espalha diante de mim, vasto e escuro. Lembro-me de todas as coisas que enfrentei aqui, e sinto uma pontada de medo. Não dá para dizer quem, ou o quê, está rondando por aí.

Quando chego à floresta, viro bruscamente à direita, andando ao longo da fileira de árvores, seguindo em direção ao rio. Na última vez em que passei por aqui, foi para fazer o teste final. Ainda me lembro de ouvir os ecos dos navios passando, as ondas batendo nos cascos. A tumba fica em algum lugar perto da água.

Ouço um minúsculo farfalhar de folhas e giro, sacando uma adaga.

— Calma, *bijoux*. Sou só eu. — Schuyler se coloca ao meu lado.

— O que aconteceu? Eles saíram?

Ele confirma com a cabeça.

— O que você disse a eles?

— A verdade. Que Blackwell sabia que vocês estavam aqui, e que você tinha ido pegar a tabuleta.

— E?

Ele dá de ombros.

— E é isso. Eles foram embora. Peter vai chegar logo, e eles vão ficar em segurança. Do jeito que você planejou.

Foi mesmo o que planejei. Mas o que não planejei era como eu me sentiria quando eles fossem embora. Vazia. Oca.

Sozinha.

Levanto os olhos e vejo Schuyler me observando atentamente. Ele não diz nada. Simplesmente meneia a cabeça.

Estamos chegando perto da tumba; posso sentir. O ar vai ficando mais frio, minha respiração sai em pequenos sopros de névoa, e a floresta está num silêncio fantasmagórico. Não há grilos cantando, nem corujas piando, nenhum camundongo e nenhum rato passando num galho. Apenas silêncio.

Então vejo. De fora é inofensiva. Uma porta de madeira simples, posicionada num trecho de capim invernal seco, parcialmente coberta por um tapete de folhas. É tão insignificante que, se você não estivesse a procurando, não veria.

— Schuyler — digo. Ele havia passado direto por ela.

Ele retorna, acompanhando meu olhar. Quando seus olhos pousam na porta, ele xinga baixinho e exala ruidosamente. Acho que é só para dar ênfase, já que os ressuscitados não precisam respirar.

Começo a tirar Azougue da bainha. Quando o punho de esmeraldas e metade da lâmina de prata estão reluzindo ao luar, Schuyler estende a mão para me impedir.

— Não — diz ele. — Use-a para quebrar a tabuleta, e nada mais. A não ser que seja absolutamente necessário. Você já matou o guarda. Não vai querer dar mais uma chance para a maldição tomar conta.

— Certo. — Enfio a espada de volta. — Não sei em que condições vou estar... depois. Vou fazer o possível pelo lado de dentro, mas para o caso de eu não conseguir, preciso que você ataque por fora também.

Schuyler confirma com a cabeça.

— Não venha me ajudar, a não ser que me ouça chamando — continuo. — Se me ouvir gritar, ignore. É só... parte do processo. E, se eles vierem pegar você, nos pegar, não espere por mim. Fuja.

Vou até a porta e me abaixo, seguro a argola de ferro e puxo. Uma vez, duas. Na terceira tentativa o alçapão se abre, rangendo. Desço a escada até a outra porta, a porta que só depois do medo, depois da magia, depois da ilusão e depois da morte é a Décima Terceira Tabuleta.

Encosto as mãos na madeira lascada e empurro. Primeiro uma fresta, depois mais, as dobradiças guinchando no silêncio. O ar rançoso exala o fedor dos meus pesadelos. Depois disso: um nada úmido, escuro. Passo pela abertura, parando uma vez para girar e olhar Schuyler. Aquela sombra escura passa de novo por seus olhos azuis brilhantes.

— Tenha cuidado — sussurra ele.

A PORTA SE FECHA SOZINHA com um estrondo, e sou mergulhada na escuridão. Não se passa muito tempo até o mundo começar a se inclinar, fazendo-me cair de costas. Levanto-me e fico o mais imóvel que posso, os punhos apertados com força junto às laterais do corpo. Fico no aguardo para a terra começar a cair. Um segundo. Cinco. Dez. As palmas das minhas mãos estão suando, e estou respirando com força demais, depressa demais. Mas, mesmo assim, nada acontece.

Vejo algo tremeluzindo. Pálido, amarelo, como uma vela ao longe. Fica mais luminoso, e, quando isso acontece, vejo que não estou mais na tumba. Estou num túnel. Vou em direção à luz, porém devagar. Depois de dar talvez uns dez passos, ouço um barulho tão alto que sou tomada por um sobressalto. Um som trovejante, como um punho furioso numa porta de madeira. Tiro uma adaga do cinto e continuo a caminhar. O barulho continua. Batendo e batendo. Um som fortíssimo de madeira se partindo, passos pesados de botas atravessando uma soleira. Um grito. Em seguida um berro.

Meu corpo reage antes da mente, e começo a correr na direção do som. Tropeço na escuridão, trombando nas paredes, caindo de joelhos e me levantando. Sigo os gritos até que a luz fica mais forte e o chão mais duro. Olho para baixo e consigo identificar lampejos de preto e branco por baixo da terra. Há uma porta adiante. Passo por ela e me vejo no meio do saguão de entrada da casa de Humbert.

O piso em xadrez preto e branco está sujo e lascado, as pinturas foram arrancadas das paredes. Teias de aranha nos lustres, vasos de cristal despedaçados. As muitas janelas com vidraças em formato de losangos estão quebradas. Dou um passo hesitante, depois mais outro, os cacos de vidro fazem barulho sob meus pés.

Sinto o coração acelerar. Sei que isso é uma ilusão. Não é? Não pode ser a casa de Humbert. Ela está a quilômetros de distância, e eu estou aqui. Na propriedade de Blackwell. Tento me recordar da voz de Fifer, lembrando-me de que é tudo ilusão. Mas ela parece distante e no passado. Isto parece ser aqui; parecer ser agora.

Parece real.

— Tem alguém aqui? — grito. — Humbert?

Verifico a sala de estar, a de jantar. Tudo foi despedaçado: mesas viradas, cadeiras tombadas, cortinas arrancadas das janelas. Recuo de volta ao saguão e tropeço em alguma coisa: a velha bolsa de lona de John.

— John? — Subo a escada correndo, vou aos quartos. Há roupas rasgadas em toda parte: os lindos vestidos de Fifer, a capa verde-escura de John, até o horroroso paletó laranja de arlequim de George.

— George? Fifer? — Ouço o pânico na minha voz quando chamo seus nomes. Volto correndo para baixo, até a biblioteca. A porta desapareceu, arrancada das dobradiças. Está escuro lá dentro. Mas não preciso enxergar para ver que também está em ruínas. Uma brisa fria sopra através do teto de vidro quebrado, agitando as páginas dos livros caídos aos montes no chão. Sob o luar, mal consigo vislumbrar a árvore derrubada: os galhos cinzentos espalhados pela sala como ossos num cemitério, as folhas que fiz brotar voando em redemoinhos.

Paro um momento na biblioteca escura, destruída, tentando controlar o medo crescente. Tentando me lembrar do que Fifer disse sobre a ilusão. É a ilusão que torna o medo real? Ou é o medo que torna a ilusão real? E o que esta ilusão significa? Seu objetivo é me mostrar o medo, mas não sei de que tenho medo. Ainda não.

Volto rapidamente para o saguão de entrada. Mas não há mais o piso xadrez preto e branco, e percebo que estou num lugar diferente. Piso de pedra imunda, tapetes amontoados num canto, mais janelas quebradas, desta vez são vitrais. Consigo identificar uma cauda de serpente num caco, pendurado precariamente na moldura.

— Nicholas! — Corro pela casa do mesmo jeito que fiz na mansão de Humbert. A sala de estar. A de jantar. Os quartos. Estão destruídos como os de Humbert. A cozinha. Está como na última vez em que vi: potes, panelas, facas e comida espalhados por toda parte. — Hastings!

Mas ninguém responde. A casa está silenciosa.

Giro em círculos vagarosos, a respiração ofegante, os membros entorpecidos de pavor. O que isso tudo significa? Não sei. Só sei que quero sair daqui. Volto correndo para a entrada, abro a porta pesada.

E congelo.

Estou nos arredores de uma praça apinhada de gente, vendo os carrascos acendendo as fogueiras. Eles circulam pelas plataformas estreitas de madeira, erguendo bem alto as tochas acesas. No topo de cada plataforma, acorrentados às estacas, com montes de lenha em volta dos pés, estão John, Fifer, George e Nicholas.

Oscilo; na verdade quase desmaio de horror. E, mesmo antes que os carrascos encostem as tochas na madeira, começo a gritar. Abro caminho pela multidão compacta, tentando alcançá-los. Grito o nome deles repetidamente, mas eles não escutam.

Tento saltar para as plataformas, mas os guardas me agarram e me jogam no chão. Luto na terra, tentando me levantar de novo, mas eles me prendem contra o chão, e agora estou gritando e soluçando demais para resistir. Mas preciso chegar a eles, salvá-los antes que seja tarde demais, mas então é tarde demais. Há um enorme lampejo e uma nuvem de fumaça no momento em que o fogo os engolfa e eles se vão, para sempre.

De algum modo consigo ficar de pé e abro caminho pela multidão até a rua. E começo a correr. Não sei para onde estou indo, só para longe disso. Para longe da fumaça, do fogo, dos gritos e da morte. Finalmente chego a um beco vazio e me deixo cair junto a uma porta, tremendo e chorando, completamente aterrorizada.

Então é isso: meu pior medo. Não é mais morrer sozinha. É ver as pessoas de quem gosto morrerem na minha frente e não poder impedir. Ser responsável por isso. Saber que, se não destruir a tabuleta, é o que vai acontecer.

Meu coração está martelando, a respiração ofegante. Preciso fazer com que pare. Lembro-me do que Fifer disse: preciso eliminar o medo. Eliminar o medo elimina a ilusão. Mas como? Começo a cantar, mas não me lembro da letra. Respiro fundo, mas não consigo parar de soluçar. Tento pensar em outra coisa, mas também não consigo. Não sei como fazer algo senão sentir medo.

Então alguns homens passam por mim, de braços dados. Estão cantando uma música de bêbados. Sinto o cheiro da cerveja que vem deles e enrugo o nariz. Eles estão bêbados, e não pode ser mais do que meio-dia, e...

E tenho uma ideia.

Fico de pé num pulo. Vou caminhando pelos becos: esquerda, direita, esquerda de novo, até ver a placa verde familiar onde está escrito O FIM DO MUNDO. Abro a porta, e o lugar continua como sempre, exatamente como estava no último dia em que estive ali. Apinhado e barulhento, com músicos tocando, Joe servindo bebidas atrás do balcão. Quando me aproximo, ele desliza para mim um copo de cerveja e me olha, as mãos cruzadas.

— E então? — rosna ele.

Bebo um gole hesitante. Mas em vez do horror de sempre — porco assado, absinto ou Deus sabe o que mais — agora o gosto é de cerveja. Desta vez é da boa. E num instante meu coração desacelera. Minha respiração desacelera. Sei, sem dúvida, que este Joe e esta cerveja não são de verdade. Isto é ilusão.

Começo a rir.

— O que tem de tão engraçado?

Não respondo. Em vez disso, giro e vou rapidamente para a porta da taverna e a abro. Ali, do outro lado, está a tumba, escura e úmida. Estou de volta ao lugar onde comecei.

Entro e fico imóvel. Por um instante tenho medo de que a terra comece a cair, de que a ilusão não tenha terminado. Mas, depois de alguns instantes sem que nada aconteça, sigo para a entrada. A lua está suficientemente clara para que lascas de luz penetrem nas frestas, iluminando o que não é mais uma porta de madeira precária, e sim as bordas de uma enorme laje de pedra, com o número XIII gravado no topo.

A Décima Terceira Tabuleta.

É grande; eu sabia. Mas agora, parada diante dela, percebo como é de fato gigantesca. Dois metros de altura, 1 metro de largura. Pedra sólida com pelo menos 30 centímetros de espessura. Está aqui embaixo há um bom tempo, enterrada no escuro e na umidade, as bordas começando a ficar verdes com o musgo.

Admiro a placa por um minuto. Corro os dedos pelas palavras gravadas por toda a extensão da pedra. Vislumbro runas nas bordas, juntamente ao nome de Nicholas, escrito repetidamente em meio a todos os símbolos e marcas.

Nicholas disse que Blackwell fez isso. Que Blackwell o amaldiçoou, que Blackwell é um mago. Na ocasião eu não quis acreditar e, apesar de tudo, não quero acreditar agora. Era só uma especulação, uma suposição. Não havia como ter certeza se era verdade.

Até agora.

Deveria haver uma assinatura na tabuleta. O nome do mago, um símbolo, um pseudônimo como os que os necromantes assumem. Algo para identificar, mas não incriminar. Uma tabuleta de maldição não funcionaria sem isso.

Fico de joelhos. Se houver uma assinatura aqui, vai estar em algum lugar na base. Mas é difícil enxergar. A luz da lua não é tão forte aqui embaixo, e há terra amontoada nas bordas. Fico espanando-a até que, finalmente, surge. Uma rosa. E o lema dele: *O que está feito está feito; não pode ser desfeito.*

Tombo para trás, contra a parede meio desmoronada. Aperto a cabeça contra as mãos e me permito um minuto para sentir aquilo de novo. A traição, a incredulidade, o horror, a verdade: uma coisa afiada e rombuda ao mesmo tempo.

Blackwell é um mago.

Fico de pé. Tiro Azougue do cinto. E usando toda a força que possuo, golpeio.

A lâmina de prata canta contra a pedra, o som ecoando na tumba, como um grito. Sinto o poder dela se arrastando pelos meus membros, preenchendo o coração, a cabeça, tão forte que fico bêbada com ele. Golpeio de novo, de novo e de novo, o impacto da prata na pedra solta fagulhas que iluminam a escuridão.

— Elizabeth! — A voz de Schuyler atravessa o estardalhaço. — Está me ouvindo?

— Schuyler! — grito de volta. — Estou aqui! A porta: agora ela é a tabuleta. Me ajude a quebrá-la, certo?

Há uma pausa, depois uma pancada enorme, ressonante, que sacode a tumba, fazendo parte da terra desabar em cima de mim. Há mais uma pancada, e mais outra.

Golpeio com Azougue, repetidamente, até que aparece uma rachadura minúscula no centro da tabuleta. Está começando a quebrar. Continuo golpeando: Schuyler continua chutando. A rachadura fica mais comprida, mais larga, até que uma luz verde e forte brota do centro, serpenteando pela abertura em fiapos retorcidos: descendo pela tabuleta, subindo pelas paredes, atravessando o teto, contorcendo-se e ondulando como se estivesse viva. Recuo para longe para evitar contato com qualquer que seja a magia naquela luz, mas não adianta: o fiapo de luz cresce até ficar quase ofuscante. Então, com um sopro e um estrondo — como gelo se partindo num lago gelado — a tabuleta se despedaça.

Salto para longe, mas não sou suficientemente rápida. Pedaços da tabuleta quebrada caem em cima de mim, e o peso me joga de costas, comprimindo o ar dos pulmões e fazendo Azougue escapar da minha mão, enterrando-me num monte de pedras. Retorço-me embaixo do entulho, tirando as pedras de cima da barriga e dos membros.

— Schuyler. — Eu tusso, a voz rouca por causa da poeira. Não há resposta. — Você está aí? — Espero que ele responda. Mas não há nada. Só o som da minha respiração entrecortada e um ruído baixinho, constante e chiado. Parece quase... quase como chuva.

Sinto um frio súbito. Não estava chovendo quando entrei na tumba. E não havia sinal de chuva também; o céu estava límpido, bem negro e cheio de estrelas. O que isso significa? Pode ser que fiquei aqui dentro por mais tempo do que pensei. Estamos na Ânglia, afinal, e o tempo muda depressa. Mas poderia ser outra coisa também.

Ainda estou na ilusão.

Levanto-me. Pego Azougue embaixo da poeira. Passo cuidadosamente por cima do entulho, subo a escada e atravesso o alçapão até estar do lado de fora outra vez. Chove torrencialmente. As gotas caem com violência. Há poças em toda parte. Está chovendo há um bom tempo. E Schuyler — cuja voz escutei há apenas alguns segundos — não se encontra em lugar algum.

Sinto uma onda de frustração, depois de pavor. Porque, se ainda estou na tumba, ainda dentro da ilusão, significa que não destruí de verdade a tabuleta. Pior, significa que, qualquer que seja o meu maior temor, ele ainda está por vir. E, se meu maior temor não é morrer sozinha nem ver John e todos os outros morrerem na minha frente, o que é? O que poderia ser pior do que isso?

Também significa que fui enganada para usar Azougue quando não precisava. Posso sentir o poder dela ainda latejando através de mim, sussurrando para mim. Pedindo para que a espada seja usada. Que eu aceite o poder oferecido: destruir, quebrar, matar.

Enfio-a de volta na bainha, trocando-a por um par de facas serrilhadas. Então saio na chuva.

Ainda estou na propriedade de Blackwell, dá para perceber. Vejo os pináculos de topo plano nas torres, as muralhas altas de pedra. Um clarão serrilhado de um relâmpago ilumina o céu. O trovão ribomba a distância. Dou alguns passos hesitantes, os pés afundando um pouco na lama. Examino o terreno com cuidado: o labirinto de cercas vivas à minha frente, as árvores que me rodeiam. Algo está por aí, à espera. Eu sei; posso sentir.

Por fim vejo: um par de olhos amarelos como lâmpadas encarando em meio às árvores. Então, com uma agitação de folhas e o estalo de um galho, a coisa vem para cima de mim.

A criatura sai para a clareira, uma coisa enorme, parecendo um rato, do tamanho de um cavalo, mas com seis patas em vez de quatro e uma cauda comprida com ponta farpada, cheia de veneno. Mais uma criação de Blackwell. Já a vi antes, no treinamento. É lenta e desajeitada, mas o que falta em velocidade é compensado em quantidade. Ela viaja em bandos, assim como os ratos. O que significa que há outras por aí.

Atiro as duas facas, mirando diretamente nos olhos. É o único jeito de matá-la, apagar os dois olhos. Consigo acertar um, mas erro o outro, e o rato tomba de lado e solta um guincho de rachar os tímpanos. Está chamando os outros. Pego outra faca e corro para ele, salto sobre a cauda que chicoteia e mergulho a extremidade dela no olho restante. O rato agoniza e morre, mas sinto o chão tremendo e sei que outros estão chegando. Giro e vejo três vindo em minha direção.

Ainda tenho quatro facas. Atiro-as contra as criaturas. Ainda que esteja escuro e chovendo torrencialmente, consigo acertar todas elas bem nos olhos. Não é o suficiente para matar, mas basta para deixá-las mais lentas. Pego o machado no cinto e corro para os ratos horrendos, que estão caídos sacudindo as patas e guinchando no chão. Sou acertada várias vezes com as caudas farpadas, e mesmo com os ferimentos se curando instantaneamente, sinto o efeito do veneno. Ele faz com que eu enxergue dobrado. E aí fica complicado identificar os bichos no meio da escuridão e da chuva. Sigo seus guinchos e sigo golpeando-os e sendo atingida pelas caudas repetidamente, até que, por fim, eles ficam imóveis.

Desmorono no chão, deixando a chuva me lavar, tremendo e tonta por causa do veneno. Penso por um momento que o veneno pode não ser real, que pode fazer parte da ilusão. Acho que não importa porque, assim como qualquer ilusão, é realista o suficiente. E, de qualquer modo, não preciso me mexer. Se houver mais criaturas por perto, elas virão atrás dos ratos mortos. Blackwell jamais conseguiu descobrir um jeito de alimentar as coisas que criava, por isso simplesmente deixava que elas se alimentassem de qualquer coisa que matássemos. Uma vez perguntei a Caleb o que acontecia com os corpos dos caçadores de bruxos mortos em treinamento, mas ele disse que era melhor não saber.

Através da chuva percebo a silhueta do labirinto de cercas vivas. Não quero entrar ali. Já passei por ele uma vez e quase não consegui sair. Mas também sei que, se entrar, o que quer que esteja aqui fora não vai me seguir. Eles também têm medo do que há lá dentro.

Posiciono-me de quatro e começo a engatinhar junto aos limites da floresta, perto das árvores, onde não serei vista com tanta facilidade. Por fim as árvores terminam num trecho de terreno aberto que leva ao labirinto, do outro lado. Encolho-me por um momento, tremendo e encharcada, a cabeça ainda tonta. Preciso ficar de pé. Preciso correr. Preciso chegar ao labirinto antes que alguma coisa me encontre. Mas estou cansada demais. Fico deitada na lama, imóvel, só por um momento, a respiração vindo em arfadas profundas, pesadas. Fecho os olhos por causa da chuva congelante que cai com força em volta de mim.

— Elizabeth.

Quando ouço a voz, grave e baixinha, penso ser efeito do veneno. Que ele penetrou na minha cabeça e está me fazendo escutar coisas que não existem. Mas, quando ele repete meu nome, sento-me tão abruptamente que a cabeça gira. E eu o vejo, parado na clareira perto do labirinto.

John.

— Levanto-me tropeçando um pouco.

— Você está ferida — diz ele, com um franzido na testa. Parece real demais.

Ele não é real.

Será?

Vou na direção dele. À medida que chego mais perto, ele se encolhe ao me ver: calça em frangalhos, camisa rasgada, coberta de lama, sangue e Deus sabe mais o quê. Meu cabelo está embolado em volta dos ombros.

Está vestido como no baile: camisa branca, calça preta, paletó preto com debrum vermelho. Cabelo desalinhado, olhos amendoados que me fitam com atenção. Parece real demais.

Ele não é real.
Será?

— Não é você de verdade — digo. A frase sai num sussurro. — Eu sei.

John — a ilusão de John — olha para trás, uma breve sombra cobrindo-lhe o rosto.

— Sou, sim — assegura ele, virando-se de volta para mim. — Sou eu. Por que você acharia que não?

Balanço a cabeça.

— Não sei. Talvez porque esteja chovendo. Estou encharcada, e você, completamente seco.

— Estava chovendo, mas parou. — Levanto os olhos. John Ilusão está certo. Parou de chover. — E não estou molhado porque acabei de chegar aqui.

Ignoro o comentário e continuo:

— Ótimo, então. Sei que você não é você porque você foi embora. Schuyler me contou. Você está num barco com Peter e o restante do pessoal, e está indo para casa. Foi embora. — Engulo o nó na garganta.

— Eu não fui. — Sua voz está baixa como a minha. — Você me deixou, lembra-se? Saiu correndo, e eu não queria que você fosse. Por isso vim encontrá-la. — Ele olha para trás de novo.

Algo parece incomodar este John Ilusão. Ele fica olhando para trás como se houvesse alguma coisa ali. Algo espreitando nas sombras, esperando para atacá-lo. Ignoro isso. Não é real.

Será?

— Por que você abandonaria os outros para vir atrás de mim? — Minha voz sobe, com raiva porque quero que seja verdade, com raiva porque sei que não é. — Por que você faria isso?

Ele dá um passo na minha direção.

— Você não sabe?

Balanço a cabeça.

— Ele me olha. Olhos escuros, luar.

— Porque estou apaixonado por você.

Fecho os olhos, a capacidade de lutar sendo drenada do meu corpo. Estou cansada demais. Cansada dessa ilusão, da verdade, das mentiras. *Blackwell é um mago. Porque estou apaixonado por você.* Não quero mais. Quero acordar.

Abro os olhos. Pego a faca que resta no cinto e cravo-a, com força, em minha perna.

— Acorda! — grito, não para John ou para sua ilusão, mas para mim mesma.

Ele está em cima de mim antes que eu termine de arrancá-la. Tira a faca da minha mão, joga-a na terra. Em seguida prende minhas mãos às costas. Inclina-se pertinho. Sinto seu hálito no meu rosto.

— Pare.

Luto nos braços dele. Tento me afastar antes que esta ilusão mude e ele desapareça, morra ou se transforme em qualquer coisa que não seja o que ele é, olhos escuros, cachos macios, calor e segurança.

Mas quando ele me puxa de volta, eu permito. E quando ele baixa a cabeça e roça os lábios nos meus, também permito. São quentes e macios tal como me recordo. Ele vai afastando os lábios da minha boca lentamente, aí vai até o rosto, depois à orelha, demorando-se ali. Consigo senti-lo, ouvi-lo, cheirá-lo, e tudo é *muito real.* Por um segundo fecho os olhos e me entrego ao momento, aos tremores e à empolgação que ele me causa, até que ouço seu sussurro rouco, entrecortado.

— *Corra.*

Afasto-me dele, ofegando; e, quando o faço, vejo Blackwell parado atrás de John, passando uma faca lentamente na cintura de John.

30

— QUE CENA TOCANTE! — diz Blackwell. Ele passa um lenço na lâmina e a enfia de volta no cinto. John solta um gemido abafado e cambaleia para trás, apertando a cintura com a mão. O sangue jorra entre seus dedos.

— Não — sussurro. — Isso não é real.

— Ah, é bem real, garanto. — Blackwell avança para mim. Olho bem para ele, esperando enxergar algo que mostre que ele é apenas parte da ilusão. Mas ele está como sempre. Usando as mesmas roupas que vi no baile: calça escura, casaco de brocado vermelho bordado em ouro. O colar do cargo sumiu, mas agora ele pertence a Caleb.

— Você destruiu a tabuleta — continua ele. — E também despachou meus híbridos com bastante habilidade. — Ele dá um risinho baixo, como um pai indulgente. Só que eu sei muito bem que não é assim. Um arrepio me desce pelas costas. — Eu lhe ensinei bem. Você era mesmo um dos meus melhores caçadores de bruxos.

Balanço a cabeça. Isso não é real — *não é*. Então dou-lhe as costas. Olho em volta, procurando alguma coisa, qualquer coisa, que me mostre o que está acontecendo de verdade. Onde estou de verdade. Vejo a tumba quebrada, os ratos mortos. A chuva passou, o céu está limpo, minhas roupas estão molhadas, e cá estou eu.

Na propriedade de Blackwell. Onde comecei.

É tudo real.

— John! — Salto para ele no mesmo instante que Blackwell salta para mim. Rápido como uma cobra, ele arranca Azougue da minha bainha. Estendo a mão para impedi-lo, mas é tarde demais. Ele a ergue, as esmeraldas no punho brilhando ameaçadoramente ao luar.

Faço menção de ir até John outra vez, mas Blackwell me detém, encostando a lâmina no meu peito.

— Você não pode ajudá-lo — diz ele. — Ele tem no máximo trinta minutos. E sabe disso. Ele é um curandeiro, não é? — Agora John está de joelhos, ainda apertando a cintura.

— Por quê? — berro. Não consigo pensar em outra pergunta.

Blackwell dá de ombros, indiferente.

— Por que eu o esfaqueei? Presumo que você precise de um motivo melhor do que ele ter invadido minha propriedade, não é? Ou está perguntando por que tentei matar Nicholas Previl? Presumo que você precise de um motivo melhor do que ele ser um Reformista, um traidor e uma ameaça ao meu reino, não é?

— *Seu* reino?

— É. Meu reino. Meu sobrinho idiota pode ser rei, mas eu sou o governante. Eu trabalho, enquanto ele brinca. Monto exércitos, enquanto ele caça, faço uso deles, enquanto ele dança. Estipulo políticas, crio leis e planejo rebeliões, enquanto ele bebe, joga e desperdiça o tempo com mulheres. — Ele me lança um olhar terrível, duro. — Você, mais do que ninguém, deveria saber disso.

Demoro um momento para encontrar minha voz.

— Você sabia — consigo dizer finalmente. — Sabia e não o impediu.

Blackwell sacode meu braço violentamente.

— Claro que sabia. Malcolm foi obrigado a se casar aos 16 anos com uma mulher que tinha o dobro da idade dele. Um dia ia se apaixonar, mas jamais por ela. Quando ele passou a gostar de você, usei isso ao meu favor. Incentivei a conquista. Disse que você gostava dele também. — Ele dá de ombros, despreocupado. — Eu sabia aonde isso iria dar.

Atrás dele, John emite um som entre um rosnado e um gemido.

— Você deveria cumprir para com seu dever, fazer o que eu a treinei para fazer e matá-lo — continua Blackwell. — Eu precisava tirá-lo do caminho, e era você quem deveria tê-lo feito. Caleb praticamente disse para você fazer. — Sua voz se eleva. — Quantas vezes ele precisou mencionar como Malcolm estava perdendo o controle do país? Quantas vezes Caleb precisou lhe dizer que nós estaríamos melhor sem ele?

— E eu deveria encarar tudo isso como instruções para matar o rei? — perguntei, incrédula. — Isso é insano. Você é insano.

— Atenção aos bons modos — É tudo que ele diz em resposta.

— Você não pode matar Malcolm — retruco. — Não pode.

Blackwell dá de ombros.

— Já está feito. À meia-noite de hoje estará feito. A máscara finalmente será retirada, e eu vou me revelar como novo governante da Ânglia. — Ele sorri. — É um negócio meio teatral, eu sei. Mas não consegui resistir.

— Não vai dar certo. O reino inteiro se rebelou contra você...

Ele ri. Uma gargalhada profunda, ribombante, que me deixa perplexa. Eu nunca o havia escutado gargalhar.

— O país está revoltado contra Malcolm. Eu simplesmente cumpria as ordens dele. Ele é o rei, conforme você observou.

— Mas você criou as leis! Você era o Inquisidor. As regras eram suas...

— Eu criei as leis que Malcolm mandou que eu criasse. — Ele abre os braços. — Fui vítima da traição dele, tanto quanto todo mundo. Talvez mais, já que recebi a ordem de condenar à morte centenas de feiticeiras e magos, gente como eu. — Ele balança a cabeça fingindo tristeza. — Mas esta noite tudo isso vai acabar. Vou assumir o trono e farei isso com um exército tão poderoso que ninguém ousará me impedir.

— Exército — ofego. — Que exército?

— O exército que você montou para mim, claro.

Engasgo. Então percebo. Percebo tudo que ele esteve fazendo, tudo o que fez.

— Eu treinei você para caçar feiticeiras e magos — continua ele. — Caçá-los e trazê-los a mim. Não se perguntou por que eu jamais quis matá-los?

— Mas você matou. Queimou dezenas por semana. Eu estava lá. Eu vi.

— Precisei queimar alguns — diz Blackwell. — Malcolm teria desconfiado se eu não fizesse isso. Mas certamente você notou que os únicos que iam para a fogueira eram curandeiros e feiticeiras de cozinha, não notou? Eu precisava sacrificar alguém, e eles eram inúteis. Eram praticamente tão úteis quanto este aí. — Blackwell aponta para John sem muita veemência. — Mas os necromantes, os demonologistas? Os magos que praticam magia negra? Eu tinha utilidade para eles, certamente. Tenho utilidade para eles.

— Você não pode fazer isso.

— Posso e vou fazer. Agora ninguém vai me impedir. E com isso — ele levanta Azougue — serei invencível.

— Nicholas — digo bruscamente. — Ele vai viver. Ele pode impedi-lo...

— Ah, acho que não.

É então que ouço. O soluço engasgado de uma garota, o gemido abafado de um rapaz. Isso faz os pelos da minha nuca se eriçarem.

Caleb aparece, seguido por Marcus e Linus, e percebo de onde vem o barulho. São Fifer e George, ambos amarrados e espancados. Linus puxa Fifer pelos cabelos, e está claro que ela se esforça para permanecer consciente. Um olho e a boca de George estão com hematomas, e há sangue escorrendo pelo seu queixo.

Solto um gemido ofegante.

— Você achava mesmo que poderia ter sucesso? Achava mesmo que poderia simplesmente ir embora? — Blackwell avança para mim. Agarra meu ombro e me olha; seus olhos pretos parecem se cravar nos meus. — Achou mesmo que poderia me impedir?

Olho para Caleb, e ele me encara com o rosto impassível.

— Eu avisei a você — diz ele. — Disse o que aconteceria se você não voltasse comigo. Disse que eu não poderia protegê-la.

Há um silêncio terrível enquanto nos encaramos; sinto os olhares de todos fixados em nós. Examino o rosto de Caleb em busca de alguma coisa — uma sugestão de compreensão, um pouquinho de compaixão — qualquer coisa que demonstre que meu amigo ainda está ali. Mas não vejo nada. E sei — sei com uma certeza dolorosa —

que estou sozinha. Que neste teste, o último, diante da escolha entre família e ambição, Caleb escolheu a ambição.

Viro-me de novo para Blackwell.

— O que você vai fazer? — sussurro.

Então Blackwell me solta, tão abruptamente que cambaleio.

— Tragam-me a garota.

Linus avança com Fifer, empurrando-a grosseiramente. Ouço os protestos débeis de John e os gritos abafados de George, mas eles mal são registrados. Não consigo afastar os olhos dela. O vestido está rasgado na parte de cima; fica escorregando dos ombros. Os sapatos sumiram, e ela está tremendo tanto que os dentes trincam.

Viro-me para Linus.

— O que você fez com ela?

— Nada. — Linus dá um sorriso terrível e passa um dedo pela nuca de Fifer. Nós duas estremecemos. — Ainda.

Estou com tanto nojo que não penso, simplesmente me lanço contra Linus. Ele empurra Fifer para longe e pula em cima de mim. Caímos no chão, ambos distribuindo socos, chutes e gritando coisas terríveis um para o outro. Ele saca uma adaga e me golpeia repetidamente com ela, tentando acertar o pescoço, o coração, a barriga. Está acertando alguma coisa, mas não sei o quê. No segundo em que sinto a dor ela desaparece, seguida pela dor em outro lugar. Meu corpo inteiro está tão tomado pelo nó de dor e cura que não sei onde começa uma e termina a outra.

— Chega! — A voz de Blackwell troveja na clareira. Linus salta de cima de mim como um cão treinado, ainda com o hábito da obediência. Levanto-me, porém devagar. Não estou me curando tão depressa quanto deveria; ainda estou fraca por causa do veneno e do ferimento na barriga.

— O que você quer que eu faça? — sussurro. — Seja lá o que for, diga e eu faço. Só não os machuque. — Sustento o olhar dele. — Apenas diga do que você precisa.

— Eu precisava do rei morto e de Nicholas morto — diz ele. — Você deveria ter feito as duas coisas e fracassou. Em ambas. — Ele dá um passo na minha direção. — Felizmente agora tenho estes dois. —

Ele olha para George e Fifer. — Eles vão me dizer onde Nicholas está; vão me levar a ele. Vão — repete ele, mais alto, acima dos protestos de John — se não quiserem sofrer indevidamente antes de eu me livrar deles.

Fifer solta um gemido.

— Quanto ao rei, vão cuidar dele. De repente até já aconteceu. — Ele olha para Caleb, que assente. — Então, como vê, não preciso de você para nada. — Ele vem até mim, os olhos negros brilhando de loucura, fixados nos meus. — Não preciso de você.

A tempestade de sua fúria irrompe. Ele levanta os braços e a chuva recomeça, tal como estava quando saí da tumba. Cai como uma agressão: não consigo enxergar nada além dela, não consigo ouvir nada além do som da água martelando no chão. Agora somos apenas Blackwell e eu; tudo e todos desapareceram. Recuo para longe; eu procuraria um local para onde fugir, mas tenho medo de afastar o olhar do rosto dele. Além disso, sei que não há para onde ir.

— Eu jogaria você no labirinto — diz ele, sem gritar, mas posso ouvi-lo perfeitamente acima da chuva — se achasse que isso significaria me livrar de você. Mas já fiz isso e você saiu. Mandaria mais dos meus híbridos atrás de você, mas sei o que aconteceria também.

Ele para, a expressão se transformando em algo quase... curioso.

— Como você conseguiu? Você não era forte, não como Marcus. Não era ambiciosa como Caleb. Não era maligna como Linus. — Ele me olha de cima a baixo, balança a cabeça, como se a simples visão da minha figura o chocasse. — Como você sobreviveu?

Ele está fazendo a pergunta que eu sempre me fiz. Como uma garota comum como eu conseguiu sobreviver a perigos imagináveis. Na época eu não sabia, não mesmo, e agora não tenho certeza. Mesmo assim, ofereço minha melhor resposta.

— Porque eu tinha medo de fazer qualquer coisa, exceto sobreviver.

Blackwell assente, como se este fosse um ponto de vista interessante, um no qual ele jamais havia pensado.

— E agora? Está com medo agora?

Cogito dizer que estou. Penso que confessar a fraqueza poderia me ajudar a ganhar tempo, ou clemência, ou uma chance de escapar.

Mas ao mesmo tempo em que penso nisso, sei que não existe chance alguma. De nada.

— Não estou com medo. — Digo isso porque é o último ato de desafio que tenho contra ele, e digo porque é verdade, e tal constatação me choca. — Não estou com medo de você.

Blackwell sorri.

— Ótimo. Eu ficaria preocupado se você estivesse. — Ele vem na minha direção, o braço estendido, Azougue erguida bem alto. Antes que eu possa perceber, ele dá o golpe.

Desvencilho-me, tal como ele sabia que eu iria fazer. Ele erra por 2 centímetros, tal como eu sabia que ele erraria. Ele recua o braço, depois avança de novo, e de novo. Evito um golpe depois do outro. Desviando-me, girando, contorcendo-me. Ele não está me acertando, mas também não está tentando. Não de verdade. Está brincando comigo, como um gato faria com um camundongo. Para me cansar, me enfraquecer. Então, quando eu começar a cambalear, a me exaurir, ele vai dar o golpe. E vai me matar.

Preciso acabar com isso. Agora.

Dou um passo atrás, cambaleio para longe, como se estivesse tentando fugir. Blackwell parece estar esperando isso também, e avança. No último segundo viro-me para ele e ataco. Ele não espera; hesita por uma fração de segundo antes de levantar a espada. É o que basta. Salto adiante, chuto sua perna. Ele tropeça, levanto-me, junto as mãos e encaixo os punhos trançados em seu antebraço, com força. Puxo uma, duas vezes. O aperto em Azougue se afrouxa, e a espada cai de sua mão. Pousa com uma pancada surda no solo encharcado de chuva. Chuto o cabo com o dedo do pé, faço-a deslizar pela lama, fora do alcance dele.

Blackwell para. Hesita. Eu ou Azougue? Ele só pode ter uma das duas.

Ele me escolhe.

Rápido — mais rápido do que imaginei que ele fosse capaz — Blackwell salta contra mim. Agarra meu pescoço. E, com um rosnado de nojo, ódio e fúria, começa a apertar.

Bato em suas mãos, dou tranco nos punhos. Arranho e dou tapas em seus braços, no rosto. Mas estou fraca. Estou mais cansada do que o necessário, e ele não para. Simplesmente aperta com mais força, me olhando bem nos olhos, seu olhar implacável e desprovido de remorso. Tento gritar, berrar. Mas não consigo. Mesmo se conseguisse, não seria ouvida acima da chuva.

Minhas pernas enfraquecem, e eu desmorono; agora estou de joelhos, depois de costas. A chuva cai sobre nós dois, e eu me debato na lama, mas Blackwell continua apertando. Sinto meus olhos se revirarem, e entro num estado de perda e recuperação da consciência, quase no mesmo ritmo dos raios que lampejam no céu. Meu corpo começa a convulsionar incontrolavelmente, lutando contra o inevitável.

Desta vez não há ninguém para me salvar.

Então me lembro: Schuyler. Ele está aqui; em algum lugar. Grito seu nome dentro da cabeça. Berro. Repetidamente.

Schuyler. Azougue. Está aqui. Venha pegá-la, e salve-os.

Então há o som de um grito, um berro. Atravessa a chuva e o embotamento na minha cabeça — e a concentração de Blackwell. Ele solta meu pescoço. Sugo o ar que entra rasgando, doloroso, e ainda não consigo me mexer. Mas a gritaria continua.

Blackwell se inclina para trás abruptamente e então se levanta, xingando baixinho. Move os braços, e a chuva para. Viro a cabeça de lado para ver o que está acontecendo e sinto meus olhos se arregalando.

É uma carnificina.

Schuyler está na clareira, segurando Azougue. Marcus e Linus estão no chão, ambos abertos de cima a baixo, sangue e entranhas jorrando dos ferimentos. Foram os gritos que ouvi. Agora Schuyler está com a arma voltada para Caleb. Caleb segura Fifer à frente do corpo, com uma adaga junto ao pescoço dela. Do outro lado da clareira, George está encurvado acima de John, que continua deitado no chão, ainda imóvel, ainda sangrando.

Blackwell parte para cima de Schuyler.

— Você — rosna ele.

— Ordene a ele para soltá-la — diz Schuyler, sem afastar o olhar de Caleb. — Diga a ele para fazer isso agora.

Blackwell avança contra ele. Levanta os braços, e a chuva recomeça imediatamente, acompanhada por um estalo de relâmpago e de um trovão de rachar os tímpanos. Perco todos de vista e não consigo ouvir o que acontece. Mas sei que preciso agir.

Rolo para o lado devagar. Sinto dor em mil lugares ao mesmo tempo e estou sangrando em uma centena deles. Tenho tantos ferimentos que o estigma não consegue curar todos. Fico de quatro, mas caio outra vez, de cara na lama. Levanto-me de novo, porém é difícil demais, doloroso demais; até respirar é difícil. Não sei o que acho que posso fazer. Mal consigo me mexer. Nem mesmo tenho uma arma.

Então tropeço em alguma coisa. Olho para baixo. É a faca. A mesma que usei para golpear minha perna, aquela que John atirou no chão. Abaixo-me, solto-a e continuo em movimento. Agora Blackwell está bem à minha frente, de costas para mim. Schuyler move a espada entre Blackwell e Caleb. Caleb aperta sua adaga com tanta força contra o pescoço de Fifer que vejo o sangue surgir. Mas sua concentração está escapando. Seu olhar gira loucamente ao redor, de Schuyler para o céu, depois de volta a Schuyler, piscando furiosamente por causa do aguaceiro. Só eu sei o quanto Caleb odeia chuva; quase consigo ouvi-lo implorando para que ela acabe.

Há mais um estalo de trovão, e Caleb se encolhe, fechando os olhos por um momento por causa do som. Não penso. Recuo o braço, miro, lanço minha adaga diretamente para ele. Ela acerta o pescoço de Caleb com um ruído surdo, e ele larga Fifer, exibindo um olhar de surpresa. A breve pausa é o suficiente. Schuyler salta e afasta Fifer dele. Caleb tira a faca do pescoço, o ferimento curando-se instantaneamente. Blackwell gira, tão surpreso quanto Caleb ao me ver ali parada. Ele hesita apenas um segundo, sem saber o que fazer. Mas isto basta também.

Azougue.

No segundo em que penso, Schuyler a joga para mim. Pego-a no ar e, quando Blackwell vem para cima de mim, dou o golpe. A lâmina corta seu rosto de cima a baixo, descendo até o ombro. Ele tomba para a frente, caindo sobre um dos joelhos, as mãos apertando o rosto, os gritos de agonia perfurando o ar. Golpeio de novo. Quando a espada desce, Caleb mergulha entre nós. Antes que eu possa recuar, toda a força do golpe acerta seu peito.

Dou um passo atrás, quase largo a espada. Caleb cai de joelhos, apertando o ferimento, o sangue escorrendo entre as mãos.

— Caleb — sussurro. Olho para ele, e ele me olha; e se eu esperasse encontrar tristeza ou arrependimento em seus olhos, estaria enganada. Não vejo nada além de determinação.

— Nós devemos nossas vidas a ele — diz Caleb, rouco. Ele olha para o peito, para o sangue, e sabe que está morrendo.

— Não devemos, não — digo, e agora estou chorando. Percebo vagamente que a chuva parou, mas está ficando mais escuro. Tudo ao redor vai ficando preto, como se o mundo estivesse morrendo em vez de Caleb. E aí não há nenhuma luz e nenhum som, apenas o meu choro.

— Elizabeth! — A voz de Fifer atravessa meus soluços. — Elizabeth!

Abro os olhos. Olho ao redor. Caleb sumiu; Blackwell sumiu. Agora só há uma pedra no lugar onde eles estavam, fumegando ligeiramente no chão. Uma magnetita. Blackwell desapareceu junto com Caleb, junto à tempestade, juntamente a sua magia. O tempo está claro de novo, o céu suficientemente iluminado para que eu veja os outros do lado oposto da clareira, curvados acima de John.

Cambaleio até ele, as pernas fracas por causa do sofrimento e dos ferimentos, e então, quando o vejo, por causa do medo.

— Ah, meu Deus. — Meus joelhos cedem, e eu desmorono ao lado dele. John exibe uma palidez fantasmagórica, a pele lustrosa com suor e sangue. — Precisamos tirá-lo daqui. — Estendo a mão para ele, tento levantá-lo. Mas, no momento em que faço isso, John geme de dor e o sangue brota mais brilhante em sua camisa.

— Você não pode movê-lo; nós já tentamos — diz George. — Ele perdeu sangue demais. Toda vez que se mexe, ele perde mais ainda.

Não, penso. *Isso não pode estar acontecendo. Não posso deixar que isso aconteça. Não posso deixar que ele morra.*

Então tenho uma ideia.

— Fifer. — Olho para ela. — Seu amuleto. Onde está?

— O quê?

— Seu amuleto. Onde está?

Fifer enfia a mão na bota e tira o barbante preto. Só resta um nó.

— Você disse que poderia transferir coisas usando o poder de Nicholas. — Minhas palavras saem num rompante. — Você pode usá-la para transferir minha capacidade de cura para John? Como fez com o capim e os convites?

— Eu... não sei — gagueja ela. — Nunca tentei nada assim. E se não funcionar? Não parece estar funcionando em você.

Ela está certa. Tenho tantos ferimentos que eles estão demorando demais para se curar. Facadas, costelas quebradas, pulmão perfurado. Veneno circulando nas veias.

— E se isso não curá-lo? Ou pior, se machucá-lo mais ainda?

Então John começa a tossir, o corpo tremendo. Perdeu sangue demais. Se não fizermos alguma coisa logo, ele vai morrer. Ele disse que me amava. Será que eu o amo também? Não sei. Mas só sei que não posso deixar que ele morra.

Fifer e eu trocamos um olhar.

— Deite-se ao lado dele — sussurra ela. — Chegue o mais perto que puder. O feitiço precisa de contato íntimo para funcionar.

Deito-me no chão, deslizando cuidadosamente uma das mãos embaixo do ombro dele, envolvendo sua cintura com a outra. Sinto como ele está frio, como está frágil. O ar entre nós não tem mais cheiro de limão. Tem cheiro de sangue.

Fifer começa a desfazer o nó, os dedos pálidos tremendo. O barbante começa a reluzir, e ela o coloca sobre nossos corpos entrelaçados. Ela respira fundo.

— *Transfira.*

A dor é instantânea. Estou sendo esfaqueada de novo numa centena de lugares ao mesmo tempo. Só que não há nenhuma sensação palpitante de cura em seguida. Apenas mais dor. Há uma sensação de remoção, como se algo estivesse sendo arrancado de mim. Percebo que provavelmente é minha vida. Sinto-me enrijecer, depois convulsiono incontrolavelmente.

Aguente, sussurra uma voz.

Eu tento. Tento mesmo.

Mas então é demais, e tudo simplesmente me escapa.

ACHO — NÃO TENHO CERTEZA —, mas acho que posso estar morta.

Não é tão ruim quanto eu temia. Está quente, e estou deitada em alguma coisa fofa. Não estou com fome nem sede. Não estou sentindo dor. O ar tem cheiro bom: fresco, como de primavera. Tenho até um travesseiro.

Morrer foi uma coisa totalmente diferente. Houve muitos gritos, muitos espasmos, muita dor. Ouvi meu nome ser chamado várias vezes. Quis responder, mas a pessoa parecia estar longe demais. Também houve muitas sacudidas. Para a frente, para trás, para a frente, para trás. Alguns sacolejos também, como se eu estivesse num navio. Depois silêncio.

Pergunto-me há quanto tempo estou morta. Semanas? Meses? Parece muito tempo. Imagino o que fizeram com meu corpo. Esqueci de avisar que não queria ser enterrada, mas acho que não importa.

Penso em Fifer, George e John. Em como eles voltaram para me ajudar na casa de Blackwell. De algum modo conseguiram me perdoar, mas não sei como. Às vezes consigo ouvir suas vozes, baixas e sussurradas ao redor. Dizendo meu nome, segurando minha mão, desejando que eu volte para eles. É só um sonho, eu sei. Mas quero muito que seja verdade.

Houve um momento em que pensei que não estava morta de fato. Isso só aconteceu uma vez. Meus olhos se abriram trêmulos e vi John. Estava sentado numa cadeira aos pés da minha cama, o cotovelo apoiado no colchão, lendo um livro. Admirei-o durante um tempinho. Ele parecia limpo e saudável, não lembrava nem um pouco o rapaz sangrando e moribundo que vi pela última vez. Pareceu perceber que estava sendo observado, porque depois de um momento levantou a cabeça e sorriu.

Encarei-o, e alguma coisa cutucou o fundinho da minha mente. Havia algo que eu queria dizer, algo que eu queria perguntar, mas não tive a oportunidade. Por fim me lembrei.

— O passarinho. — A voz não parecia minha. Estava fraca e rouca. — Na árvore. Por quê?

Ele não hesitou, como se soubesse a resposta muito antes de eu fazer a pergunta.

— Porque eu amo você. E porque estar com você faz com que eu me sinta livre.

Eu quis lhe dizer alguma coisa, mas não consegui. Senti a escuridão me envolvendo de novo, mas não sem antes sentir um sorriso pairando em meus lábios. Então tudo ficou preto.

— Elizabeth, abra os olhos — ordena a voz. De quem é? Será que não sabem que estou morta? Não posso abrir os olhos. Nem sei se ainda tenho olhos.

— Ela abriu antes, há dois dias — diz outra voz. Meu cérebro luta para fazer a conexão. Conheço esta voz.

John.

Quero falar. Tento falar, mas nada acontece. Ouço um gemido. Sou eu? Se for, eu deveria parar imediatamente. O som é medonho.

— Vou fazer alguma coisa para tentar trazê-la à consciência — diz John. Será mesmo ele? Ele está mesmo aqui? — Volto num minuto.

Isso é real? Não pode ser. Mas e se for? Não quero que ele saia. Tenho medo de que, se ele sair, não volte mais. Sinto algo crescendo por dentro, borbulhando como água deixada numa chaleira por tempo demais. Vou gritar. Em vez disso, a única coisa que sai é um sussurro.

— Espere.

Então abro os olhos.

Há um farfalhar suave, depois o rosto de Nicholas aparece.

— Olá, Elizabeth.

— Você — sussurro. — Você está vivo? Ou está morto como eu?

— Só que ele não parece morto. Parece mais saudável do que jamais o vi. Seu rosto está cheio de cor, os olhos brilhando de vida. Está tranquilo e, mesmo sentado em sua poltrona, fazendo nada além de me olhar, irradia força e presença.

— Estou vivo — diz ele. — E você também, apesar de ter nos deixado em dúvida. Como está se sentindo?

Sinto-me lenta. Fraca. Sinto dor, não em um lugar, mas em todo o corpo, e preciso de cada porção ínfima de força para manter os olhos abertos, falar. Mas estou viva, e isso é mais do que eu esperava.

Só consigo assentir em resposta.

Nicholas sorri, como se lesse meus pensamentos.

— John tem mesmo um dom.

— Então ele está bem? — grasno. — Na última vez em que o vi, ele... — *Estava morrendo*, penso. Mas não quero dizer.

— Sim, ele está bem.

— E Fifer? George? Peter e Schuyler...

— Estão ótimos também.

Fecho os olhos. Passa-se um minuto antes que eu consiga falar de novo.

— Onde estou? — Olho ao redor, sem reconhecer o ambiente. Estou num quarto totalmente branco: paredes brancas, cama branca, lareira de pedra branca. Cortinas brancas e densas cobrem a janela, e nenhuma luz passa através delas. Deve ser noite.

— Esta é a casa de John e Peter, em Harrow — diz ele. — Eles a trouxeram direto da casa de Blackwell.

— O que aconteceu? A última coisa da qual me lembro é do feitiço de Fifer. Depois nada mais.

Nicholas confirma com a cabeça.

— O feitiço funcionou. Todo o poder de cura que você possuía no estigma foi passado para John. Ele se recuperou quase imediatamente. Você, por outro lado, tinha ferimentos sérios. A maioria não estava totalmente curada quando o feitiço foi realizado. Você deveria ter morrido. Teria se não fosse isto. — Ele indica o anel de safira de Humbert, ainda no meu dedo.

— É um anel especial — continua Nicholas. — A safira em si tem poderes curativos e protetores, e junto à runa que há no fundo, ela se torna extremamente poderosa. A magia funciona um pouco como o seu estigma, ou melhor, como seu estigma funcionava, mas nem de longe é tão forte. Protegeu você apenas o suficiente para que não morresse.

Demora um tempo para as palavras se assentarem.

— Meu estigma se foi?

— Sim.

Não sei o que sentir. Alívio, talvez; meu estigma é o que fez de mim uma caçadora de bruxos, é o que me amarrou a Blackwell. Preocupação, talvez; meu estigma é o que me protegia, o que me mantinha forte. Medo, certamente; porque agora qualquer coisa pode me machucar. Qualquer um pode me causar dor. Isso me apavora mais do que desejo admitir. Principalmente sabendo o que há lá fora.

E quem.

— Blackwell — digo bruscamente. — O que aconteceu com ele? Está vivo? — Tenho tantas perguntas que nem sei por onde começo.

— Ele tinha uma magnetita; conseguiu usá-la para escapar.

— Mas para onde ele foi? E o rei? E Caleb... — Paro. A percepção me acerta no peito, arranca o ar de dentro de mim outra vez. Na última vez que vi Caleb, ele estava morrendo.

Caleb está morto.

Aperto o rosto com as mãos, contra as lágrimas que brotam nos meus olhos. Nicholas fica em silêncio, permitindo que eu lamente de novo pelo meu amigo que virou inimigo, mas que ainda amo apesar de tudo.

— Blackwell escapou — diz Nicholas finalmente, com a voz gentil. — Mas não foi para longe. Voltou à Torre de Greenwich, ferido, porém vivo. Pelo que me contaram, pouco depois ele reapareceu no baile.

— Como? — Tiro as mãos do rosto, olho para Nicholas, incrédula. — Eu cortei o rosto dele. Com Azougue. Foi um ferimento terrível. Eu vi. Como ele simplesmente conseguiu se safar?

Nicholas balança a cabeça, a resposta é tão óbvia quanto obscura: não dá para saber que magia Blackwell usou, de que magia ele é capaz.

— À meia-noite Blackwell se desmascarou. Revelou-se, como disse a você que faria. Disse que era um mago. Disse que era vítima das regras de Malcolm, que recebia ordens para cumprir leis nas quais jamais acreditara. Que agora só queria o melhor para Ânglia, e que ele seria o responsável por trazer a paz tão desejava.

— Onde estava Malcolm, o rei, durante tudo isso? Onde estava a rainha?

— Pouco antes da retirada das máscaras, eles foram levados embora. Blackwell os enviou para a Fleet.

— Ele vai matá-los? — Não gosto de Malcolm; ele tirou uma parte de mim que jamais terei de volta. Mas ele era tão vítima de Blackwell quanto eu; assim como a rainha. Não quero vê-los morrer. Então me ocorre: — Ou será que ele já os matou?

Nicholas balança a cabeça.

— Não. E não vai matar, pelo menos não enquanto houver vantagem nisso. Porque, se matá-los agora, talvez ele acabe por transformá-los em mártires. Isso poderia criar divisões políticas, sendo que no momento não há nenhuma. Talvez até possa provocar um levante. E Blackwell, mais do que ninguém, sabe como um levante pode ser desvantajoso.

— Mas... Blackwell é um mago — digo. — Ele mentiu para todo mundo. As pessoas não podem acreditar no que ele diz agora, podem? Certamente alguém o está questionando. Ou protestando, não é?

Então Nicholas sorri, aquele sorriso duro e amargo que já conheço.

— Blackwell despachou o rei e a rainha com facilidade, diante das pessoas mais influentes da Ânglia. Absolutamente ninguém fez menção de ajudá-los, ninguém disse uma palavra em protesto. Talvez as pessoas tenham acreditado nele; talvez estivessem amedrontadas demais para mostrar que não acreditaram. Mas até agora ele cumpriu a palavra. Repeliu as leis contra a feitiçaria. As mortes na fogueira pararam; as tabuletas se foram, todas. Ele vai moldar toda a Ânglia até que vire um país do seu feitio. Não é mais uma questão de perseguidores contra Reformistas. É dos que desejam a paz contra os que não desejam.

— Paz? Blackwell não quer paz. A não ser que seja dentro das condições impostas por ele.

Nicholas assente.

— E ainda não sabemos quais são essas condições. Ele nos procurou, claro. Mandou avisar, através de um canal de comunicação, que está aberto ao diálogo. Diz que não quer nos fazer mal. Só quer discutir uma trégua.

— Não acredito.

— Nenhum de nós acredita. Agora sabemos demais sobre ele, do que ele é capaz. Enquanto estivermos por aqui, representamos um perigo para ele e seu governo. Ele sabe que vamos tentar impedi-lo, e virá atrás de nós. Talvez não hoje, nem amanhã. Talvez ele nos dê tempo suficiente para contatar aliados, criar um exército. Mas há poucas chances de ele fazer algo assim. E precisamos estar preparados.

Ali estavam aquelas palavras outra vez. *Nós. Eles. Eles. Nós.*

Eu não pertenço a nenhum dos dois lados.

Levanto os olhos e encontro Nicholas me examinando atentamente.

— Recebemos seu bilhete horas depois de vocês saírem da casa de Humbert. Nele você dizia: "Certifique-se de que nada aconteça a eles." Nenhuma palavra sobre você mesma, a não ser a confissão a Peter e o pedido de desculpas a todos nós.

Fico um pouco vermelha, pensando no bilhete. Não acreditei que fosse estar viva para ouvir alguém falar dele.

— Quero agradecer, Elizabeth. Pelo que você fez por mim e por John. Por todos nós. Foi necessária uma coragem tremenda.

Balanço a cabeça. Não sei se foi coragem tanto quanto foi medo. Eu gostaria de saber a diferença entre ambos. Se soubesse, poderia ser corajosa apesar do medo, não por causa dele. Se eu tivesse sido corajosa em vez de temerosa, as coisas teriam acabado de modo muito diferente.

Nicholas confirma com a cabeça, como se estivesse lendo meu pensamento.

— Você não pode se desfazer do seu passado. E sabe disso tanto quanto eu. Mas também não pode prever o futuro. Nem a profecia de Veda pode fazer isso. O que você quer fazer em seguida, quem você quer ser, aonde deseja estar, é totalmente da sua conta. É como sempre digo: nada está escrito em pedra.

Levando os olhos e vejo John parado junto à porta. Ele me olha e sorri.

Ele passeia comigo na horta de plantas medicinais atrás de sua casa, um belo chalé de pedra na beira de um rio. O terreno pulsa de vida, verde e roxo, laranja e vermelho, um tumulto de cores em contraste ao céu cinzento e opressivo. Não posso ir até muito longe, pelo menos a princípio. Mas os dias viram semanas e aos poucos vou me fortalecendo. John é paciente: segura minha mão quando estou fraca; solta quando estou forte. Fico em sua casa, com ele e o pai. Ele cuida de mim e me ama. E nunca me culpa. Seu pai diz que eu salvei sua vida. John diz que eu salvei a dele.

Mas a verdade é que eles salvaram a minha.

Não sei o que vai acontecer em seguida, nem o que vai ser de mim. Mas sei do que tenho agora e sei do que tenho a perder. E desta vez, não é uma ilusão.

Desta vez é real.

AGRADECIMENTOS

Como dizem por aí, a gente cria filhos para o mundo, e dedico este livro àqueles que fazem parte do meu mundo.

A Kathleen Ortiz: superagente, torcedora, voz da razão, guerreira intrépida e temível. Obrigada por dizer sim. Sem você nada disso seria possível. Você sabe que sempre vou atender aos seus telefonemas, mesmo se estiver dirigindo.

A todo mundo da New Leaf Literary: Joanna Volpe, Suzie Townsend. Danielle Barthel, Jaida Temperley, Pouya Shahbazian, Dave Caccavo, Jess Dallow, Jackie Lindert. Vocês são os caras mais maneiros. Obrigada por me convidar para o clube.

À minha editora, Pam Gruber: obrigada por amar esta história, por amar os personagens e por saber exatamente como torná-los os melhores possíveis. Você é ferozmente talentosa e uma colaboradora genial, e se existe um jeito melhor de ser guiada no processo editorial, não conheço. Obrigada por tornar minha estreia inesquecível.

Ao pessoal da Little, Brown Books for Young Readers: Megan Tingley, Andrew Smith e Alvina Ling, obrigada pelo apoio e por dar o melhor lar possível ao *A caçadora de bruxos*. A Kristen Dulaney, diretora de direitos subsidiários, por levar a coisa de volta ao ponto de partida. Minhas copidesques, Christine Ma e Tracy Koontz, por suas alterações inteligentes e espirituosas e por sugerir o que agora chamo de "infame cena da cama". A Leslie Shumate por ser uma colega anglófila. A Mark Swan por sua capa linda e ousada. A Kristina Aven, da publicidade, Renée Gelman e Rebecca Westal da produção, e Emilie Polster, do marketing, obrigada por fazerem parte do meu time.

A todos os meus editores estrangeiros: obrigada por darem um lar para o meu livro em todos os cantos do mundo.

Aos meus grupos de escritores estreantes de 2015: o Freshman Fifteens, o Class of 2K15 e o Fearless Fifteeners, pela amizade e pelo apoio. Agradecimentos especiais a Lee Kelly e Chandler Baker pelo cofre, a Lori Goldstein pelos *conhecimentos*, a Stacey Lee pela sabedoria, a Alexis Bass pelas *hashtags*. Também agradeço a Renée Ahdieh, Jen Brooks, Kelly Loy Gilbert, Kim Liggett, Jessica Taylor, Jenn Marie Thorne e Jasmine Warga pela leitura, pelo incentivo e pelas palavras sinceras quando eu mais precisei.

A Stephanie Funk e Jaime Loren pelas gargalhadas.

A April Tucholke pela generosidade e por amar Thomas Tallis.

Ao meu marido, Scott. Se não fosse por você eu jamais poderia escrever sobre os mocinhos, só sobre os bandidos. Obrigada por me encontrar, obrigada por ficar comigo e, mais do que tudo, obrigada por me dar uma vida que eu achava que só as outras pessoas tinham.

Aos meus lindos filhos, Holland e August: EI, MONSTRENGOS! Vejam, vocês estão no meu livro! Amo vocês demais, meus bebês queridos.

À minha família e aos amigos, tanto os próximos quanto os distantes. Agradecimentos especiais a Drake Coker, Megan Hollingshead, Sarah Sirna-Gammill e Jennifer Savage Allison por serem meus primeiríssimos leitores e por dizerem: "Ei, acho que tem algo de bom aí."

A você, meu leitor, obrigada por escolher meu livro, ler minhas palavras e por ficar com elas até o final.

Este livro foi composto na tipologia Warnock Pro,
em corpo 11,5/15,1, e impresso em papel offwhite
no Sistema Cameron da Divisão Gráfica
da Distribuidora Record.